Coleção MELHORES CRÔNICAS

Austregésilo de Athayde

Direção Edla van Steen

Coleção MELHORES CRÔNICAS

Austregésilo de Athayde

Seleção e Prefácio Murilo Melo Filho

São Paulo
2008

global
EDITORA

© Laura Constancia Austregésilo de Athayde,
Roberto José Austregésilo de Athayde,
Antonio Vicente Austregésilo de Athayde, 2006

1ª EDIÇÃO, GLOBAL EDITORA, SÃO PAULO 2008

Diretor Editorial
JEFFERSON L. ALVES

Gerente de Produção
FLÁVIO SAMUEL

Coordenadora Editorial
RITA DE CÁSSIA SAM

Revisão
CACILDA GUERRA
ANA LUIZA COUTO

Projeto de Capa
VICTOR BURTON

Editoração Eletrônica
ANTONIO SILVIO LOPES

Dados Internacionais de Catalogação na Publicação (CIP)
(Câmara Brasileira do Livro, SP, Brasil)

Athayde, Austregésilo de, 1898-1959.
 Austregésilo de Athayde / seleção e prefácio
Murilo Melo Filho. – São Paulo : Global. 2008. –
(Coleção melhores crônicas / direção Edla van Steen)

Bibliografia.
ISBN 978-85-260-1296-7

1. Crônicas brasileiras I. Melo Filho, Murilo.
II. Steen, Edla van. III. Título. IV. Série.

08-02559   CDD–869.93

Índice para catálogo sistemático:

1. Crônicas : Literatura brasileira 869.93

Direitos Reservados
GLOBAL EDITORA E DISTRIBUIDORA LTDA.

Rua Pirapitingüi, 111 – Liberdade
CEP 01508-020 – São Paulo – SP
Tel.: (11) 3277-7999 – Fax: (11) 3277-8141
e-mail: global@globaleditora.com.br
www.globaleditora.com.br

Colabore com a produção científica e cultural.
Proibida a reprodução total ou parcial desta obra
sem a autorização do editor.

Nº DE CATÁLOGO: **2887**

Melhores Crônicas

Austregésilo de Athayde

PREFÁCIO

*Assim como Machado, o bruxo do Cosme Velho,
foi o Fundador da Academia Brasileira de Letras,
Athayde, o bruxo também do Cosme Velho,
foi o seu Construtor.*

CÍCERO SANDRONI

Na sua infância, Belarmino Maria Austregésilo Augusto de Athayde era chamado carinhosamente de Manoca, um apelido que não o agradava muito e do qual se desvencilhou assim que lhe foi possível.

Tratava-se de um menino corajoso, nascido em Caruaru, no sertão de Pernambuco, herdeiro da coragem de Antônio Vicente do Nascimento Feitosa, seu bisavô, que Nabuco elogiou pelo seu desempenho, como bravo jornalista pernambucano, na Revolução Praieira, um movimento liberal deflagrado no Recife em 1848 e sufocado logo em seguida pelas forças conservadoras do Segundo Reinado.

Coroinha das missas na igreja da cidade de Cascavel, seu passo seguinte, aos 11 anos de idade, foi o de ingressar no Seminário da Prainha, onde passou a obedecer à disciplina espartana dos seminaristas, a cujos ouvidos chegavam os ruídos exteriores das lutas políticas de Rui, Hermes da Fonseca, Pinheiro Machado, Franco Rabelo, José da Penha e do padre Cícero.

Seis anos depois, ele já se preparava para receber a tonsura e as ordens menores. Concluíra os estudos de filosofia e já começava os de teologia, quando começou a ser assaltado por dúvidas sobre os dogmas e a fé. Dizia acreditar em Deus, mas queria receber d'Ele uma prova pela razão, como Ernest Renan, e não pela fé, como os padres lazaristas do seminário.

Na noite de 30 de março de 1916, recebeu a solene comunicação do reitor: "Você não tem vocação para o sacerdócio. Falta-lhe a devida submissão. Não pode continuar no seminário. Deve ser jornalista".

Sem saber ainda se aquela premonição era certa ou errada, Belarmino tomou o navio *Pará,* nele veio para o Rio e desembarcou na praça Mauá, onde foi recebido por vários parentes, mas sem saber ainda para onde era a zona sul ou a zona norte da cidade.

Aproximou-se do seu tio, o médico psiquiatra Antônio Austregésilo, futuro acadêmico, que lhe cedeu uma sala do seu consultório para ele dar aulas particulares de português e de latim, introduzindo-o nos meios culturais do Rio de então: Gilberto Amado, Manuel Bandeira, Ronald de Carvalho, Coelho Neto, Carlos de Laet, Ribeiro Couto, Álvaro Moreyra, Graça Aranha e João Ribeiro. E um belo dia convida-o para jantar com Assis Chateaubriand, um homem que marcaria todo o seu destino e o auxiliaria a cumprir a profecia do reitor lazarista.

Naquela noite, Chatô, com o habitual entusiasmo, falou longamente sobre os seus planos de comprar ou de fundar um jornal, no seu sonho, depois realizado, de fazer as reformas modernizadoras na imprensa brasileira.

Já no dia seguinte, estavam os dois na praia de Copacabana, nadando juntos e solidificando uma amizade que os uniria pelo resto da vida.

Certa manhã, conseguiram nadar desde o Posto 6 até o Arpoador, contornando todo o litoral do Forte de Copacabana. Chatô saudou o feito: "Caboclo velho, depois desta façanha, podemos fazer qualquer outra coisa na vida".

Athayde ajudou Chateaubriand a fundar e a expandir a cadeia dos Diários Associados e sobre ele costumava dizer que ficava assombrado e pasmo, "ao ver aquele homem no turbilhão de suas ações estabanadas, capaz de remover qualquer obstáculo levantado à sua frente, como se fosse um trator, usando não raro métodos que condenava".

Mas, enquanto Chatô não fundava seu jornal, Athayde conseguiu entrar para a redação de *A Tribuna*, publicando nela o seu primeiro texto no dia 18 de dezembro de 1918 e nela permanecendo quatro anos, até 1922, quando atravessou os agitados dias de Delfim Moreira, da regência de Afrânio de Melo Franco, do governo de Epitácio Pessoa, com a revolta dos 18 do Forte e a Semana de Arte Moderna.

No dia 30 de outubro de 1924, Chatô e Belarmino estavam tomando posse de *O Jornal*, adquirido para liderar a cadeia dos Diários Associados, que os manteve juntos 44 anos, durante os quais enfrentaram os agitados anos da política brasileira e internacional, com as revoluções de 1930 e de 1932, a intentona comunista de 1935, o Estado Novo de 1937, o atentado integralista de 1938, a Segunda Grande Guerra de 1939 a 1945, a primeira deposição de Getúlio em 1945, a sua volta triunfal em 1950 e o seu dramático suicídio em 1954.

Belarmino nunca perdoou a Vargas pela decretação do Estado Novo, pela criação do DIP (Departamento de Imprensa e Propaganda) e pela censura à imprensa.

Entre um e outro desses episódios, Athayde apaixonou-se por Maria José (Jujuca), 17 anos mais moça do que ele. Chatô foi à presença da futura sogra e, sem muita autoridade moral, mas com aquele seu sotaque característico, fez-lhe uma recomendação: "D. Laura, eu posso até ser mulherengo. E sou. Mas garanto-lhe que o caboclo Athayde é um cabra da peste, sertanejo muito bom". Desconfiado de que sua recomendação não fosse suficiente, Chatô pediu a Eugênio Gudin, aparentado e íntimo da família, que interferisse junto a d. Laura e a advertisse contra as histórias em circulação na cidade sobre os feitos amorosos de Athayde. E achando que todas essas intercessões ainda não seriam bastantes, Athayde redobrou o seu esforço missivista com repetidas e redobradas cartas de amor à sua noiva. Ele havia participado da revolução tenentista de 1930 e fora envolvido pelos revolucionários paulistas de 1932. Exilarase em Lisboa, Madri, Paris e Londres, embarcando a seguir num navio direto a Buenos Aires, porque estava impedido de fazer escala no Rio de Janeiro.

Graças à interferência do chanceler Afrânio de Melo Franco, conseguiu uma licença especial para vir ao Rio e casar-se com Maria José, no dia 12 de julho de 1933, numa união destruída apenas pela morte, sessenta anos depois, em 1993.

Ganhou dinheiro num bilhete de loteria e comprou uma ilhota em ltacuruçá, que foi, durante muitos anos, o seu merecido refúgio e onde instalou um observatório astronômico, afirmando: "Eu sou o segundo poeta a ouvir estrelas. O primeiro foi Olavo Braz dos Guimarães Bilac, com um bonito soneto e 'pálido de espanto'".

Athayde atravessou os governos de Juscelino, com a construção de Brasília, a renúncia de Jânio, a deposição de Jango, os vinte e um anos da ditadura militar, as presidências de Sarney, Collor, ltamar e Fernando Henrique, assistindo à sucessão de 56 acadêmicos e presidindo a posse de todos os seus substitutos.

Aí estão crônicas escolhidas entre milhares de outras que Belarmino Maria Austregésilo Augusto de Athayde escreveu ao longo de sessenta anos, primeiro como jornalista e diretor do *Diário da Noite* e, segundo, em *O Cruzeiro*, como membro e, mais tarde, presidente da Academia Brasileira de Letras.

Athayde foi um intérprete do seu tempo e um vidente do seu país, sempre e apenas um jornalista, com mais de dez mil artigos publicados. E jamais escreveu um só deles fora de suas convicções democráticas.

Foi sempre um trabalhador apaixonado, um jornalista combativo e um cronista diário, acompanhando esse dia-a-dia das realidades do Brasil e do mundo. Ele foi o admirável retratista daquele mais de meio século da instigante vida brasileira, social e política, que descreveu como mestre, cronista-testemunha e, não raro, como participante de uma época de ouro da nossa História.

E pintou um painel abrangente, focalizando personalidades da cena internacional: o libanês Charles Malek, o soviético Ivan Pavlov, a americana Eleanor Roosevelt e o francês René Cassin, com os quais escreveu, durante a III Assembléia Geral da ONU realizada em Paris, a Declaração Universal dos Direitos do Homem, solenemente assinada no Palais de Chaillot, no dia 10 de dezembro de 1948, presente o presidente francês, Vincent Auriol, recebendo depois elogios do presidente Jimmy Carter.

Aí em Paris, avistou-se ainda com Georges Bidault, Paul Spaak, Léon Blum, Georges Duhamel, François Mauriac e o cardeal Suard, sendo recebido no Vaticano pelo papa Pio XII, com o qual conversou em francês e latim.

Seus ensaios passam por comentários sobre Napoleão, Jefferson, Elizabeth II, Kruchev, Herbert Hoover, Nelson Rockefeller, Henry Ford, Sinclair Lewis, Dorothy Parker, Fidel Castro, Einstein, Gagarin, Bacon, Rubén Dário, Trujillo, Lorca, Shirer, Gabriel Landa, até Machado, João Ribeiro, Lima Barreto, JK, Rachel, Otto Lara, Oscar Niemeyer, Lúcio Costa e muitos outros.

Nada escapou ao seu binóculo, colocado num farol privilegiado, de onde descortinava todo o ambiente histórico do Brasil e do mundo. Era um homem franco, espontâneo, culto e enciclopédico, ao estilo de Pirro, Bayle e Hume.

Certa vez, em Belo Horizonte, falou e gesticulou durante mais de uma hora para centenas de rapazes e moças, que, no final, o aplaudiram delirantemente. Ali estava a juventude rebelde, ovacionando um orador de cabelos brancos.

Athayde ia completar 95 anos de idade no dia 25 de setembro de 1993, mas morreu doze dias antes. Dizia: "Infeliz é quem não morre, porque viver também cansa. Na minha idade, já não faço mais amigos novos. Os jovens gostam de mim, mas me tratam à distância, como se eu fosse um pajé. É que eu fui amigo dos seus avós e até bisavós. As novas gerações vão passando e eu vou ficando. Quando o homem morre, extingue-se com ele o universo em que viveu, e que o fez sofrer e amar. Ao chegar a esta incomum idade de 95 anos, sei que a minha vida algum dia vai terminar e é mais do que natural que tenha um fim, pois já foi um privilégio chegar até aqui. Mas não tenho nenhum medo da morte. Nenhum mesmo".

Garantia ter excelente saúde com uma única doença, sem remédio: a velhice. Presumia ser, na imprensa carioca, o mais antigo companheiro de Roberto Marinho.

Pouco antes de morrer, ainda tinha projetos e fazia planos para os dez anos seguintes.

Certamente, estava confiando na longevidade herdada dos seus pais e tinha, entre outros, os atributos de uma saúde de ferro, sem jamais ter fumado um cigarro ou ter bebido uma gota de álcool, mas também sem nunca ter tirado um dia de férias ou faltado a um dia de trabalho. Até o fim da vida, trabalhava doze horas por dia. Teve sempre o mesmo peso: 68 quilos, com a altura de 1 metro e 68. E há quarenta anos, nas posses acadêmicas, vestia o mesmo fardão da academia. Considerava-se um jovem, amigo dos moços, sem nunca ter tido uma idéia de velho. Cumpria rigorosamente todos os seus compromissos sociais, atendendo, numa noite só, a dois ou três convites. Obedecia rigorosamente a uma dieta metódica, de peixes, legumes e frutas.

Quase até o fim da vida, tinha uma memória prodigiosa, recitando de cor o nome de todos os Estados norte-americanos, além de textos inteiros do Novo Testamento. Costumava dizer que, aos 90 anos, se sentia como um menino de 30. Ultimamente, tinha apenas um pouco de dificuldade em andar, necessitando sempre de um braço amigo.

Definia-se na idade madura como um homem sem religião, de um deus particular, concebido por ele, um agnóstico na maturidade e na velhice, que transcorreram entre os Diários Associados e a Academia Brasileira de Letras, com quarenta e dois anos como acadêmico e trinta e cinco como seu presidente.

Eleito para a ABL no dia 9 de agosto de 1951, quando sucedeu a Oliveira Viana na Cadeira nº 8, cujo patrono é o poeta inconfidente Cláudio Manuel da Costa, nela permaneceu quarenta e dois anos, até 1993, quando o sucederam dois Antônios: o Callado e, a seguir, o Olinto.

A vida de Athayde, no seu mundo spengleriano e na sua patriarcal liderança, está retratada, com correção, maestria e competência, nas 800 páginas do livro *O século de um liberal*, de sua filha Laura e do seu genro Cícero Sandroni, que justamente no dia 25 de setembro de 2003, data aniversária do sogro, foi eleito para a nossa ABL.

Athayde defendeu sempre a tese de que a ABL devia ser proprietária de um patrimônio imobiliário, que garantisse sua independência financeira.

E começou a "namorar" uma área existente à esquerda do Petit Trianon, já doado pelo governo francês, e que fora ocupada pelo Pavilhão Inglês nas comemorações do Centenário e foi depois a sede do Tribunal Federal de Recursos e suas dependências. Quando se transferiu a capital do Brasil do Rio para Brasília e quando esse tribunal foi substituído pelo Superior Tribunal de Justiça, Athayde pleiteou sua doação ao presidente Juscelino Kubitschek, que assinou o respectivo decreto, às vésperas de sua mudança para o Planalto.

Dois meses depois de empossado, o presidente Jânio Quadros revogou a doação de JK, transferindo-a para a Faculdade Nacional de Filosofia, por considerar "as academias de letras resíduos de idéias vitorianas, anacrônicas e peremptas".

Com sua renúncia e sua sucessão pelo presidente João Goulart, o problema não teve nenhuma alteração.

Sobreveio o primeiro governo militar, presidido pelo marechal Castelo Branco, durante o qual Athayde teve um comportamento exemplar, combatendo a censura e a violência do regime, inclusive e sobretudo os atos discricionários da cassação do mandato de JK, a invasão da residência do acadêmico Álvaro Lins, a prisão dos escritores Astrojildo Pereira, Cartos Heitor Cony e Antônio Callado, a perseguição aos "18 do Hotel Glória" e a nova Lei de Imprensa.

Certo dia, em fevereiro de 1967, e para surpresa sua, recebeu um telefonema do marechal Castelo Branco, comunicando-lhe que acabara de assinar um decreto-lei, que tomou o nº 728, de doação à ABL do prédio e do terreno do Pavilhão Inglês.

Mas esse decreto ainda não era bem o que Athayde queria, porque continha uma cláusula segundo a qual a academia só poderia utilizar o imóvel nas condições em que ele se encontrava, sem nenhuma possibilidade de alterá-lo.

Apesar de prosseguir em sua corajosa conduta de defensor dos direitos políticos e de opositor aos Atos Institucionais em geral e ao AI-5 em particular, os militares no poder sempre respeitaram muito as posições de Athayde, até que o professor Leitão de Abreu, chefe do Gabinete Civil, no dia 30 de setembro de 1970 enviou ao Congresso uma mensagem presidencial, do general Emílio Médici, com o Projeto nº 2.039 – complementando aquele decreto-lei nº 728, assinado três anos antes, pelo marechal Castelo Branco – e que concedia à academia amplos direitos, sem nenhuma restrição, sobre o imóvel da av. Presidente Wilson, nº 231, transformado logo pelo Congresso na Lei 5.642, de 3 de dezembro de 1970, sancionada pelo presidente da República.

Era o que Athayde sempre desejara. E, dois anos depois, no dia 15 de dezembro de 1972, ele já lançava a pedra fundamental do novo edifício, com um discurso do mesmo tamanho daquele pronunciado por Machado na sessão inaugural da academia, em 20 de julho de 1897, dizendo na ocasião: "Este é um monumento para durar pelos séculos afora e as futuras gerações de acadêmicos terão aqui o lugar onde colher os frutos da nossa constância em servir os ideais dos fundadores".

Faltava o dinheiro para a construção do imóvel. Athayde recusou várias sugestões arquitetônicas que previam o andar térreo para ser vendido ou alugado a bancos e restaurantes, passando a exigir também que o projeto reservasse o espaço de uma praça pública, que hoje tem o nome de Manuel Bandeira.

No dia 15 de maio de 1975, a Ecisa, uma empresa imobiliária, assina com a Caixa Econômica um contrato de financiamento de 200 milhões de cruzeiros para a construção do edifício, inicialmente projetado para quarenta andares, mas que depois foi reduzido a trinta e três, por exigência do Patrimônio Histórico e Artístico Nacional, que argumentou com "a necessidade de ser preservada a composição urbanística da cidade".

Pelo contrato, a Ecisa ficou responsável pelo empréstimo e a academia garantiu-lhe o arrendamento por vinte anos, para recebimento dos aluguéis, a contar de quatro anos depois, em 1979, na inauguração do prédio, até 1999, quando ele reverteu todinho à posse da ABL.

Ao inaugurá-lo no dia 20 de julho de 1979, com a presença do novo presidente João Baptista Figueiredo, Athayde declarou: "Agora, podemos olhar de frente o nosso destino, na certeza de que a academia poderá ser contada entre as sólidas e brilhantes páginas da vida brasileira. E quando, sobre as gerações de hoje, baixarem as sombras, então será possível aos que vierem depois dizer estas palavras consoladoras: a realidade é ainda maior do que o sonho".

Por proposta do acadêmico Evaristo de Moraes Filho, esse prédio tem seu nome, como prova de gratidão e reconhecimento à independência financeira por ele legada aos seus sucessores. Porque esta foi uma batalha que ele travou durante dezenove anos, de 1960 a 1979, e terminou vencendo.

Esse edifício hoje aí está, na av. Presidente Wilson, nº 231, bonito, imponente e bem construído, como uma importante referência na vida cultural do Rio de Janeiro.

Graças em grande parte a Belarmino, a Academia Brasileira de Letras – hoje uma academia dinâmica e sólida, ao mesmo tempo tradicional e moderna, transformada numa instituição de respeito – foi, é e será sempre uma inexpugnável cidadela intelectual.

Murilo Melo Filho

CRÔNICAS

TERRA DE CARUARU

Nasci na praça da Feira e tenho um irmão de peito a quem minha mãe amamentou, porque tinha excesso de leite e a do pobrezinho era muito frágil e seca. Menino de cor preta de quem só me chegou essa notícia. Correu a voz de que eu era uma criança de tamanho extraordinário e houve ajuntamento de povo curioso na porta da casa, e meu avô Belarmino achou que convinha mostrar o recém-nascido. Um mês mais tarde, saímos de Caruaru e muito me penitencio de nunca haver voltado ao lugar do meu nascimento.

No entanto, haverá pouco caruaruense que goste tanto daquele chão que não conhece e, quando estudava corografia do Brasil, fui dizer aos meninos da escola de d. Ana Frota, no Cascavel, que tinha nascido naquela cidade, cujo nome lhes pareceu arrevesado e houve vaia, sendo que um disse que, se eu era de outra terra, por que não voltava para lá. Quando Álvaro Lins e os irmãos Condé vieram e Caruaru começou a ser citado na imprensa, compreendi a minha responsabilidade de conterrâneo dessas ilustres figuras. Senti-me quase como se fosse de Florença do tempo dos Médicis. Tenho na mesma consideração o fato do meu parentesco gentílico com o famoso Vitalino, e até estou fazendo um álbum de fotografias da cidade.

Assim a publicação do romance *Terra de Caruaru*, de José Condé, encheu-me de alegria cívica, pois o próprio nome da minha terra entrava, por mão de mestre, na literatura nacional. Jamais pensaria em fazer-lhe a crítica e sim em dizer com que comovido contentamento li as histórias que o compõem, aparentemente fracionárias, mas, na realidade, dando um retrato de corpo inteiro da terra e do povo, através de sua formação social e política, e principalmente de uma psicologia própria muito encantadora.

Dir-se-á que as coisas não se passaram de maneira muito diversa de outras cidades pernambucanas e do Nordeste, onde no princípio, em lugar do verbo, era mesmo a força desabusada que mandava. Não se transforma "um simples rancho para pernoite das boiadas vindas do sertão bruto" numa cidade moderna, sem haver de permeio muita violência, muita intriga, muito amor, muito riso e muita lágrima.

José Condé disse que é romance, mas, aqui para nós, há tanta vida e tanto realismo em *Terra de Caruaru* que não duvido nada que o que ali escreveu é a pura verdade dos acontecimentos, ouvida na tradição oral e no relato dos maiores. Tudo condimentado com arte, linguagem apropriada ao gênero e o corte vivo das personagens que, desse jeito, se tornam inesquecíveis.

Devo dizer que me sinto orgulhoso da existência de alguns tipos ali retratados com muita força e verossimilhança, principalmente senhoras brabas, que as houve muitas nos sertões e não faltaram em Caruaru. Chefes políticos de extrema dureza, muito rebarbativos e assenhoreados do destino alheio, com muito despotismo e intransigência como o Ariosto e os seus comparsas, enchem as crônicas sertanejas do Nordeste, resíduo dos primitivos regimes dos tempos coloniais, quando o chefe, insulado da autoridade maior representativa do governo, se investia dos seus poderes absolutos.

O livro de Condé tem alguma coisa do movimento e da ação da arte cinematográfica, sobretudo no seu caráter de documentário. Não se perde em pormenorizações inúteis, tem sentido direto, alcança rapidamente o objetivo e o clímax do episódio, de forma que pessoas, coisas e enredos passam bem marcados, com a nitidez das imagens bem apanhadas por hábil operador.

Condé é bom paisagista e apenas com alguns poucos traços deixa o leitor dentro do ambiente. Esplêndido na descrição de chuvaradas, enchentes, tempestades de trovão e raio, lama pesada e a tristeza da alma que nos invade quando a natureza entra assim, embora que por pouco tempo, em suas fases de transtorno. Melhor ainda na apresentação de estados de alma: ódio e amor, explosões de cólera e a concepção das tramas de vingança, executadas de imprevisto, com todos os requintes da perversidade primitiva.

Caldeou-se Caruaru e hoje envia grandes embaixadores para dar testemunho de cultura e sabedoria. Nomeia-se e renomeia-se nas crônicas dos grandes centros, graças aos seus filhos importantes, e é um júbilo dizer que ali vi a luz generosa, no finzinho do século, e qualquer desses dias, maior de 60, irei contemplá-la, como quem descobre a origem do fio d'água que, afinal de contas, contribui também para a grandeza do oceano.

O VELHO SEMINÁRIO

No dia 18 passado, comemorou-se o primeiro centenário da fundação do Seminário da Prainha, em Fortaleza, e foi com muita pena que, por imprevistas circunstâncias, não pude atender ao convite do reitor e dos meus antigos companheiros para estar presente e falar-lhes. Assim poupei-me a grandes emoções, como seria a do reencontro com mestres e condiscípulos, depois de quase cinqüenta anos de separação.
O velho seminário viu passar, sob as suas arcadas, muitas gerações de estudantes. Como é da regra evangélica que muitos são chamados e poucos escolhidos, o número dos que subiram à honra do ministério sagrado é relativamente pequeno, comparado com o dos que apenas colheram ali as lições de um humanismo que os marcou também com um sinal indefectível, quase como o do sacerdócio.
Entrei com 11 anos de idade, por um impulso pessoal em que acreditava haver um chamado divino. Recordo aquela hora solene, quando meu pai me entregou ao reitor, padre Peroneille, e juntos atravessamos a grande porta do parlatório, para que eu iniciasse a nova carreira.
Tudo a meus olhos parecia tocado de sobrenaturalidade e ainda hoje escuto os cânticos religiosos da Ladainha do Sagrado Coração de Jesus, na missa da primeira sexta-feira

de março de 1910, a que compareci de batina, o *Piedoso Levita* na mão, inaugurando a minha vida de seminarista.

Era indescritível o meu júbilo interior, a compenetração de me estar associando a um coro angélico, como se estivesse no pórtico do céu.

Tudo era novidade e encantamento naquele mundo com que tanto sonhara, desde que assim, de repente, depois de ter visto o padre Leandro, em Granja, ministrar a extrema-unção a uma moribunda, surgiu-me e fixou-me com força a idéia de que eu também deveria ser padre.

Passei da meninice à adolescência, certo dessa convicção, maior surpresa da minha vida tive-a quando, já no segundo ano de teologia e feito o curso de filosofia, o novo reitor, padre Guilherme Vaassen, chamou-me à sua presença, depois da oração da noite, para comunicar-me a sentença irrecorrível de que o Concílio dos Padres decidira que me faltava a vocação e que devia deixar o seminário.

Ia então para os 18 anos e o golpe foi tão fundo que ainda hoje não sei como me pude repor do que me parecia não só inacreditável como ainda inteiramente impossível. Durante horas correram-me as lágrimas, avassalado por uma onda de inconformidade com o que se afigurava não apenas um erro de julgamento dos meus superiores, mas uma provação de que não estava certo de que poderia salvar-me jamais.

Passei grande parte daquela noite no coro da igreja, diante da lâmpada do Santíssimo Sacramento, e só com as luzes da madrugada entrando pelas torres e a brisa que as acompanhava retomei a mim, fortalecido por uma coragem vigorosa para cumprir, em plena obediência, uma nova missão.

Quase todos aqueles mestres já deram a Deus as contas de uma vida exemplar: Couturier, Van Gestel, Lumezi, Boulard, Peroneille, Jerônimo Pedreira de Castro, Ignácio José do Patrocínio e esse d. Pio que teve comigo uma tão íntima e prolongada comunhão de pensamentos.

Dos companheiros não quero falar embora os recorde a todos, um por um, com os seus nomes e fisionomias, e saiba quão foi diverso o destino que tiveram.

Ainda sobrevivem dos padres mestres do seminário do meu tempo duas figuras extraordinárias: Pedro Zingerlé e Guilherme Vaassen, nonagenários como meu pai, mas firmes e sólidos, testemunhas de um mundo desfeito nas sombras da memória evanescente.

Neste centenário, ninguém foi esquecido por mim e sei que os velhos mestres e os velhos companheiros retribuem em amizade e doce recordação os sentimentos em que nunca deixou de tê-los o pequeno Belarmino, que alvoreceu com eles e, embora desgalhado da grande árvore, vive ainda muito de sua seiva generosa.

Cem anos de serviço à cultura e à piedade, eis o acervo que o Seminário da Prainha oferece como título à gratidão do Brasil. Lá estão as paredes monumentais, as arcadas que se animam com o alvoroço das novas gerações, a igreja tocada da espiritualidade da juventude que dentro dela eleva tão alto a força da fé criadora, as vozes da crença e da sabedoria, tudo continuando a torrente de idealismo de mestres e discípulos e entre esses últimos estarei sempre, até que o coração irrequieto encontre o eterno repouso.

SANTIFICAÇÃO DO TEMPO

Deus não permitiu a muitos a alegria com que brindou a minha vida que começa a ser longa: a de ter, aos 65 anos de idade, pai e mãe, redourados pelo sol dos 90, quase tão viçosos como se tivessem meio século de menos. Parece um milagre essa realidade que qualquer um pode verificar e é o assombro da família e dos conhecidos.

Minha mãe, Constância Adelaide, é senhora completa de todos os seus sentidos, move-se com absoluta segurança, desce e sobe, várias vezes por dia, as escadas de sua casa. A sua memória continua a ser angélica, o espírito vivo e perspicaz como nos tempos da juventude. Doze filhos dignificaram o seu matrimônio e o dobro disso criou em netos e filhos de estranhos, que ela sempre teve o prazer caridoso de ajudar a viver.

Meu pai, o grande varão que todos respeitam e veneram é, aos 90, um homem válido, na plena lucidez do seu espírito, com aquela capacidade de trabalhar que poucos no mundo tiveram, aquele senso de ordem, de elegância e gosto que fazem dele um tipo da nobreza pernambucana dos engenhos de açúcar, sem que jamais tivesse vivido em um deles, sendo seu pai um oficial do Exército.

Há mais de vinte anos é o provedor da Santa Casa de Misericórdia de Fortaleza e quem quer que tenha visto as obras por ele realizadas, numa luta desparelhada para obter os recursos materiais, não pode deixar de ter fé numa força imanente que ajuda os homens de boa vontade e coração magnânimo.

Como puderam esses dois seres privilegiados, cujo matrimônio se verificou há setenta anos, atravessar tantas vicissitudes da existência, conservando a integridade do seu organismo, sem acusar a mínima perda nos seus sentidos ou sofrer de qualquer doença que sequer os ameace de invalidez?

Minha mãe, aos 85 anos, pintou em porcelana um serviço de mesa completo para dar de presente à minha filha, Laura Constância, no dia do seu casamento e, faz poucos meses, fui encontrá-la tocando piano para gravar uma valsa de sua recente composição. É poetisa e sua inventiva para improvisar pequenos contos encheu de felicidade a minha imaginação de criança.

Lembro-me muito bem dela, desde os seus 25 anos e até que eu fosse para o seminário, em 1910, quase que não a abandonava, sempre ao seu lado e nunca me deixa a recordação de ouvi-la ao piano, na sala que ela gostava ficasse em meia escuridão e onde cantava as mais ternas e amorosas modinhas do tempo de sua mocidade.

Ela aprendeu um pouco de latim para ensinar aos filhos e auxiliava no aprendizado das nossas lições, que eram dadas a meu pai, sempre severo e exigente em recebê-las.

Transmitiu-me a vocação da música, como a concisão de jurista de meu pai responde pelo hábito de reduzir ao mínimo de palavras o pensamento que me cabe escrever.

Digo-lhes que é verdadeiramente uma sensação que nos aproxima dos valores eternos viver tantíssimos anos, no amor da família, com os pais tratando-nos como se fôssemos meninos, na continuação daqueles mais puros sentimentos, que se tornam mais fortes quanto mais duram.

Estivemos todos juntos em torno de minha mãe, no dia dos seus 90 anos, filhos, netos e bisnetos, alguns desses últimos já atingindo a idade de aumentar-lhe a descendência. Houve aquela algazarra álacre das famílias numerosas que se reúnem para celebrar as datas de sua estima, os nomes substituídos pelos apelidos íntimos, cada qual relembrando fatos miúdos do tempo em que estávamos sob o mesmo teto, numa renovação de um passado remoto que ali se testemunhava na presença daqueles seres augustos, sagrados pelas santificações dos sofrimentos e dos júbilos que a vida distribui, no seu prolongado transcurso.

Fecho por alguns instantes os olhos para rever as cenas familiares do cotidiano de nossa casa, especialmente quando a família se ajoelhava diante do pequeno oratório para rezar o terço e todos oferecíamos as orações para que Deus conservasse a vida de nossos pais.

Fomos atendidos em nossas preces. É para agradecer a Deus a graça imensa de ter os meus pais vivos, íntegros, participando do nosso convívio, amando-nos e sendo amados, hoje como sempre, que ouso trazer a público esta breve notícia, quando os dois entram no decênio que, esperamos confiantes, os levará à magnitude da glória secular.

SERMÃO DA MONTANHA

Uma das visitas que faço, sempre que vou a Nova York, é à Trinity Church, um templo de paredes escuras, ladeado por dois pequenos cemitérios, que fica defronte da Wall Street. Entro e medito sobre a presença daquele lugar de repouso espiritual e oração, em face da rua estreita onde se decidem os maiores negócios do mundo.

Não estará ali o grande símbolo da vida dos Estados Unidos, dessa mescla incrível de idealismo puritano e do mais rude materialismo da história contemporânea?

Uma vez quedei-me diante do túmulo, mais que secular, onde se encontram, no cemitério de Trinity Church, os restos de Alexander Hamilton, que é, entre os organizadores da vida política dos Estados Unidos, o que merece a minha preferência.

Ali repousam, também, com os seus nomes inscritos em lápides enegrecidas, os primeiros colonos de Manhattan. Quantos temas solenes e graves ocorrem, naquele lugar solitário no meio de imensas multidões, ao analista daquela vida incomparável, cheia de tantas contradições e problemas, da maior cidade do mundo!

O que predomina é o sentido místico, e os próprios comerciantes frios que disputam na Bolsa da Wall Street têm o misticismo do enriquecimento, nos grandes lances do jogo em que entra também uma parte tangível do destino.

Lembro-me sempre das ocasiões em que acompanhei, na Union Square, os grupos de pregadores evangélicos, que ali se sucedem com os seus harmônios portáteis, cantando hinos e advertindo os ouvintes sobre as grandes coisas que se aproximam.

Especialmente de uma moçoila que não teria ainda 18 anos, loura como um anjo que, depois de cantar alguns salmos, anunciou a proximidade de acontecimentos apocalípticos. Fiquei extasiado com a beleza da mulher apenas adolescente e a serena maneira por que desfiava, em tom profético, as catástrofes cujos sinais ela já estava observando no céu.

Basta ver como vivem cheias as igrejas de todas as confissões, nos Estados Unidos, como surgem ali religiões, sociedades secretas, fórmulas novas de salvação e glória, para sentir o impulso daquele povo às aspirações mais nobres do espírito.

Assim, não me surpreendeu o pequeno cartão que acabo de receber de Nova York, assinado por Paul Norton, presidente do *The Sermon on Mount Newspaper Page*, em que me solicita que mande imprimir nos *Jornais Associados* o Sermão da Montanha e sugere que o faça no período da Páscoa, por ocasião do encerramento das escolas, ou qualquer outro dia. O essencial para ele é que o Sermão da Montanha volte aos olhos das multidões sofredoras, inquietas ou apenas esquecidas daquela página incomparável do Cristianismo.

As bem-aventuranças consoladoras, a divina pureza de sentimentos que oferecem às almas desassossegadas a esperança que infundem e o amor que espalham, como não se condensou em nenhuma outra página das que elevam os corações à suprema transcendência da humana fragilidade!

Bem-aventurados os que sofrem, bem-aventurados os que têm fome e sede de justiça, bem-aventurados os pobres de espírito, porque deles é que será o reino de Deus.

Não sei quem é Paul Norton, desconheço as suas crenças religiosas, ignoro tudo da associação de que é presidente, mas poucas vezes uma mensagem, vinda de tão distante, terá tocado mais fundamente a minha sensibilidade de homem preocupado com a sorte das gerações que estão sendo desviadas da fecunda corrente do espiritualismo para as sórdidas aventuras da escravidão marxista.

Fecho os olhos e como que ouço de novo os cânticos da menina loura da Union Square, há mais de trinta anos, apoderada do dom profético dos cristãos da Igreja Primitiva, a pedir aos homens oração e amor. Contemplo a torre gótica da Trinity Church e o cemitério onde dorme Alexander Hamilton, sobre os quais desemboca, num contraste asfixiante, a Wall Street, com os seus rumores de metal. Existe ali uma força misteriosa que está longe ainda de ter dado ao mundo o máximo das suas imanências.

Paul Norton chega, num cartão humilde, para pedir-me que aceite nas páginas dos jornais a colaboração de Jesus, publicando-lhe ainda uma vez o Sermão da Montanha.

Vamos parar, por breve tempo que seja, aquele rio de esquecimento que nos arrasta para um abismo sem nome. Deus ainda existe.

VIOLÊNCIA E IRRESPONSABILIDADE

*P*ela madrugada, vieram os homens à porta da casa, bateram a campainha e disseram a quem acorreu que ali estavam para falar-me. "A estas horas o patrão ainda dorme. Costuma vir muito tarde do trabalho."

Replicaram que ali estavam para ver-me de qualquer modo, que o caso era urgente e era preciso acordar-me o quanto antes. Voltou a empregada e disse que teriam de esperar, se quisessem falar-me, pois havia ordem expressa de respeitar o meu sono.

Impacientaram-se os homens e disseram que eram da polícia e que não demorassem mais em transmitir-me a ordem. Assim, compreendeu-se que não havia alternativa e foram dizer-me o que se passava.

Logo entendi que ali estavam para levar-me preso e que não havia como relutar e que a resolução mais inteligente seria ainda recebê-los e cumprir o que lhes fora determinado. Disse, então, que os fizessem entrar e pouco depois fui à sua presença.

Eram dois homens ainda jovens e diante de mim mostraram-se polidos e até não puderam esconder certo acanhamento pela missão que estavam desempenhando.

"O chefe pede o seu comparecimento, doutor, para algumas explicações. Acreditamos que tudo será rápido e sem maiores incômodos."

Convidei-os a tomarmos café juntos. Aceitaram os moços e conversamos vagamente algum tempo sobre coisas sem nenhuma importância, como se fosse o acontecimento mais normal e irrelevante do mundo virem à casa alheia, àquela hora, para levar preso o dono.

Perguntei-lhes, ao final, se não seria de bom conselho levar logo alguma pequena maleta com pertences indispensáveis, para o caso de que as explicações pedidas me fizessem demorar. Consideraram bom o alvitre e logo fui devidamente apetrechado, na expectativa de ter de ficar.

Dentro do automóvel, rumamos para o antigo Quartel dos Barbonos, palestrando a respeito de assuntos que em nada vinham ao caso e que eu procurava entreter, com a máxima serenidade, como se tudo aquilo fosse natural, mero acidente na profissão de jornalista.

Chegando no andar de cima, encontrei outros quatro companheiros, entre eles estava Virgílio Melo Franco e logo compreendemos que a ditadura vacilante, naquele Natal de 1944, se dispunha a praticar as suas derradeiras violências.

Algumas poucas horas mais tarde, disseram-nos que seríamos transferidos para o Quartel de Cavalaria da Polícia Militar, na rua Salvador de Sá, e ali fomos alojados num quarto pequeno com cinco camas. Estávamos presos como conspiradores e inimigos do Estado Novo.

Passaram-se dias e noites, inclusive a da Natividade, durante a qual não dormimos, celebrando naquelas condições extraordinárias e mortificantes a vinda de Jesus, o aparecimento dos anjos e o cântico que repetimos, anunciando que seria assegurada paz na terra aos homens de boa vontade.

Um dia, à tarde, chamaram-me a depor. Um interrogava e outro escrevia. Houve o mais estranho diálogo. O que perguntava informou que eu estava sendo acusado de conspirar contra o governo. "O senhor todas as semanas faz viagens secretas. Aonde vai?"

Respondi-lhe que não ia longe nem eram secretas aquelas viagens, pois todo mundo sabia que o meu destino era uma ilha paradisíaca na baía de Sepetiba.

Disse o inquisidor que o governo tinha provas de certas ligações com os comunistas e que a minha situação pessoal era péssima diante das provas colhidas.

Obtemperei de bom humor que só algum habitante da Lua poderia admitir que eu fosse comunista, embora compreendesse que não sendo notoriamente nazista, segundo os cânones do Estado Novo, para os senhores do governo a minha posição de democrata liberal haveria de estar necessariamente no pólo oposto, pois que isso era da sua conveniência e nenhuma argumentação do cordeiro poderia ser válida aos olhos do lobo.

Houve um certo momento de aspereza, mas logo aquietou-se o inquisidor e, para meu encanto, disse que costumava ler os meus artigos no *Diário da Noite* e, num crescendo de confiança, os dois, que ali estavam para recolher dados para a minha condenação, acabaram dizendo: "Agora eles acham que todo mundo é comunista".

Terminou ali o inquérito e já no quartel havíamos feito boa amizade com alguns oficiais e soldados que, à socapa, nos fizeram saber de sua disposição contra o governo.

Dois dias mais tarde, houve ordem de soltura e todos os que seriam tecnicamente responsáveis pela prisão fizeram-me saber que jamais haviam ordenado aquela arbitrariedade. Sendo que um deles, por sinal o próprio ditador, mandou dizer-me que aquilo fora um absurdo, comentando melancólico que "nas ditaduras é assim mesmo"...

INTOXICADOS DO EXÍLIO

*E*xiste no mundo a vasta família dos exilados, vindos de diferentes partes e vítimas de tão diversas opressões. É preciso ter vivido assim violentamente separado da família e da pátria para compreender as coisas e sentir a intensidade e repercussão psicológica de certos dramas.

O grande mal do homem no exílio é que ele conduz pelo mundo afora, onde quer que se encontre e por mais distante que seja, o clima dos acontecimentos políticos que produziram a sua desgraça.

O tempo passa, com as suas modificações impositivas e inelutáveis, levando partidos e homens a aceitarem as realidades novas, mas o exilado conduz no íntimo do seu coração as grandes mágoas da derrota e os seus ressentimentos crescem quando vê, por força da natureza das coisas, que os que ficaram na pátria tiveram que ajustar-se e admitir alguma forma de convívio com o inimigo vitorioso.

Ai do exilado de mais tino político que tente interpretar os fatos e explicá-los dentro da lógica da vida natural das nações. Logo se forma contra ele um círculo de suspeitas e o grupo intransigente, irredutível e incapaz da mínima flexibilidade, busca isolá-lo como espião ou traidor em perspectiva.

Depois da Revolução Constitucionalista de São Paulo, fiz a longa experiência de um exílio de dois anos, na Europa e a maior parte do tempo na Argentina. Em Buenos Aires formou-se um círculo de políticos e militares, logo separados em grupos, disputando comandos e posições, entretido em conspirações longínquas e obviamente impossíveis, sequioso de notícias do Brasil, trocando a leitura de cartas recebidas de informantes imaginosos, enredado numa densa trama de fantasias, tudo para ocupar o pesado ócio e dominar a ansiedade que vem da desilusão e da incerteza.

Uma simples opinião que nascesse do bom senso ou do ceticismo quanto à veracidade de notícias secretas, recebidas através de agentes inescrupulosos, era o bastante para suscitar desconfianças e levar um companheiro, por mais leal e corajoso, à condenação daqueles que teimavam em não ver a realidade meridiana.

Passavam-se os dias, as semanas e os meses; o Brasil evoluía, surgiam aqui outros chefes, novos líderes, adotavam-se táticas mais consentâneas com os objetivos a alcançar. No exílio, tudo nos parecia defecção, covardia e cambalacho político.

Quando nos chegava alguma carta, assinada por observador genuíno e fidedigno, expondo com sensatez e moderação os acontecimentos políticos, como, por exemplo, a aceitação da interventoria de São Paulo pelo saudoso e querido Armando de Salles Oliveira, soprava sobre os exilados um vento maligno de indignação e protesto.

Queríamos cólera, alimentação e fogo, um povo estertorando, São Paulo com os cafezais cortados e incendiados, levantes militares, guerrilhas, a morte impiedosamente distribuída a quantos não estivessem de acordo com o nosso ódio.

A simples história de uma explosão casual, ocorrida no Rio de Janeiro, tomou as proporções do início de um sistema terrorista que um dos nossos amigos declarava, com ênfase, ter sido preparado por agentes seus, e quando uma pedra rolou na estrada de Petrópolis, atingindo o ditador, ouvi um companheiro de exílio, com um sorriso misterioso, afirmar que aquilo fora trabalho dos seus "rapazes".

Cada qual procurava prestigiar-se aos olhos dos outros, apresentando fastidiosos relatórios, filtrados pelas fronteiras, ou atribuindo aos seus "homens", organizados em células secretas, obedientes e aguerridas, uma ação arrasadora, sempre a iniciar-se num dia que não chegava nunca.

"O Brasil está sobre um vulcão", anunciava num mês de fevereiro, quando todas as noites ouvíamos nostálgicos as estações de rádio enviar-nos pelos ares os sambas mais buliçosos da temporada carnavalesca, inclusive o inesquecível "O teu cabelo não nega".

Perdíamos horas e horas, nos cafés de Buenos Aires, discutindo, fazendo análises e prognósticos, e ao nosso grupo ajuntavam-se asilados de outros países latino-americanos e por fim já nos misturávamos numa confraria internacional, sonhando com uma ação libertadora conjunta, com um exército, como o de Bolívar ou San Martín.

Não havia impossíveis para os grandes intoxicados do exílio. Assim são todos, por toda parte e em todos os tempos.

TAUMATURGO
INCOMPREENDIDO

*F*ico muito encantado quando me anunciam o aparecimento de algum profeta, homem santo, fazedores de milagres de ambos os sexos, adivinhos e toda essa espécie de gente capaz de transtornar a ordem natural das coisas pelos poderes assombrosos que possui.

Dizem que é crendice, ignorância, superstição e que nos grandes centros de cultura tais coisas não existem, nem sequer são possíveis.

Pois saibam que as faculdades sobrenaturais dos grandes embusteiros só se desenvolvem, com esplendor particular, nas cidades mais civilizadas e célebres pelo refinamento de seus habitantes.

Os santos e milagreiros do interior raramente atingem a fama e operam os portentos que os tornam dignos de admiração e confirmam o prestígio da grei.

A própria qualidade humilde de sua clientela reduz bastante as perspectivas do êxito que alcançam. Nunca saem da categoria dos profetas menores.

Às vezes, brilham intensamente e conseguem chamar a atenção da imprensa das capitais, mas vem logo uma espécie de cansaço ao espírito público e nomes que reluziram, por algum tempo como estrelas, decaem de repente e alguns para sempre, não se ouvindo mais falar dos seus nomes. Como que desaparece ou se eclipsa a força sobrenatural de que estavam providos.

Poderia citar uma lista tão longa de embusteiros que fizeram época, desde que me entendo, que daria quase para encher este espaço. Não o farei, no entanto, porque o meu desejo é falar aqui de Nero, a personagem que captou a imaginação de figuras de prol, inclusive da ciência, realizando feitos que pareciam muito além das aptidões humanas. Metido em sua capa lustrosa, nas feições conhecidas de Mefistófeles, reinou sobre os espíritos. Contaram-me certa vez a soma de suas capacidades. Eram formidáveis. Além de beber, sem que nenhum mal lhe adviesse, os venenos mais terríveis, fazia difíceis e complicadas operações, às escuras, penetrando no íntimo das vísceras mais delicadas, e já no dia seguinte, o paciente, curado dos seus males, não apresentava o menor sinal de que o bisturi lhe cortara os tecidos.

Irra, que nunca se viu coisa semelhante, na história da magia negra! Nero podia emparelhar-se com o conde Cagliostro, pelo caráter estupendo das maravilhas com que fascinava os auditórios mais exigentes. Se não houve com ele algo parecido com a história do colar, é que os cardeais de hoje não se metem em intrigas de corte, e nem mesmo há cortes e rainhas seduzidas pelo esplendor dos colares.

Assim o que falhou não foi o gênio de Nero e sim as condições mesquinhas dos tempos. Cagliostro tratou com o papa, cardeais, reis e obteve as mais ilustres proteções. Era um impostor de alta categoria.

Em vez de trancafiar Nero, como aconteceu, o que deveríamos ter feito, para honra e lustre do Brasil, seria enviá-lo a centros mais civilizados e mais cultos: a Paris, Londres ou Nova York, lugares onde tipos de sua raça têm alcançado os mais raros triunfos.

A humanidade é cada vez mais simples e inclinada a acreditar. O que atrai é o inverossímil. Quanto mais a ciência progride, mais o possível distende os seus limites.

É uma injustiça reduzir Nero à pífia situação de macumbeiro.

Examinem melhor o caso e verão que há nele um antecipador das forças que, futuramente, elevarão o homem à potência semidivina. Está sofrendo as mesmas perseguições que afligiram os profetas. É um taumaturgo incompreendido.

A MUSA EXTINTA

"Minha mãe faleceu, quinta-feira, em La Plata, vítima de ataque cardíaco", dizia o bilhete que estava sobre a minha mesa e era assinado por Marfa Barbosa Viana. Assim tive conhecimento da morte de Ângela Vargas.

Fiquei alguns momentos parado, enquanto acudiam à memória longos passos da juventude.

Um desfile de vivos e mortos, de nomes que se tornaram ilustres ou já eram, de esperanças que não se confirmaram, de artistas de verdade e de mocinhas que não tinham a mínima vocação para intérpretes da poesia.

O salão era no 116 da praia de Botafogo, a casa de Ângela Vargas. Ali se reunia um mundo heterogêneo de poetas, romancistas, homens de imprensa para as tertúlias vesperais do curso de declamação, em que Ângela era, ao mesmo tempo, uma mestra e uma deusa. As discípulas numerosas, e entre elas Maria Sabina, Nair Werneck Dickens, Maria Helena Custódio Coelho, consagravam-se como sumidades e os poetas parnasianos, Bilac, Alberto de Oliveira, Raimundo Corrêa e Vicente de Carvalho eram os mais recitados. Não faltavam quase nunca Adelmar Tavares e Hermes Fontes, os quais, como Olegário e Oliveira e Silva, figuravam sempre nos programas das alunas e da mestra. Povina Cavalcanti e Peregrino Júnior eram dos mais assíduos.

O momento culminante era o fecho, quando Ângela vinha ao pequeno palco para declamar. "Pátria, latejo em ti..." E a voz cascateava, clara, cheia, esmerada na dicção, tirando todos os efeitos da sonoridade das palavras, escandindo os versos de métrica rigorosa, crescendo de emoção até o final da chave gloriosa: "E os meus ossos no chão, como as tuas raízes; Se estorcerão de dor, sofrendo o golpe e o insulto!".

O auditório delirava; os aplausos estrugiam: cada qual que quisesse demonstrar mais entusiasmo, com adjetivos em que "soberba", "maravilhoso", "inigualável" crepitavam na fogueira dos corações em delírio. E pedia-se então que continuasse, que repetisse indefinidamente, que não saísse sem dizer mais uma poesia, uma última, para exaltação e consolo dos ouvintes extasiados.

"O caçador de esmeraldas", Ângela reservava para as grandes ocasiões, para os recitais no Municipal ou no Conservatório Nacional de Música, com as salas regurgitando. Transfiguravam-se a declamadora e o público num acesso de unção patriótica. Naquele tempo Bilac dominava, era senhor absoluto e inconteste da poesia. Os grandes clamores dos seus versos grandíloquos, o fogo da paixão dos sonetos de volúpia e de sonho não tardaram a morrer, as novas gerações deixaram de amar o semideus. Ângela foi, sem dúvida, a sua melhor intérprete.

Mas, no 116 da praia de Botafogo, todos os poetas, velhos e novos, recebiam carinhosa acolhida. Tínhamos ali as primícias dos livros a serem editados, dos últimos poemas, das aparições mais recentes. Ângela incentivava os jovens, dando a recitar os seus poemas e sonetos às principiantes, e vi, muitas vezes, o êxtase dos rapazinhos que escutavam as suas elaborações poéticas do bico de algum rouxinol, ensaiando a voz nos gorjeios que a mestra lhes ensinava.

Quando Berta Singerman surgiu aqui, os admiradores de Ângela nem admitiam cotejo com a argentina. Quem poderia, neste mundo, chegar aos pés da Musa, de quem Olavo Bilac dissera: "Tu és a própria poesia"?

Sobre esse mundo vário e colorido, baixou o pano, de repente. Ângela desapareceu sem crespúsculo, como se tivesse sido arrebatada. De quando em quando, corriam imprecisas notícias do seu paradeiro: estava na França, na Polônia, na Rússia. Há poucos meses, veio ao Brasil. Alguns dos seus amigos puderam revê-la. A maioria soube por ouvir dizer.

Ela fora um grande trecho de nossa vida comum: de homens e mulheres que sonhavam. Em seu rosto a morte deve ter sido tão bela quanto a vida.

TEMPO ANTIGO

*O*utro dia, tive uma dessas surpresas que nos agridem, quando vemos, assim de repente, que o tempo passou com extrema velocidade e as pessoas, as coisas e os fatos que conhecemos, vimos ou assistimos já pertencem à história longínqua. O caso foi numa revista americana que fazia reviver, como assunto muito distante, a vida do mundo logo depois da Primeira Guerra Mundial. Naturalmente o quadro era dominado na América pela figura do presidente Wilson e do marechal Pershing, e na França e na Inglaterra, pelos grandes generais e marechais que haviam conseguido vencer os impérios da Alemanha e da Áustria-Hungria.

O meu espanto veio de que o jornalista, em sua reportagem, falava desses vultos que foram nossos contemporâneos, alguns dos quais vi em carne e osso, como Pershing, Lloy George, Pétain, inclusive o rei Alberto da Bélgica, como se se tratasse de personalidades mitológicas, ou recuadíssimas nas crônicas do mundo.

Realmente, eram aos nossos olhos como deuses. Quem pode esquecer, por exemplo, o frêmito dos nossos corações, quando os alemães investiram sobre Paris, no começo do conflito, e soubemos que Joffre os havia varrido do Marne, ao empregar, pela primeira vez, grandes concentrações de automóveis, antecipando assim as tropas motorizadas da Segunda Guerra? E a história épica de Verdun, com o famoso "On ne passe pas" que repetíamos como se fosse uma verdadeira decisão do destino e que, afinal, se confirmou, graças ao seu comandante indomável, a quem a sorte reservara para o fim da vida, na extrema ancianidade, o papel inconcebível dos traidores?

Lembro-me tanto do padre Léon Peyré, nosso mestre de filosofia, homem de grande saber, que certa vez, em plena aula, deixou de lado os temas da metafísica e tomado de entusiasmo, raríssimo entre seus companheiros de batina, assegurou-nos que, em apenas quinze dias, a guerra terminaria com a vitória da França. Passaram anos e anos e o bom do padre Peyré, que era reservista, foi chamado às fileiras e lá nos deixou nos nossos estudos que ele regia com eficiência e, ao despedir-se, disse-nos: "Afinal, vou ter a oportunidade de garrar o meu boche". Soube depois que passou o seu tempo de serviço militar no trabalho piedoso de padioleiro.

Já eu não estava no seminário, quando o Brasil entrou na guerra e é difícil descrever aos moços de agora o que então sucedeu. Passeatas e passeatas nas ruas de Fortaleza, ao som da marcha do "Soldado paulista", comícios na praça pública desancando o Kaiser e certa vez realizávamos um deles, na praça do Ferreira, quando passou por ali o comandante da guarnição, coronel Ernesto César, e houve um grande clamor de aplausos, de gritos, de vivas, seguidos da insistência para que falasse ali mesmo o bravo militar, trepado num banco de passeio.

Era o coronel Ernesto César homem muito discreto e sisudo, pouco afeito à eloqüência de rua. Quase empurrado, subiu ao banco e limitou-se, no seu breve discurso, a convidar a todos quantos ali se encontravam a comparecer ao quartel-general, a fim de se inscreverem como voluntários, para o caso de que o governo viesse a necessitar de tropa para enviá-la aos campos de batalha. "Vamos!", gritaram os mais animosos e logo irrompeu o "Nós somos da pátria amada" e o cortejo dirigiu-se para o quartel-general.

A distância não era muito grande, mas no caminho comecei a notar as deserções. Escapuliam uns para um lado, outros para outro, e o bando ia diminuindo a olhos vistos. Não éramos muito mais de 50, quando alcançamos o pátio do quartel. Ali não havia ninguém para receber a inesperada visita dos jovens patriotas e um tenente, meio arreliado com a bulha, perguntou que pretendíamos, e como lhe disséssemos declarou que não havia nenhum livro de inscrição de voluntariado e que o melhor que tínhamos a fazer era irmos, cada qual, para a sua casa. "Mas o coronel...", houve quem dissesse. "O coronel estava brincando com os senhores." Houve certo alívio e demos meia-volta muito murchos, comentando o número dos que foram dobrando as esquinas e eram grande maioria. Nem por isso deixamos de realizar novos comícios, com muita cantoria cívica e discursos inflamados.

Tudo isso me veio à memória, à medida que lia a reportagem da revista americana com os nomes e retratos dos nossos velhos heróis. Tão pálido e esquecido como um amor remoto.

DIVAGAÇÕES SOBRE
O CAMPEONATO

Os intelectuais de minha geração afetavam grande desprezo pelas competições desportivas, especialmente o futebol, que era, já na segunda década do século, o jogo mais prestigioso e estimado pelas multidões. Parecia impróprio de um escritor, preocupado com as altas indagações da arte literária, assistir a 22 latagões desempenados, de músculos retesos e ágeis, correr atrás de uma pelota de couro. Não possuíam o mesmo espírito dos poetas gregos que celebravam em odes memoráveis os grandes feitos dos atletas atenienses.

E haja ironia e até apodos contra os que se encantavam com o futebol e as moças que se derramavam com os jogadores mais famosos, dando-lhes a preferência negada aos tipos melenosos que insistiam em tomar as atitudes dos românticos pouco limpos do século passado e acreditavam que não se podia ser grande poeta sem beber absinto. Devo dizer, no entanto, que, já depois da Segunda Guerra Mundial, começamos a evoluir, modernizando o procedimento dos escritores em face das manifestações da beleza física conquistada nos prélios desportivos.

Eu mesmo escandalizei um pouco, ao devotar-me ao boxe, depois de ter feito esgrima com o inesquecível mestre José Ferreira. Foi depois da derrota do francês Carpentier pelo americano Jack Dempsey que se meteu na minha cabeça vingar a latinidade, construindo bíceps de aço para abater o gigante de todos os pesos, quando eu não conseguiria jamais passar da categoria dos galos. O mais que fiz foi levar muita pancada do meu colega e amigo Ivo Arruda, mais pesado do que eu e com muito mais tempo para os treinos. Enfim, um dia em que me esborracharam o nariz e eu aturdi com *jab* um pobre rapaz que se prontificou, sem maiores habilitações, a servir-me de *sparring*, resolvi abandonar o ringue, dedicando-me, daí para frente, apenas à natação, em que Assis Chateaubriand e eu dávamos no Posto 6 de Copacabana grandes provas de fôlego e poder braçal.

Quanto ao futebol, nunca fui um fã dos clubes, nem mesmo desse ou daquele jogador. Gostava, porém, de conhecer os resultados das pelejas, acompanhava os campeonatos e até, por muito tempo, os garçons da Leiteria Mineira, na antiga Galeria Cruzeiro, me tomaram por um craque famoso, e ficaram muito decepcionados quando, esse mesmo craque tendo viajado ao interior, eu apareci para o lanche, verificando-se assim, em prejuízo das atenções com que me cercavam, o engano que eu não procurara desfazer.

Lembro-me muito dos comentários que despertou o casamento de Ana Amélia com o grande Marcos, o invicto arqueiro do Fluminense. Houve quem não compreendesse a paixão da poetisa pelo guapo e esbelto *keeper*, que foi o mais admirado do seu tempo. Hoje, Marcos Carneiro de Mendonça junta às glórias do seu passado desportivo a grande posição que conquistou nas letras nacionais, como historiador e sociólogo dos mais acatados e prestigiosos do Brasil.

Mudou a atitude dos intelectuais para com o futebol. Muitos deles, como Octávio Faria, Augusto Frederico Schmidt e o saudoso e inesquecível Zé Lins do Rego, são ou foram assíduos dos estádios, deliraram nos prodigiosos lances dos grandes nomes dos seu partidos, beberam como fonte de vida o ar impregnado de saúde, beleza e triunfo que se eleva nas praças imensas, regurgitantes e inspiradoras, onde corpos e almas vibram nos ímpetos e nos clangores da vitória.

O espírito pode encontrar aí também as suas plenitudes. Quando foi do campeonato mundial de 1958, jurei comigo que não iria gastar os meus nervos torcendo pelo escrete do Brasil. "Danem-se", pensei. E remeti-me à indiferença, tão aconselhável àqueles que se encontram na área dos enfartes insidiosos. No último jogo, porém, ruiu o esquema que eu preparara e, no final, dei comigo pálido, arfando, o coração aos saltos, empenhado como se fosse uma questão de vida ou morte assim como se eu estivesse assistindo em Waterloo, no último quadro, à sorte do mundo decidir-se entre o Corso e os seus inimigos. A alegria estrugiu, num grito uníssono, na ilha onde me encontrava, todos unidos, a família e o pessoal do trabalho, quando o apito do juiz encerrou a imensa batalha.

Agora, no campeonato deste ano, mais adentrado na vida e, portanto, mais próximo da serenidade, repeti o juramento de não me meter a torcedor. Saberei tudo, no encerramento. O meu filho, Antônio Vicente, conhecedor profundo do assunto, contará com toda a calma as coisas como se passaram, tudo tranqüilamente, sem a trepidação dos locutores metralhando o meu pobre coração.

Dê-me o Senhor bastante força para cumprir esta minha jura. Nos dias dos jogos dos brasileiros, irei esconder-me nalgum recanto solitário onde não se ouça rádio e, menos ainda, o foguetório dos gols. Mas se Pelé não trouxer para o Brasil, ele e os dez restantes, esse segundo campeonato, haverá rangeres de dentes e não sei mesmo o que irei escrever contra Aimoré...

TRECHO DO EXÍLIO

*E*u conheci a Argentina ainda dos belos dias dos primeiros anos de 1930, já no governo do general Justo. Chegamos ali, no começo de 1933, num cargueiro de pavilhão britânico, chamado *Hardwick Grange*, que viajou direto de Albert Docks em Londres à Darsena Norte. Não podíamos tocar as costas brasileiras pois estávamos exilados pela ditadura de então.

Tínhamos passado apenas algumas horas em Montevidéu, onde encontrei um grupo de brasileiros que ali se puseram a salvo da perseguição, depois de liquidado o movimento constitucionalista de São Paulo. Um deles falou-me, pela primeira vez, do que posteriormente chegaria a ser o integralismo de Plínio Salgado.

Chegáramos a Buenos Aires sem visto nos passaportes, mas perfeitamente legalizados para prosseguir para Assunção do Paraguai, beneficiando-nos de um prazo que é concedido àqueles que se acham em trânsito ao país de Francia. Ficamos mesmo na capital argentina, onde jamais nos foi pedido qualquer documento, e pudemos viver em perfeita segurança, e todos felizes no convívio de um povo generoso e amigo.

Reinava abundância e era enorme a prosperidade da República. Para se ter uma idéia do que era, conto-lhes o seguinte: morávamos num pequeno hotel familiar, na rua

Tucuman, nº 451. Quarto, pequena sala e banheiro ao lado. Preço para o casal: 180 pesos, com café-da-manhã, almoço e jantar; se, às vezes, pedíamos um farto lanche e muito pão, muito doce de leite, muita manteiga de inconcebível riqueza, nunca o levavam à conta extraordinária. Eu reclamava dos irmãos De Gregório tanta franqueza e eles respondiam: "Vocês são brasileiros, estão exilados, o que desejávamos era não cobrar nada a ninguém!". Os proprietários, como aliás toda a criadagem do hotel, estavam perfeitamente identificados com a nossa causa no Brasil, e consideravam uma honra servir àqueles que julgavam verdadeiros heróis da luta pela liberdade.

Um dia, acordo com um grande alvoroço. Batem à porta do quarto com violência e, quando abro, vejo os De Gregório, pálidos, ansiosos, anunciando-me que o presidente Getúlio Vargas tivera um desastre na estrada de Petrópolis, e tudo fazia crer que não resistiria. Não compartilhei do contentamento e disse-lhes que, nas condições daquele tempo no Brasil, quem sabe se não seria melhor que o governo ditatorial ficasse nas mãos de um chefe moderado, capaz de conter os impulsos dos tenentes. E um dos De Gregório, o José, falou estas palavras espantosas: "Também não gostaria que acabasse a ditadura, pois assim os senhores continuarão aqui conosco por mais tempo".

O coronel Palimércio habitava também o pequeno hotel. Que homem extraordinário, de educação, inteligência e cultura! Que profundas análises fazia da situação brasileira, da qualidade dos homens, militares e civis, que se moviam no quadro dos acontecimentos! Como era profética a sua visão, ao anunciar as defecções e as resistências, e como era sempre digna a sua atitude, no âmbito das competições e conflitos que não faltam nunca nos grupos exilados, quando disputam as ilusões do poder que pretendem conquistar no futuro!

Reconhecíamos a liderança do coronel Euclides Figueiredo, que se fizera não apenas o chefe mas o pai, sempre atento a todas as necessidades, fiel como ninguém aos amigos, irremovível em suas idéias, constantemente esperançoso e entusiasmado.

Por aquele tempo, encontrei, numa livraria da avenida Mayo, um jovem escritor que me deu o nome de Lobodon Garra. Era o pseudônimo de d. Libório Justo, filho do presidente da República. Passamos a encontrar-nos; fizemos boa liga, e dentro de algum tempo levou-me a Olivos para uma visita ao presidente, que estava de viagem marcada ao Brasil e teve a bondade de dar-me longa entrevista que enviei aos Associados de São Paulo.

Outra grata amizade foi a de d. Enrique Larreta, o famoso romancista e poeta que se apaixonara pelo cinema e pretendia realizar grandes filmes com artistas nacionais e, na verdade, o conseguiu. Vinha ver-nos ao hotel e punha à nossa disposição o seu maravilhoso Rolls Royce, e era um prazer rodar pelas grandes avenidas, fazendo figuração de milionário.

Quase trinta anos são passados; a morte ceifou muito; as mudanças foram enormes e decisivas; a humanidade, desde então, conheceu novos e terríveis destinos... A Argentina não escapou à longa tormenta.

MILÉSIMA SEGUNDA NOITE

Ocorreu-me pensar que bem poderia ter havido uma milésima segunda noite, nas histórias famosas de Scheherazade, pois não lhe faltava imaginação nem inventiva e muito menos aquela arte de contar, que faz inveja aos melhores estilistas.

Além disso, no fim da milésima primeira, o sultão Schariar, cruel com as outras esposas, já se achava tão encantado que tudo seria permitido à filha do grão-vizir, inclusive repetir tudo, pois nisso de amores nunca se ouviu dizer que as coisas mais repetidas não fossem como novinhas em folha.

Estou certo de que Schariar não daria por ela e aceitaria outra vez os episódios das viagens de Sinbad, o Marujo, ou as aventuras de Aladim, como se jamais os tivera ouvido dos lábios carnudos e sensuais de Scheherazade.

Li certa vez que Galland, o homem que traduziu para o francês *As mil e uma noites*, pôs muito de seu nos contos, mas com tanta habilidade e tanto ambiente que é difícil distinguir o autêntico do espúrio.

Ora, estou falando desses assuntos, porque os jornais se acham cheios dos nomes de Bagdá e de Bassora, misturados com as fantásticas informações de mortes de príncipes, como epílogo de intrigas palacianas, tal como só se vê naquelas histórias que pareciam impossíveis.

Hoje não se chamam grão-vizir nem sultões, mas o fundo do seu procedimento não é diverso e, decapitados ou simplesmente fuzilados, chefes perecem às mãos de outros chefes, tudo sob a proteção e benevolência de Alá, Todo-Poderoso.

Para que destruir tantas coisas belas, originais e invulgares? Que interesse existe em que acabem emires e xeques e menos ainda em substituir os alfanges recurvos dos sicários antigos que faziam o seu trabalho silenciosamente, na calada das noites, por soldados assassinos, que matam os seus príncipes de longe, fazendo uso de armas traiçoeiras, *made* nos arsenais europeus?

Que é feito daquelas cutelarias que fizeram a fama e a glória de Bagdá, dos punhais de fino acabamento que penetravam as carnes, quase como uma carícia? Os últimos que eu vi, foi em 1948, nas reuniões da ONU no Palais de Chaillot. Os delegados do Iêmen compareciam às sessões vestidos com os seus trajes típicos e o grande punhal atravessado na cintura. Chegavam juntos, juntos assentavam e depois partiam juntos, numa pequena fileira de soldadinhos de chumbo. Jamais pronunciaram uma palavra que fosse. A verdade é que não falavam nenhuma língua dessas que tornam possível o convívio humano: nem francês, nem inglês, nem russo, nem chinês, nem espanhol.

Perguntei, certa vez, a uma intérprete que silêncio era aquele e recebi a explicação: "Vieram aqui para aprender. Não sabem nada das coisas que se discutem". Era, porém, um encanto vê-los arrumadinhos, da mesma estatura, com as suas roupas saídas das ilustrações de *As mil e uma noites*, e os punhais luzindo. Eram todos príncipes ou quase.

Alguns anos depois, os jornais noticiavam que houve no Iêmen uma revolta de nobres e durante toda a noite rolaram cabeças dentro do palácio real.

Algo alucinante, no melhor estilo do Oriente Próximo.

Como seria bom ir a Bagdá, descer as ruelas imundas e fétidas, onde, quem sabe, poderíamos encontrar algum mercador querendo trocar lâmpadas novas por lâmpadas velhas e ainda realizar por cima o melhor negócio do mundo.

Foi com o espírito de quem está lendo a milésima segunda história de Scheherazade que tomei conhecimento da sangrenta noite do Iraque, com o rei e príncipe herdeiro passados por armas de fogo e o grão-vizir, Noury El Said, fuzilado, quando pretendia fugir, vestido de mulher.

Pela madrugada, à primeira luz, Dinazarde pediu à irmã que lhe contasse mais uma história, que seria talvez a última. E Scheherazade falou: "Naquela noite, em Bagdá, os assassinos entraram no palácio e, na hora marcada, lançaram-se sobre o rei Feisal e seu tio e deram-lhes morte".

Schariar não deve ter gostado dessa derradeira história, tão trágica para a sua sensibilidade de príncipe. Mas Scheherazade e Dinazarde consolaram o sultão e foram tantos os beijos e as carícias trocados que não houve quem fizesse a conta.

PRANTO PELO
MENINO ABANDONADO

Vi o menino descer do luxuoso automóvel, firme no passo, a cabeça de cabelos bem pretos alevantada, a testa morena e os olhos largos, dentro dos quais percebia haver, ao mesmo tempo, susto e decisão.

O motorista acompanhou-o, levando a pequena maleta, e ambos puseram-se na fila, onde outros meninos, acompanhados das mães aflitas e dos pais afetando tranqüilidade, iam receber as papeletas para as operações daquele dia.

O menino aguardou a sua vez, sem o mínimo sinal de impaciência, e ele próprio respondeu às perguntas que lhe foram feitas. De longe não ouvi nem o nome, nem a filiação, nem o lugar onde morava.

Sim, pela roupa, pelo carro, deveria ser de família rica. Mas onde estavam os seus pais, ou alguém que lhes fizesse as vezes: a avó, a tia, alguma prima mais dedicada, uma voz feminina para animá-lo, aconchegá-lo, enxugar as lágrimas que iriam correr em seu rosto?

Não, ali não viera ninguém, exceto o motorista, que o entregou à enfermeira e murmurou alguma coisa, assim como "Virei mais tarde para vê-lo".

Vi o menino sozinho entrar no quarto que lhe fora designado, tirar a roupa, colocá-la cuidadosamente no armário, vestir o pijama e serenamente deitar-se.

Passavam as macas com os que voltavam dormindo da sala de operações e outros que iam, seguidos dos olhares ansiosos, das lágrimas pendentes, de mãos que se apertavam, de lábios e rostos contraídos. O menino estava sozinho no seu quarto, os olhos voltados para o teto, na quietação da espera. A enfermeira aplicou-lhe a primeira injeção para quebrantar-lhe os nervos e disse-lhe algumas palavras que me pareceram de conforto e animação. O menino sorriu e voltou os olhos para cima, como se começasse a ausentar-se, e eu acompanhei a solidão sem desespero, a lenta partida da consciência.

Depois vieram buscá-lo, puseram-no na maca, levaram-no, e nenhuma pessoa passou a mão pela pequenina testa, nem lhe fez um aceno de despedida e angústia.

As mães que ali estavam nutriam-se de seus próprios sofrimentos, não tinham gestos nem palavras para o menino solitário.

Durante a longa espera, nenhum coração bateu apressado, nenhum sobressalto quando as enfermeiras iam e vinham, ninguém para interpretar o olhar dos médicos, que transitavam na indiferença própria da rotina profissional. Nenhuma oração silenciosa pela sorte do menino abandonado.

Quando a porta se reabriu, o menino vinha semimorto, os lábios vermelhos de sangue. Vi pegarem no corpinho, lançá-lo na cama, cobri-lo e deixá-lo nos estertores que começavam. Alguns minutos depois, o menino debatia-se, esperneava, atroava o pequeno quarto com clamores. Algumas vezes eram como uivos.

De quando em quando, a enfermeira vinha, acomodava-o na cama para que não caísse, e partia. Pela porta entreaberta, vi os pequenos pulsos agitados, a cabeça indo de um lado para outro, o corpinho percorrido de frêmitos e os gritos contidos do menino solitário.

Então aquela agonia espalhou-se, o sofrimento e a solidão do menino extravasaram na penumbra, e, não sei mesmo como nem por que, as lágrimas desceram-me vencendo o respeito humano e a vergonha de chorar. Pelo menino que estava sozinho naquele quarto da clínica, que abriria os olhos fatigados para as paredes nuas, que gemia sem ecos em nenhum coração.

Tive ímpeto de entrar, de aconchegá-lo nos lençóis, de tomar a mão pequenina, de acariciar, com a ternura que se tem pelos passarinhos doentes, os seus cabelos empastados.

Que espécie de injustiça o isolara do amor e da piedade? Que fizera para estar sozinho naquele momento em que os outros meninos descansavam a cabeça em colos ofegantes?

Ao descer, não me contive. Perguntei ao motorista quem era aquela criança e por que ninguém o acompanhava em ocasião tão dolorosa. "Talvez venham mais tarde", disse-me. "Os pais são divorciados."

E, como se tivesse feito uma revelação indiscreta, saiu sem olhar-me, enquanto eu me enchia de vexame, por ter penetrado o segredo do menino abandonado.

REMINISCÊNCIAS DO
PADRE QUINDERÉ

Vi o padre José Quinderé, pela primeira vez, em 1910, logo depois do meu ingresso no Seminário da Prainha, onde deveria viver durante oito anos. Creio que foi na ocasião das cerimônias da Semana Santa e ele servia como subdiácono, oficiando d. Joaquim José Vieira. Corpulento, o cabelo muito negro, repartido ao meio, os olhos pretos, a voz cheia e sonora.

"É o padre Quinderé", disse-me um colega. Começava, então, a ser famoso pela presença de espírito, mordacidade, alegria na conversação e viveza de inteligência. Contavam-se anedotas por sua conta. Com o seu nome corriam antigas histórias, modernizadas e aplicadas à sua maneira peculiar de compreender o ofício de sacerdote.

Era o que se podia chamar um mocetão atirado que não levava para casa nem piada nem desaforo. Todos o estimavam, porque sabiam que Quinderé era um padre às direitas, correto e virtuoso. Muitos olhos postos em cima dele, para pilhá-lo em falso. Mas nunca ninguém o acusou de falta, ou sequer deslize, no cumprimento dos seus deveres de estado.

Os bispos escolhiam-no para missões que exigissem simpatia do mensageiro. Assim, acompanhou d. Joaquim, ao sair esse santo homem da diocese para recolher-se a

Campinas, e foi secretário de d. Manoel, nas vezes que veio ao sul para pedir pelos flagelados cearenses.

Padre Quinderé relembrou, em carta que acaba de escrever-me, o episódio do meu exame de latim, no Liceu do Ceará. Pedi aos examinadores que usássemos, na prova, o idioma de Cícero. Geral foi o espanto, exceto do padre Quinderé, que sabia da minha força como latinista. Mas o sábio professor Raimundo Arruda, que era da banca, achou melhor que ali falássemos mesmo o português, pois assim a assistência numerosa poderia acompanhar o exame.

Já aqui, recebi alguns livros de autoria do padre Quinderé, entre outros uma *Vida de Santa Filomena*, que muito me agradou pela amenidade do estilo. Agora recebo novo volume, denominado *Reminiscências*, e lancei-me, cheio de curiosidade, à leitura, não só porque o gênero muito me agrada, como também pela certeza de que encontraria nele muitas coisas e pessoas familiares à minha primeira juventude. Dito e feito. Foi como se tivesse realizado longo passeio em paragens conhecidas, povoadas de seres que encheram e preocuparam a minha meninice.

O padre Quinderé narra acontecimentos políticos da era das "salvações" no Ceará. Baqueavam as oligarquias do Nordeste, e a família Acioli, a que meu pai estava politicamente ligado, foi igualmente vítima do intervencionismo hermista. Aquele dia 9 de novembro, quando incendiaram a casa do meu padrinho, o velho Nogueira Acioli, viveu muito tempo em minha memória, assim como a descida dos jagunços do padre Cícero, chefiados por Floro Bartolomeu. Quanao se doube da morte do capitão J. da Penha, foi como se tudo estivesse perdido e não tardasse a invasão da cabroeira, trazendo o saque e a morte. Outra história que eu conhecia bastante é a do padre lazarista Simão Lumesi, albanês de nascimento e não libanês, como informa Quinderé. Lumesi, impressionado com os fatos da revolução, atacou do púlpito a oligarquia. Meteu-se em política, comprometendo a neutralidade do seminário. Os superiores tiraram-no de Fortaleza e pouco depois tive notícia de sua morte.

Quase não há página nas *Reminiscências* do padre Quinderé que não conte alguma coisa do meu conhecimento. Inclusive ditos e anedotas de padres e políticos. O livro é um encanto para a inteligência. Escreveu-o o velho sacerdote, já privado da luz dos olhos. Esse apagamento físico concentrou a luminosidade do seu espírito. À beira dos 80 e cego, está mais lúcido do que nunca. Assim Deus o recompensa das amarguras da treva exterior.

Há no Ceará, imorredoura, a fama do padre Feitosa, valente e espirituoso, mais fino e culto do que o seu colega Verdeixa, também de grande renome. Quinderé é de linhagem mais apurada. As suas graças aparentam-no com os ironistas de qualidade superior. Nunca lhe faltou também a generosa bondade dos santos.

MAOMÉ NO DORSO
DE ELBORAK

*B*arbara Heliodora ofereceu-me, pelo Natal, um exemplar do Corão e pude assim ler, pela primeira vez, a íntegra do livro santo do islamismo. Antes só conhecia excertos e estudos críticos, nem sempre de caráter apologético.

O problema religioso da humanidade, sob todos os seus aspectos, tem sido uma preocupação permanente do meu espírito. A variedade das manifestações do sentimento religioso, desde os tempos primitivos até as formas superiores do monoteísmo, tem a mesma raiz num instinto que nenhum povo conseguiu suprimir e nenhum indivíduo jamais venceu inteiramente.

Mas não é isso o que discutir aqui e sim, para muitos, que, certamente, nunca tiveram notícia disso, aquela extraordinária história da viagem noturna que Maomé empreendeu, montado numa égua de nome Elborak que lhe foi oferecida pelo anjo Gabriel. Era uma égua de pêlo prateado e tão rápida na marcha pelos espaços celestiais que era difícil ao olho humano acompanhá-la em seu vôo.

O profeta estava dormindo entre os montes Safa e Merva, quando houve a aparição do arcanjo, que lhe ordenou a imediata viagem, mais veloz do que o mais veloz dos esputiniques modernos. Num instante, estavam os dois às portas de Jerusalém. Dirigiram-se ao Templo e ali encontraram nada menos de que Abraão, Moisés e Jesus. Juntos oraram e logo Maomé retomou a sua montaria, a qual, com a presteza do raio, como está contado, penetrou no espaço imensurável e chegou ao primeiro céu.

Bate à porta e ouve uma pergunta: "Quem está aí?". "É Gabriel." "Quem é teu companheiro? "É Maomé". "Recebeu ele sua missão?" "Sim, recebeu." "Pois seja bem-vindo." Assim a porta abriu-se e Gabriel apresentou o Profeta a nosso pai Adão, que lhe chamou "o maior de todos os profetas".

Breve foi a conversa, pois a viagem seria longuíssima e não havia tempo a perder. Elborak retoma o vôo e chegam ao segundo, ao terceiro, ao quarto, ao quinto, ao sexto e ao sétimo céu. E encontra Jesus e João, Henoc, José, Arão e Moisés. No sétimo, recebe as felicitações deste último.

Abrem-se os espaços e a égua atinge o Lotos que está no fim do jardim das delícias. Que árvore extraordinária! Basta dizer que apenas um dos seus frutos seria suficiente para alimentar, durante um dia, todos os seres vivos da terra. Dela saem quatro rios maravilhosos.

Maomé visitou tudo no jardim das delícias, chegando até a Casa da Adoração, onde 70 mil anjos prestam a Deus homenagem incessante, A Casa da Adoração é construída de jacintos vermelhos, cercada de um número quase infinito de lâmpadas eternamente acesas. Foi aí que foram oferecidas ao Profeta três taças: uma de vinho, outra de leite e a terceira de mel. Maomé preferiu o leite e nessa escolha verifiquei a minha afinidade com o Islã. Gabriel congratulou-se com a preferência, vendo nela feliz augúrio.

Há ainda que atravessar oceanos de luz, antes de aproximar-se do trono de Deus. O Todo-Poderoso limita-se a recomendar ao Profeta que exija dos seus fiéis que façam 50 vezes por dia suas orações.

Aqui entra o mais formidável regateio de que há notícia, na história das relações do homem com a divindade.

Moisés aconselha a Maomé que obtenha do Senhor que diminua esse número, considerando impraticável a um homem rezar 50 vezes em vinte e quatro horas. Deus cede, primeiro dez vezes, depois mais dez, e assim sucessivamente, até cinco, tudo por insistência de Moisés, que, como condutor dos israelitas, tinha muita experiência do assunto.

Tudo arranjado segundo os conselhos de Moisés, o Profeta sobe ao dorso da alígera Elborak e começa a jornada de volta. Tudo se passou em apenas algumas horas. Elborak andou como um tapete mágico.

Esta narrativa foi feita pelo próprio Maomé, segundo alguns historiadores de sua vida. Houve quem duvidasse da espantosa viagem, acusando-o de visionário e que tomara um simples sonho pela realidade de uma revelação. Para um homem de verdadeira fé, não há impedimento aos surtos da mais extravagante fantasia. O tempo e as distâncias nada representam para quem ama com fervor. Ao contrário do que dizia Goethe, acima e além de todos os páramos, não está o repouso e sim a paixão...

HARMONIA E CONTINUIDADE DA CRIAÇÃO

Viajando em vôo noturno, para os Estados Unidos, fiquei espantado com o número de fogueiras que via do alto, e eram tantas que mais parecia uma grande festa de São João. Sendo, porém, o mês de setembro, não registrava o calendário o dia do santo, desses que temos o hábito de comemorar, associando-os ao culto multimilenar do fogo.

Além disso, o que queimava eram tratos imensos da mata e em lugares onde o homem não costuma aparecer para festejos.

Explicou, então, um tripulante do avião que aquilo que contemplávamos, dando à noite, a 5 mil metros lá embaixo, o aspecto maravilhoso que nos enchia de espanto, eram roçados que, naquela época do ano, se abrem e, quase sempre, porque os aceiros são malfeitos, se estendem, e consomem trechos enormes da floresta. Falou igualmente de incêndios espontâneos em regiões inacessíveis.

Pude ter, naquela noite, uma visão trágica do destino que aguarda o Brasil, que, há mais de quatro séculos, assiste à destruição sistemática e crescente de suas florestas e em lugar das árvores surgem os desertos.

Muitas vezes, ouvi dizer por pessoas autorizadas que, muito antigamente, as zonas semi-áridas do Nordeste estavam cobertas de vegetação e ali chovia normalmente, pois não se tratava de lugares esquecidos por Deus, na sábia distribuição que fez das águas mandadas do céu. O homem com o machado e o fogo era o grande culpado.

No princípio, apareceram em toda a terra grandes florestas protetoras e nenhum deserto. Os imensos descampados, que hoje se vêem nos continentes, não foram obra de discriminação divina e sim resultado da ignorância e do egoísmo dos seres humanos.

A civilização não deteve os braços inimigos das matas; antes, as suas necessidades vêm aumentando o ritmo do corte criminoso.

Só naquela noite de setembro, sob os meus olhos indignados e impotentes, o fogo estava consumindo o que seriam algumas centenas de hectares de campos, fartos de árvores, que, em minha imaginação, seriam seculares e mesmo milenares, como as gigantescas sequóias americanas ou os famosos cedros-do-líbano.

E doeu-me a ferocidade dos homens que, sem nenhum proveito para ninguém, privam da vida seres inocentes e belos que dão sombra e alimentam, que abrigam e confortam e ainda guardam nas raízes as águas fecundadoras.

Vejo muitas campanhas e esforços de propaganda para criar nos homens nova mentalidade. Contudo, têm sido pequenos os resultados. Agora mesmo está diante de mim a folha de um jornal, anunciando que nada menos de 500 milhões de árvores desaparecem cada ano, somente neste nosso sagrado país. E o cientista que fez a terrível averiguação não poupa profecias cominatórias, como castigo, não dos cortadores de lenha e incendiários de hoje, mas dos seus filhos e dos filhos dos seus filhos, que encontrarão uma terra desnuda, com o chão estorricado, estéril para as sementes, na qual em se plantando nada dará, nem mesmo os cardos agrestes e as ervas rasteiras hostis à vida superior.

Sabemos que as novas gerações, apesar de tudo quanto lhes é ensinado, não prezam as árvores e há episódios, já narrados por penas ilustres, de indivíduos que aqui, neste chamado centro de cultura e civilização, travam encarniçado combate contra as plantas e as destroem, tomados de ódio ao verde das folhas. Será, possivelmente, nova espécie de fobia a ser capitulada e estudada pelos entendidos nos desvios do espírito e na corrupção da vontade dos homens.

Insensíveis à poesia da floresta, ou da simples árvore insulada num canto de rua, ou no amável conjunto dos jardins, não possuem igualmente consciência do patrimônio físico e da riqueza que representam.

Falta-lhes a tão decantada nobreza do amor desinteressado, a ternura pela fragilidade indefesa.

Falta-lhes o verdadeiro sentido da harmonia e da continuidade da criação.

NORMINHA E OUTROS FANTASMAS

Outro dia chegou a notícia da morte de Norma Talmadge, aquela terna ingênua do cinema, de trinta anos passados.

Era minha intenção escrever algumas palavras de saudade, lembrando aos antigos e dando conhecimento aos mais novos de tantas emoções que a artista despertava. Mas fica-se com uma certa vergonha de dizer tudo, de mostrar-se assim de público um pouco piegas.

Mesmo porque os de agora não avaliam o que eram os artistas de outro tempo e a influência que exerciam em nossos espíritos juvenis.

Quando revêem alguns filmes do cinema silencioso, como está acontecendo com esse festival promovido pelo Museu de Arte Moderna, chegam até a rir de cenas que abafavam o nosso coração e ficavam, depois, dias e dias, bulindo com a nossa sensibilidade. Considero esses risos verdadeiro sacrilégio.

Contaram-me que o próprio Rodolfo Valentino, o semideus da eterna beleza romântica, aquele que inspirava tantos amores, foi objeto de galhofa.

Não que não o achassem belo, garboso e viril, mas porque numa passagem de *Sangue e areia*, quando contracena com Nita Naldi, lança aquele olhar parado que era a perdição das moças e a maior fonte de despeito daqueles que nem de longe conseguiriam imitá-lo.

Pois a rapaziada de hoje, que queima mendigo e lança meninas do duodécimo andar abaixo, despregou-se em risadas, no momento em que o galã, ainda não substituído na arte da tela, procura magnetizar a mulher, com a sua mirada de abismo.

A verdade é que, há trinta anos, todos queriam parecer com Valentino e era um triunfo quando alguma moça fazia a comparação. "Olha como o Rodolfo Valentino!", eis um elogio que consagrava qualquer dom-juan de esquina e dava ímpetos de sair pela rua, experimentando a força do olhar sobre incautas donzelas.

Quando o *sheik* morreu, de maneira inesperada, houve luto universal e centenas de mulheres cobriram-se do crepe da viuvez, com tanta fidelidade que ainda há algumas que levam flores ao seu túmulo.

Vieram outros depois, mas sem a mesma força. William Farnum, por exemplo, ou um tal George Walsh, que apareceu no filme *Brutalidade* e teve grande voga por algum tempo. Rodolfo ainda está sozinho e as pessoas que mangaram dele devem ser perdoadas, porque não sabem o que fazem.

Ser romântico não é coisa que esteja ao alcance de qualquer um: exige pendores naturais e certa capacidade de sobrepairar às instâncias vulgares do cotidiano.

Mas voltemos a Norma Talmadge, cujo elogio fúnebre deixei de escrever por ingratidão. Confesso que tive um choque, quando li o telegrama anunciando a sua morte. Nenhuma das beldades do *screen*, como se dizia no tempo, reunia maiores qualidades para impressionar as almas adolescentes. Talvez fossem mais bonitas, mas eram vamps carregadas de eletricidade pecaminosa. Recordo, de maneira especial, uma fita em que Norminha entrava como professora no palácio de um conde. O cabelo escorrido, penteado para trás, nenhuma pintura, óculos de aro de tartaruga e um vestido escuro de cinto apertado. Logo o vilão, na pessoa de um amigo urso da família, quis persegui-la, apesar de sua falta de graça. O homem parece que tinha faro e adivinhava. Mas Norminha preferiu um jovem filho do conde. Há intrigas, mexericos, oposição geral. O amor, no entanto, tudo vence e um belo dia Norma surge pintada, com os cabelos bem tratados, um vestido esplendoroso, com surpresa de todos e supremo enlevo do amado.

Desencantara-se a Borralheira e a felicidade coroa a história, com um casamento cheio de pompa e promessa.

Veio depois o cinema falado e Norma sumiu. De raro em raro um retrato, em revista especializada. Foi saindo da lembrança e também dos corações. O mundo da tela povoou-se com outros fantasmas menos angélicos. A nudez, as formas exuberantes, a sensualidade, em lugar do espírito.

Não maldigo as novidades, algumas das quais ainda confortam as derradeiras ilusões. Não devemos parar no caminho, vendo a paisagem. Outras revelações nos esperam e é bom reconhecer que tudo deve passar, debaixo do sol.

TRIUNFO PELA MORTE

O vagabundo ali estava, no canto da calçada, curtindo a velha bebedeira; a menina, naquela tarde, foi à escola para estudar. Nada de comum entre o rebotalho da sociedade, aquele mendigo esfarrapado e beberrão, e a mocinha cheia de esperanças na vida. Apenas o destino tecia os seus fios invisíveis, como tanto se diz na tragédia grega.

Vieram as crianças vadias, à cata de divertimento. Crianças enfaradas com as brincadeiras cotidianas: bola nas praias, os chamados folguedos da idade, o cinema e as mil pequenas coisas com que a juventude se entretém. De repente, a presença do vagabundo despertou em uma delas a idéia extraordinária, o brinquedo raro, a sensação nova; por que não pegar fogo naqueles trapos?

Seria um espetáculo fulgurante, capaz de recomendar para sempre quem tivesse a coragem de encená-lo. Um mais ousado buscou a gasolina e ensopou o mendigo, outro acendeu o fósforo. Levantou-se a fogueira humana, os gritos de dor, as imprecações do homem queimado e o país estarrecido diante do acontecimento sensacional.

A menina terá lido a história nos jornais. Lágrimas de piedade nos pequenos olhos sem malícia.

Como poderia haver crianças tão ruins que não se apiedam de um pobre velho, no auge da degradação física e moral? Terá sido essa a pergunta que a menina faz a si própria, em seu desconhecimento das maldades que enegrecem até mesmo os corações em flor.

Já se iam dissipando as emoções da história desse incêndio, na qual os moralistas vêem terríveis sinais de uma sociedade dissolvendo-se, quando a menina saiu rumo à sua escola, confiante no futuro, para o qual se preparava com afinco. Estudou as lições, ouviu os mestres, cumpriu, como era de hábito, santamente o seu dever.

Depois das aulas, saiu com as companheiras: despreocupadas, risonhas, felizes como são as almas ainda inocentes. Mas os inimigos estavam ali, de alcatéia, como ficam os lobos famintos. Tinham a forma humana de outras crianças, mas somente a forma humana. Os instintos mais brutais do que os das feras.

A menina nunca poderia imaginar. É certo que lera a história de Chapeuzinho Vermelho e sabia que os lobos se disfarçam em figura de gente. Mas aqueles rapazes não seriam lobos. Ali estavam bem-vestidos, bem-alimentados, filhos de famílias prestigiosas, alunos também de colégios severos. Não haveria mal nenhum em conversar com eles, em ficarem algum tempo juntos, na camaradagem dos pequenos interesses comuns da mocidade.

Além disso, Copacabana não é uma floresta selvagem, onde lobos, mesmo mascarados de cordeiros, possam atrair crianças para devorá-las.

Por isso seguiu os rapazes e quando dois deles convidaram a menina para subir ou forçaram a subida, tomando-lhe os óculos e a bolsa, nada lhe pareceu demasiado estranho. Afinal era uma casa de apartamentos, nos quais moravam famílias; havendo algum perigo, não faltaria quem acudisse.

Imaginem o espanto, a desolação, o horror da menina, ao ver que os lobos despiam a pele de cordeiro e diante dela surgiam dois animais monstruosos, possessos, tomados de sanha e perversidade inaudita! Ali estavam com as garras, os dentes pontiagudos, investindo sobre ela, despedaçando-a, como cães furiosos.

Que pensamentos terão passado pela cabeça da menina, naquela hora extrema de defesa de sua dignidade, de sua honra de mulher, do seu supremo direito de escolha?

Talvez apareceu-lhe de relance, na instantaneidade com que os panoramas da vida se apresentam, nestes segundos decisivos, a figura do mendigo incendiado, para divertimento e gozo de um grupo de crianças.

O que para ela seria a morte, dentro em pouco, para os seus algozes era o divertimento, a ânsia desenfreada de volúpia, o ímpeto alucinante de domínio.

Projetada da altura, estirada no chão, os olhos voltados para o céu onde luziam as primeiras estrelas, refletia-se nela, ilhada de sangue, a paz da libertação, a glória do triunfo pela morte.

Talvez em torno já se encontravam os anjos do Senhor, celebrando a eterna bem-aventurança.

SIMPLICIDADE DEMOCRÁTICA

Um dos episódios que mais me atraíram na vida do visconde de Chateaubriand foi a sua visita aos Estados Unidos e especialmente o encontro que teve com Washington. A cena é descrita por Chateaubriand em suas memórias e caracteriza a extraordinária simplicidade da vida do primeiro presidente da União Americana, que era também o grande herói de sua independência.

Chateaubriand, que conhecera de perto a pompa de Versailles, revelou toda a sua surpresa vendo que pudera ser conduzido à presença de Washington com tanta facilidade, como se se tratasse apenas de um fazendeiro da Virgínia. Nenhum guarda especial, nada de cerimônia protocolar.

Washington recebeu o jovem francês, trocou com ele algumas palavras amáveis e perguntou-lhe pelo coronel Rochambeau, que lutara a seu lado na guerra contra os ingleses, passando-se tudo como se fosse um americano comum e não o primeiro cidadão e o primeiro soldado da nova República.

As reflexões de Chateaubriand acham-se impregnadas de admiração e respeito pelo regime de governo que permitia tamanha confiança e ausência de aparato nas relações do chefe com os seus comandados.

Relembrei muito os comentários do autor dos *Natchez*, quando, em 1931, visitei o presidente Hoover, na majestosa

Casa Branca, em companhia do embaixador Cochrane de Alencar, que solicitara a audiência. Era uma concessão excepcional, pois o presidente dos Estados Unidos não costuma fazer declarações individuais a jornalistas.

Não encontramos na entrada nenhum guarda, marchamos pelos corredores adentro sem que ninguém nos acompanhasse, tomamos o elevador e somente aí um amável contínuo de cor, muito sorridente e dizendo *excuse me* por passar adiante, conduziu-nos ao gabinete de Hoover. Esse estava sem paletó, com as mangas da camisa dobradas até o cotovelo, e vestia calças de flanela clara. Era o mês de julho e fazia intenso calor em Washington.

Levantou-se o presidente e veio ao nosso encontro e as suas primeiras palavras foram para pedir desculpas por estar sem paletó, ao tempo que nos pedia que tirássemos os nossos, o que não fizemos. E Hoover logo me disse: "O senhor, que é do Brasil, há de compreender que eu procure defender-me da canícula".

E por um pouco conversamos, sem que aparecesse vivalma e, finda a breve palestra, durante a qual Hoover relembrou a sua visita ao Rio de Janeiro, três anos antes, e exprimiu os costumeiros votos de êxito de minha visita aos Estados Unidos, despedimo-nos e o presidente trouxe-nos até a porta do gabinete, donde partimos rumo ao elevador, levados pelo mesmo guia sorridente a quem apertei a mão com absoluta naturalidade.

Já na avenida, o embaixador e eu trocamos impressões sobre aquela estranha falta de vigilância em torno do primeiro magistrado e louvamos com palavras de entusiasmo os hábitos da democracia americana.

Nesse tempo não existia ainda o FBI e o mundo estava longe de entrar na fase de histeria e incongruência nervosa em que se encontra hoje.

Ocorreu-me escrever esta reminiscência ao ler nos jornais destes dias a descrição da viagem do presidente Lyndon

Johnson à Flórida e dos extremos cuidados policiais prescritos para protegê-la. Depois da morte ominosa de Kennedy, procura-se agora trancar as portas arrombadas.

Os americanos tinham exemplos passados, a começar pelo assassínio de Lincoln, mas, como é usual nas democracias, passados os primeiros receios, logo relaxam as medidas de previsão. Aliás, nem sempre tais medidas podem evitar a ação dos criminosos fanáticos, dispostos a correr todos os riscos.

Alguns meses antes da trágica tarde de Dallas, li com muita curiosidade um relato do que são as providências da guarda pessoal do presidente americano para protegê-lo contra inimigos e malucos. É um mundo de minuciosas precauções que, afinal, desgraçadamente, não puderam salvar Kennedy da bala fulminante. Há desígnios que estão acima da capacidade dos homens para evitar que o destino se cumpra.

Estou convencido de que hoje o acesso ao presidente da República dos Estados Unidos não se fará no estilo de humana confiança com que Washington recebeu Chateaubriand e Hoover teve a extrema bondade de admitir à sua presença um pequeno repórter brasileiro.

A VELHA *TRIBUNA*

*E*stão armando os tapumes diante do prédio da avenida Rio Branco, onde outrora funcionou a redação de *A Tribuna*. E sinal de que será demolido e no lugar dele aparecerá um desses esguios arranha-céus de larga frente e pouco fundo, típico da mesquinhez dos terrenos na grande artéria do centro da cidade.

Detenho-me diante da escada do nº 147, por alguns momentos, para olhar pela última vez aqueles degraus que conduziam às três pequenas salas, onde se achavam, pobremente instaladas, a direção, a redação e a gerência do jornal fundado por Antônio Azeredo e que, quando comecei a escrever, em 1918, estava sendo dirigido pelo grande e querido Lindolfo Collor.

Quantas recordações acodem, apenas num instante! A do dia em que as subi, pela primeira vez, levando um pequeno artigo para ser publicado e ali fui recebido por um homem de alta categoria espiritual e rara nobreza, com quem tenho convivido, há quarenta e cinco anos, apenas para admirá-lo e querer-lhe cada vez mais, um mestre de gerações de jornalistas, que tanto me ensinou da profissão e da vida, Gustavo Garnett.

Leu o papel manuscrito atenciosamente e depois perguntou-me se era eu o próprio autor. "Pois não está nada mau. Sairá amanhã."

Iniciei, assim, a carreira da imprensa, no pequeno vespertino, mais apreciado pelas páginas de esportes, sobretudo as de turfe, entregues a Daniel Blater, de que pelos artigos e comentários políticos.

A Tribuna fora germanófila, na primeira fase da guerra, e pagava em impopularidade o preço desse desvio ideológico. Ali conheci Ivo Arruda, que deixara a prestigiosa secretaria do *Jornal do Commercio* e durante uns poucos meses disciplinava a nossa redação, incutindo nos rapazes ânimo e métodos novos, mas os resultados eram diminutos: o jornal entrara na fase de decadência irremediável que deveria terminar pelo fechamento, quatro anos mais tarde.

Começava a rodar entre meio-dia e uma hora e a tiragem não ia além dos quatro mil. Naquele tempo, a imprensa rodava durante a semana toda e os vespertinos saíam aos domingos, sendo o trabalho nas redações praticamente ininterrupto.

Já no fim de 1919, eu passara ao cargo de secretário e, embora a orientação do jornal fosse conservadora e sistematicamente favorável ao governo, tomei partido pela candidatura de Rui Barbosa contra a de Epitácio Pessoa, o que a direção tolerava com grande espírito de liberalismo e ainda porque os financiadores da folha não davam maior atenção a essas pequenas infidelidades.

Certa tarde, eu estava com outros companheiros, como fazíamos sempre, à porta do jornal, vendo entrarem os freqüentadores do Cinema Palais, quando passou Batista Pereira, que não me conhecia pessoalmente. Vinha à minha procura, disse ele, em nome de Rui, para convidar-me a fazer uma visita ao velho. "Ele lê os seus artigos e deseja vê-lo."

Alguns dias depois, fui apresentado a Rui, na entrada do antigo Teatro Lírico, onde ia pronunciar uma conferência política. Pude verificar, não sem uma ponta de despeito, que o grande homem não dava maior atenção aos meus artigos e que Batista Pereira é que tomara a iniciativa do convite para a visita, que, aliás, nunca se realizou.

Pela direção de *A Tribuna*, na fase em que servi como secretário, passaram numerosos diretores. Vinham cheios de esperanças, mas logo desistiam: Maurício de Lacerda, Metelo Júnior, Cândido Mendes de Almeida, Hamilton Barata, entre outros.

Maurício não tinha para a palavra escrita a mesma extraordinária facilidade com que manejava a palavra falada, grande orador que era. Eu tinha que reclamar sempre o artigo de fundo, entregue à última hora, já as máquinas paradas, por falta de matéria.

Mendes de Almeida durou na direção apenas alguns dias. Lembro-me de que, ao assumir o posto, enviou um telegrama ao papa, comunicando o acontecimento.

A falta de recursos financeiros e o malogro dos diretores em arranjá-los determinavam as constantes mudanças. Quem não mudava era o gerente Carlos Bahiana, que fazia o milagre dos pagamentos ao pessoal. Em certo sábado, tive que contentar-me com um vale de dois mil-réis que deram, no entanto, para um vasto almoço dominical na Leiteria Mineira.

Em 1923, os proprietários passaram *A Tribuna* a outros donos, cheios de iniciativas e idéias novas. Eu deixei o velho e saudoso jornal, que, alguns meses depois, fechava para sempre.

Há um mundo de lembranças a escrever, dezenas de pessoas e fatos a recordar. Tudo surgiu diante da velha escadaria que, a estas horas, já desapareceu para nunca mais.

EIS O BRASIL QUE EU VEJO

Procuramos consolar-nos dizendo que o Brasil foi sempre o mesmo, que nunca cessou de estar à beira de um abismo; que a desordem política e administrativa tem sido uma constante em nossa existência nacional e vem dos tempos dos governadores-gerais e dos vice-reis.

Pedem-me que leia as cartas régias, relações e crônicas, nas quais se vê que as queixas de hoje contra a situação do país são pouco diferentes das de sempre, apenas tudo cresceu muito e o que, antigamente, era contado em dez réis sobe agora aos níveis estupefacientes dos trilhões de cruzeiros.

É assim uma espécie de confissão de insensatez incurável. Somos desse modo porque não podemos ser de outro e o melhor é cada qual deixar de lado as lamúrias e aceitar o Brasil tal qual nos foi legado pelos que o descobriram e colonizaram e, posteriormente, pelas gerações que o fizeram independente, mas não tiveram jeito de arranjar-lhe uma nova estrutura social e econômica.

O conselho é fácil de dar, porém difícil de ser tomado. Poucos podem admitir esse conformismo com o erro, sobretudo quando nos parece tão fácil endireitar as coisas, estabelecer o espírito de justiça e de ordem, fomentar o progresso, sem ser vítima dele.

As vezes, afundo na leitura de alguns sermões do padre Antônio Vieira, especialmente daqueles em que o grande jesuíta aproveitava o púlpito para zurzir, com palavras de inexcedível vigor, os costumes da época, a má qualidade dos homens de governo, a incapacidade dos administradores, a leviandade, a ignorância e a cobiça dos reinóis aventureiros e dos nativos humilhados e fico perplexo, pensando que poderiam ser pronunciados, com toda oportunidade, hoje mesmo, nas igrejas de todo o Brasil.

É incrível como tudo mudou tão pouco, nestes trezentos anos, apesar de tudo quanto mudou enormemente! Os problemas não se alteraram e é possível enumerá-los, um a um, tirando-os de antigos documentos oficiais, ou ainda dos artigos de imprensa, publicados há mais de cem anos.

Algumas das reformas propostas, na atualidade, com tanta ênfase, como se fossem coisa nova em folha – por exemplo, a reforma agrária –, fazem parte das instruções de José Bonifácio. O grande paulista considerava-as urgentes e imprescindíveis, afirmando que, sem elas, o país cairia na ruína e na inanidade irremediáveis.

Sem embargo, passaram mais de cento e quarenta anos e a pátria desarticulada, arrítmica, movendo-se teimosamente para o caos, pulando de crise em crise, de um mau governo para outro pior, continua crescendo, expande as suas forças, multiplica o seu povo, e o que mais espanta entre tantos espantos é que se mantém una e indivisível e não perdeu o amor à liberdade.

Há certas noites azoinadas pelos boatos aterrorizantes, em que é quase impossível dormir, tantos são os pensamentos que ocorrem ao pobre brasileiro atribulado pelo espetáculo de incongruências, contradições berrantes, conflitos políticos que parecem insanáveis, por essa tendência a uma radicalização absurda, num mundo que se vai tornando cada dia mais razoável e menos radical.

A manhã, porém, traz a esperança de paz e salvamento. A luz é suave, as brisas passam mansamente, as árvores estão cobertas de flores e de frutos, as crianças sorriem, há uma marcha insensível para grandes coisas; sente-se no ar uma trégua de beleza e confiança.

Tudo se dissipa, quando se lêem os jornais e se percebe que os homens se contrapõem à natureza e estão conjurados para destruir a paz interior que reaparece quando contemplamos a festa da terra e da luz e a grande e renascente poesia da vida teima em invadir o nosso coração.

Quando a gente se afasta apenas algumas dezenas de quilômetros dos lugares malsinados em que as paixões dilaceram e crucificam o Brasil, sente como tudo é artificial e bárbaro nas rodas civilizadas e que a força que retém as partes, nessa unidade maravilhosa, vem do povo simples e bom, que não pensa em termos de reformas ou de ideologias políticas, e cuja aspiração é viver tranqüilamente, sem que os governos o persigam com os seus embustes e falcatruas, falando abusivamente em seu nome.

O Brasil afirma-se, consolida-se e cresce fora das mentiras com que os homens desalmados querem, a todo custo, aniquilar a pureza da sua índole.

HARLEM, VIAGEM NOTURNA

"Vamos ao Harlem", disse-me Camilla Campanella, "sem o que o senhor não conhecerá o mais profundo sentido da vida em Nova York, esta cidade oceânica e aparentemente sem coração."

A minha interlocutora era uma mocinha de 20 anos, interessada na vida literária e cultural do Brasil, que nutria a esperança, há três décadas, de vir estudar em alguma escola de filosofia e letras, numa época em que não possuíamos nenhuma universidade, nem proliferavam, como hoje, aquelas escolas de ensino superior.

Senti dificuldade em explicar-lhe as deficiências da cultura brasileira e o atraso em que nos encontrávamos ainda, e tudo empenhei, nos breves meses do nosso convívio intelectual, para dar-lhe noções da literatura brasileira, pela qual se mostrava tão atraída.

Fomos ao Harlem à noite e vi, minuciosamente, aquele mundo estranho na paisagem de Nova York, percorrendo lugares de divertimento, alfurjas, salões lôbregos, empapados de fumo e odores de álcool, então proibido.

Foram passeios de algumas noites, encontros com artistas negros, e lembro-me especialmente de um teatro de marionetes e de longas conversas com uma estudante de cor, que trabalhava em missão católica em luta contra o racismo.

Agora o Harlem está nas primeiras páginas da imprensa, porque negros e brancos lutam, derramam sangue, continuam, cem anos depois, a guerra de secessão política e moral do povo americano.

Sem a palavra de sabedoria de Abraham Lincoln, aquele descortínio, espírito de decisão, sem a firmeza daquele olhar estirado sobre os horizontes da vida, com fina penetração na eternidade, que se observa em seu monumento de Washington.

Kennedy tinha um pouco daquele olhar, misturado de agudeza e infantilidade; sorria como Lincoln; um Lincoln que não foi lenhador nem analfabeto até os 20 anos; um Lincoln nascido na opulência, mas dono da mesma sensibilidade para o as grandes dores dos homens.

Kennedy acabou em Dallas na tocaia do meio-dia. Não acabou, porém, o idealismo que é inato no seu povo e vem de gerações nas quais não falta o amor dos princípios da Constituição escrita mais lúcida e orgânica de quantas foram criadas pelo gênio político contemporâneo.

Naqueles dias, tive uma conversa com Norman Thomas, um doutrinador socialista de insuperável clarividência, tão entranhado na defesa dos direitos humanos, entre os quais sobrepaira como a luz o da liberdade individual.

Despejado ao mesmo tempo contra Hitler e contra Stalin, com uma serenidade embebida das águas mais puras e claras do cristianismo, sendo como era um pastor presbiteriano, de seu ofício.

Disse-lhe que visitara o Harlem, que vira os negros marginando numa sociedade maravilhosamente desdobrada em aspirações ciclópicas e falei-lhe das experiências igualitárias do Brasil, da convivência harmoniosa, da tolerância e da compreensão natural, "manso lago azul".

"E qual a força do milagre?", perguntou. Disse-lhe que a origem, ainda que fosse paradoxal, era a vida em comum, na senzala, a mãe preta e a mucama; no ver todos os dias como o branco e o negro têm a mesma alma. Hereditariedades raciais, com oito séculos de mistura múltipla na península ibérica.

Norman Thomas discorreu sobre a história, a formação social do Sul, o advento do negro, os preconceitos puritanos, o curso dos rios correndo paralelos, com grandes falésias, sem estuário.

A despedida, prometi voltar a vê-lo, o que não aconteceu.

Um rapaz do *New York Times* que me acompanhava disse-me que eu estava perdendo tempo com homens como Thomas e Eugene Debs, sem significação no conjunto da vida política do país, e que seria melhor buscar expressões mais atuantes, prometendo-me então uma entrevista com Franklin Delano Roosevelt, que seria candidato à presidência, nas eleições do ano seguinte, contra Hoover.

Não houve a entrevista com o iluminado, e sim com um vidente quase cego, Nicholas Murray Butler, já no fim de sua carreira como presidente da Universidade Columbia.

"A liberdade está em perigo neste país, mestre?", perguntei-lhe com certa ousadia. "A liberdade está em perigo sempre e em toda parte onde não houver quem queira defendê-la", foi a resposta. E, completando o seu pensamento: "Somente alguns homens, muito poucos, são verdadeiramente livres...".

Quanta reminiscência distante, provocada pelos títulos do jornal, narrando a morte ignominiosa de um jovem estudante negro do Harlem!

"Se o senhor não vir o Harlem, não ficará sabendo como são as coisas."

O TERRÍVEL TRANSVIAMENTO
DA JUVENTUDE

As gerações de hoje, as mais novas, é claro, devem achar extraordinário o Processo Dreyfus, o interesse que despertou no mundo inteiro, a luta em que se envolveram os mais belos espíritos do começo do século, os livros que se escreveram a respeito, a emoção universal causada pela sorte de um capitão francês, de nacionalidade francesa, mas de sangue israelita, acusado de traição.

Quando muito menino, acompanhei as repercussões do famoso processo, através das opiniões de meu pai, que não se cansava de dizer que em tudo houvera um terrível erro judiciário. Digo-lhes que cheguei a sonhar com a cerimônia da degradação de Dreyfus, no pátio do quartel, tão bem descrita por Rui Barbosa em uma de suas *Cartas de Inglaterra* e pensei também em ir à França, quanto grande, para reivindicar os direitos da justiça e dar castigo aos que a haviam, tão clamorosamente, denegado a Dreyfus.

Com aquela mesma insuflação de alma, com que me indignei pela morte de Sócrates, o sacrifício de Maria Stuart, a fogueira de Joana d'Arc e, pasmem, com o desterro de Napoleão em Santa Helena. É que, estou quase certo, um acontecimento semelhante, em nossos dias, houvera de deixar insensíveis os espíritos.

Quem iria lá importar-se com a reparação de uma injustiça feita a um só homem, quando milhões, nos últimos trinta anos, têm sido assassinados da maneira mais injusta e por uma forma iníqua, a desafiar a insensibilidade das pedras!

Stalin e Hitler respondem pelo holocausto de milhares e milhares de vítimas, em campos de concentração, em câmaras de gás, nas prisões soviéticas e, muitas delas, vítimas de categoria, companheiros dos mesmos empreendimentos políticos, cujo crime foi dissentir dos ditadores, ou cair, aos olhos desses, na suspeita de dissenção.

A morte é agora a companheira cotidiana dos homens; todos os dias, em algum lugar da Terra, pública ou clandestinamente, alguém tomba, sob o cutelo da intolerância política. Os braços dos sicários estão permanentemente armados para desferir o golpe, e não falta no mundo quem justifique a efusão do sangue do inocente, em nome do direito do mais forte de preservar o poder da usurpação e do despotismo.

E, entre as almas insensíveis à brutalidade do crime, é sumamente triste verificar e dizer que estão os jovens, em cuja generosidade o mundo repousa para a conservação da virtude.

Viram tantas coisas os moços de agora que não têm coração para alvoroçar-se, senão nas pelejas de azinhavre, ou como títeres insontes dos carrascos de mãos ensangüentadas.

Por que vir às ruas para protestar contra a morte de Imre Nagy e Maleter, como tantas vezes saíram às ruas os rapazes do meu tempo, tomados de indignação e sagrada cólera, quando lhes parecia ter havido violação do direito ou infração da liberdade?

Saem para fazer arruaças, protestando contra aumento de passagens de bonde; mas ficam indiferentes, entorpecidos pelos espetáculos degradantes do mundo, pensando que isso é a rotina de sua vida, quando sabem que assassinos torvos, aloucados pela fúria do poder, puseram mãos criminosas nos defensores da liberdade, para imolá-los como escarmento e intimidação.

Ah, assim os moços não sabem mais fazer uso condigno das virtudes da mocidade!

Não vale a pena aquela embriaguez sem vinho de que nos falava Goethe, se não é para empregá-la em gestos de magnanimidade, isenção e altruísmo; se não é para pô-la, nos seus ímpetos, a serviço da justiça, não apenas para nós, ou só para o nosso povo, mas para todos os homens, onde quer que a iniqüidade suplante as regras eternas do direito.

Um moço que não se comove e não se revolta com a injustiça causa nojo. Está emasculado para as grandezas da vida. O melhor será então acomodar-se na senzala e limitar-se a ganir, com o chicote do feitor, feliz se lhe asseguram as enxúndias com o pão dos escravos.

Esse é, a meu ver, o terrível e horroroso transviamento da juventude, o que a leva a sorrir para o crime, a pactuar com o criminoso, a permanecer insensível aos estímulos do combate pela liberdade.

MEU AMIGO GARCÍA LORCA

*P*eña Rodriguez, que era dos meus mais assíduos companheiros na imprensa de Buenos Aires, convidou-me naquela noite para assistirmos juntos à estréia de *Bodas de sangre*, de García Lorca. "Venha e depois da representação iremos encontrar García Lorca."

Devo dizer que no Brasil tivera conhecimento muito vago da poesia e do teatro de Federico. Em Madri, alguns jornalistas e escritores falaram-me dele com entusiasmo. Mas foi na Argentina, no meio de poetas mais jovens, de homens de teatro e de jornal, que pude avaliar a influência que García Lorca começava a exercer no mundo hispânico. Tinha, pois, enorme desejo de conhecê-lo e quando soube de sua presença em Buenos Aires fiquei alvoroçado pela perspectiva de pôr-me em contato pessoal com um homem que era considerado genial nas rodas que eu freqüentava, naqueles distantes dias do meu exílio no rio da Prata.

Depois dos grandes aplausos do público que ouvira com estranha concentração a tragédia, pintura tão viva da alma espanhola, Federico García Lorca, cercado de um grande grupo de intelectuais, recebia cumprimentos e aplausos dos admiradores. Não parecia emocionado com aquelas manifestações e a idéia que me deu, à primeira vista, era de que as estava julgando exageradas ou pouco interessantes. Retraiu-se para um canto e, ao bombardeio de adjetivos e exclamações das inúmeras pessoas que vieram para ajudar, apenas murmurava palavras ininteligíveis que seriam, sem dúvida, de agradecimento.

Quando se reduziu o número de circunstantes, Peña Rodriguez adiantou-se e fez a apresentação. Ao ouvir que se tratava de um jornalista brasileiro, García Lorca interessou-se e logo foi dizendo que tinha enorme curiosidade pelo Brasil, onde vivia um grande amigo seu, cujo nome mencionou, mas que esqueci e jamais pude identificar.

Passados alguns dias, tive um encontro casual com o poeta numa livraria chamada Anaconda e ali pudemos conversar mais longamente. García Lorca perguntou-me quais as possibilidades do teatro brasileiro e se eu considerava viáveis a tradução e representação de algumas de suas peças, inclusive *Bodas de sangre*, pela qual revelava na ocasião bastante entusiasmo. Tive pudor cívico em confessar-lhe toda a pobreza do teatro nacional daquele tempo e disse-lhe que eu mesmo gostaria de traduzir *Bodas de sangre* ou qualquer outra de suas obras.

Marcamos novos encontros que se verificaram em oportunidades diversas, inclusive num almoço durante o qual pude sentir a ingenuidade lírica de alguns pontos de vista políticos de García Lorca, os quais me pareceram fruto de um vago misticismo, algo de um cristão da Igreja Primitiva, assim uma viva piedade pelo gênero humano e o desejo de estabelecer a fraternidade dos povos dentro do amor universal. Afinamos nos sentimentos libertários, pois que eu vinha de uma revolução vencida e Lorca tinha muita esperança na recente república de seu país.

O poeta quase nada sabia da literatura brasileira, tendo ouvido com atenção o que lhe disse sobre o movimento modernista, sobretudo quando lhe mostrei que o nosso modernismo tinha sido muito posterior e também muito diferente em suas causas e efeitos do modernismo hispano-americano.

Prometi que, quando retornasse ao Brasil, procuraria empresários e homens de teatro para falar-lhes da sua obra, o que não fiz nunca, pois, absorvido por assuntos de jornalismo e vivendo na intempérie da ditadura, fui esquecendo o poeta e suas aspirações de entrar na cena brasileira.

Estava aqui no Brasil, como ministro da Espanha, um intelectual, jornalista e escritor, García Miranda, que conhecera também García Lorca e o admirava. Os dois falamos bastante do poeta e decidimos escrever-lhe convidando-o a visitar o Brasil. Mas houve logo a revolução e um dia, creio que no começo de setembro, li nos jornais a notícia da tragédia. Faz agora vinte e cinco anos e há universais comemorações do acontecimento.

Algumas vezes, Lorca dava-me a impressão de uma criança tímida. Perguntei-me como e por que tinha havido quem o matasse. Esqueci-me da inata ferocidade humana, quando exacerbada pela paixão política. Muitos poetas têm sido perseguidos e mortos, porque os homens não os entendem em seu amor à liberdade.

CHURCHILL DEIXA A PRIMEIRA LEGIÃO

Vi, nos jornais, uma das últimas fotografias de Winston Churchill, publicada para ilustrar a notícia de que o grande lutador decidira, afinal, sair da arena política, onde se manteve quase sempre vitorioso, durante sessenta e tantos anos.

Aos 86 de sua idade, o grande *old man,* ainda com o charuto que é parte integrante de sua personalidade física e fazendo o *V* da vitória que o celebrizou, desde os dias da Segunda Guerra, posto numa cadeira de rodas, com o olhar amortecido, o rosto cavado, é uma sombra humana que se está apagando.

Nele vibra ainda, com o mesmo tom, tantas vezes sublime, o espírito indômito em que o sangue de Marlborough se mistura ao dos aventureiros da conquista dos Estados Unidos.

Creio que em nenhum outro estadista houve tão completa confluência dos valores psicológicos que compõem o anglo-saxão da Grã-Bretanha e o seu primo que partiu da Nova Inglaterra para desbravar planícies e montanhas, rumo ao Oeste do Novo Mundo, à busca de ouro e espaço e, em pouco mais de um século, criou a mais poderosa potência da Terra.

Os biógrafos de amanhã procurarão fixar no pensamento e nas ações de Churchill qual a dose de influência que produziram as suas origens na formação do caráter e que traços deixou em seu coração a bela americana que teve a honra e a glória de ensaiar os passos daquele que deveria ser um dos maiores homens do seu tempo.

Como jornalista e soldado, associou-se pessoalmente aos grandes lances bélicos dos últimos setenta anos, em Cuba, na África do Sul e na Índia, com tal energia e impetuosidade que não se pode deixar de supor que, se tivesse vivido apenas dois séculos antes, o seu nome figuraria na lista dos piratas que pelos seus feitos começaram a alargar o Império, emparelhando-se, e quem sabe se não excedendo, ao do próprio Drake.

Churchill trouxe para a política a mesma força de contradição que o conduzira aos campos de batalha, o mesmo magnetismo individual, a mesma inflexibilidade no levar adiante os planos concebidos, a coragem dos mestres-de-armas da era elisabetana, junto à habilidade dos políticos que no tempo da rainha enigmática conseguiram sobreviver aos perigos do cepo e às grandes solidões da Torre de Londres.

Shakespeare tê-lo-ia tomado, estou certo, para figurar em algum dos seus dramas históricos, tal a substância representativa da sua alma, em que tão bem se resumem as qualidades e categorias dos estadistas e chefes militares que compareçem, por força do gênio do dramaturgo, à barra do julgamento universal, para depor sobre a vida e as obras dos Henriques.

Seis monarcas, desde a rainha Vitória, foram por ele lealmente servidos e, na paz ou na guerra, não houve nenhum contemporâneo que tivesse exprimido mais vivamente, na eloqüência parlamentar ou em artigos de jornal, o impulso de ascensão e de domínio que se apoderou das suas ilhas brumosas, desde que os ventos soprados pela divindade contra o orgulho destroçaram a Esquadra Invencível.

Dir-se-ia que, no curso destes sessenta e seis anos de atividade, os acontecimentos do mundo iam compondo o espantoso cenário em que Winston Churchill iria encarnar o papel de último demônio da resistência do espírito imperial contra as forças imanentes com que a História derruba sempre os monumentos que, pela solidez, mais pareciam destinados à eternidade.

Como os profetas bíblicos, unia o poder de previsão do futuro à magia do verbo candente, e era, onde quer que estivesse, por uma atração inelutável, aquele a quem os demais pediam a palavra de ordem, e os inimigos que nasciam do choque de sua extraordinária personalidade com as forças medíocres que não compreendiam os seus lances, nem podiam acompanhar a altura dos seus vôos, acabavam rendendo-se, fosse qual fosse a eminência de sua posição ou a autoridade ocasional que os revestisse.

Cunhou-se e teve longo curso a famosa frase dos seus adversários: "Ou a Inglaterra acaba com Churchill ou Churchill acaba com a Inglaterra".

A verdade é que, no momento supremo do seu destino, foi o salvador da Inglaterra e da liberdade do mundo, em circunstâncias que deixam os Pitt esmaecidos; e o próprio Nelson ou o duque de Wellington jamais sonhariam alcançar tamanha altitude.

TRÊS SOMBRAS AUGUSTAS

Outro dia, tive grande emoção, vendo reunirem-se, num hospital americano, três sombras augustas. Imagino o que foram os seus pensamentos e a categoria filosófica de suas reflexões, cada qual dentro de si mesmo, sem querer externá-las aos demais. Um deles, sobretudo, há de tê-las feito com grandeza shakespeariana, pois tão alto costuma elevar-se o seu estilo e o seu poder de expressão, em circunstâncias semelhantes. Se algum pintor pudesse fixar esse derradeiro encontro, algum pintor com capacidade para traduzir com a tinta o indefinível, como Leonardo da Vinci, a humanidade receberia, então, o legado de um momento realmente soberbo, pelas lições que nos poderia transmitir.

No Hospital Militar de Walter Reed, em Washington, sir Winston Churchill encontrou-se com o general Marshall e John Foster Dulles: três dos maiores homens do nosso tempo.

Churchill, nos seus quase 85 anos, está ainda forte; conserva a varonilidade dos dias da juventude, a presteza do espírito, a aguda inteligência e a energia combativa de Malborough, seu ascendente. É um monumento vivo, a glória em seus mais altos píncaros, em plena atividade, pois ainda agora anuncia o propósito de concorrer às eleições e voltar ao Parlamento. Como outros grandes estadistas ingleses, a velhice não o derreia nem quebranta. Está firme e lúcido, como no seu tempo de soldado ou jornalista, na Índia, na África, ou na guerra de Cuba.

A visita aos Estados Unidos, terra de sua família materna, será possivelmente a última. Foi ver Eisenhower, o seu grande companheiro da Segunda Guerra Mundial: alquebrado pela enfermidade, mas impertérrito, no passadiço de comando, enfrentando com galhardia as tempestades que assaltam o imenso barco, sobranceiro à tormenta e certo de conduzi-lo a porto feliz.

Depois, Churchill armou-se de suprema coragem e esteve em Walter Reed. Queria visitar dois outros gigantes, abatidos e em vésperas de empreender a interminável viagem.

Marshall foi um dos artífices do triunfo militar e, mais tarde, ganha a vitória, um artista da paz.

Aqui devo intercalar uma recordação pessoal: conheci Marshall em 1948, em Paris, durante a III Assembléia Geral das Nações Unidas. Conversamos cerca de vinte minutos, em entrevista memorável para minha carreira de jornalista, durante a qual o então secretário de Estado focalizou com extrema clarividência os problemas políticos do após-guerra, delineando, ao mesmo tempo, a marcha dos acontecimentos no futuro. Voz profética e confiante no destino superior da humanidade.

Que lembranças formidáveis não teriam invocado juntos, Marshall e Churchill, nesse último encontro, que há de ter sido, necessariamente, fugaz! Os dias que se seguiram ao desastre da França, quando tudo parecia para sempre perdido; os dias mais cruéis ainda que começaram a correr depois de Pearl Harbor. Provavelmente, os dois homens não disseram senão palavras sem transcendência da cortesia que a circunstância impõe, em transe semelhante. Mas como deve ter sido profunda a agitação de sua alma, revolvendo as recordações das grandes coisas que ambos fizeram e que os ligam, para sempre, nos julgamentos da História! A presença de John Foster Dulles, numa cadeira de rodas, emagrecido, exausto pelo sofrimento, na certeza do fim próximo e inexorável, aumentou de muito o acento trágico desse instante supremo. Referem os telegramas que houve aquele segundo de surpresa e angústia que nos sufoca, quando surge diante dos nossos olhos a ruína de um amigo, a quem, no entanto, é preciso consolar e iludir.

Churchill conservou, em tudo, a imperturbabilidade do homem acostumado a acercar-se da tragédia e encará-la virilmente. Marshall e Dulles não foram menos seguros de si mesmos. Foi como uma reunião de camaradas felizes, depois da qual disseram os adeuses costumeiros da cordialidade, como se amanhã, ou mesmo antes, devessem encontrar-se para uma nova prosa.

No íntimo, todos sabiam que, depois daquilo, só na eternidade haveriam de rever-se. Um largo trecho da História contemporânea acabou, quando os três se separaram.

O CASO DA VARA NA EXCELSA
GRÃ-BRETANHA

Anunciou o diretor da escola onde foi matriculado o príncipe Charles, filho de Elizabeth II, da Inglaterra, herdeiro do seu trono, que, se o menino merecer, pelos seus atos de indisciplina, uma paternal correção a bordoadas, ele as aplicará como se se tratasse de qualquer outro aluno. Não há privilégios de casta ou de posição nas escolas de Sua Majestade. Seja qual for a posição hierárquica da família do discípulo, as regras estabelecidas para o funcionamento tranqüilo das escolas serão devidamente cumpridas. E, se essas mandam que se dê uma sova de vara de marmelo ou de outro pau que seja, dos que, da mesma natureza, medram nos climas britânicos, não hesitará um instante o severo professor.

O príncipe levará o espancamento do estilo, na dose necessária, a fim de que, ainda menino, compreenda que a segurança dos reinos está principalmente na eqüitativa aplicação da justiça e que todos, numa sociedade bem organizada e democrática, são iguais perante a lei. Sua Alteza entrará no castigo dos regulamentos, se for réu de alguma traquinada e, especialmente, se fumar em público. Às escondidas, o pequeno Charles poderá tirar as suas baforadas, mas se o fizer diante de outros companheiros, coisa que a lei escolar veda, o mestre tomará do bastão e ali mesmo onde foi cometido o delito dará o escarmento, esfregando o couro ao futuro rei das ilhas gloriosas.

Acredito que nada contribuirá mais para a duração da monarquia britânica e para a respeitabilidade e amor que o povo dedica à família real do que a certeza de que, onde quer que haja uma lei a obedecer ou um sacrifício a ser feito, ela virá em primeiro lugar. É assim, e assim tem sido, na paz e na guerra, e, mais particularmente, nas duras ocasiões em que o dever leva o homem a enfrentar virilmente a morte.

Ninguém entre a gente de sangue real usa dos subterfúgios do sr. Falstaff. Charles levará a sua coça na escola, no mesmo espírito do seu grande avô, esse admirável George VI, ao sofrer ao lado do seu povo, sem o mínimo resguardo especial para a sua pessoa, os grandes bombardeios de Londres.

Deus salve a rainha! Eis o sentimento que nos acode ao ler nos jornais a decisão do rijo mestre-escola de pespegar no garoto uma sova de cacete, de acordo com os regulamentos, para que desde tenro aprenda que, no reino que um dia será por ele conduzido, ninguém escapa à letra do código.

No meu tempo de menino imperava nas escolas palmatória e, algumas vezes, entrei na roda do argumento, levando, em grande, a minha parte. Certo professor José Antônio tinha mão pesada no bolo e uma vez ouvi-o dizer: "Não pense que, porque é filho de doutor, deixará de apanhar como os outros!", e com maior ferocidade zurzia a palma de minha destra, até ficar quente, quase pegando fogo...

A ocasião mais humilhante foi quando d. Ana Frota, minha mestra de tão saudosa lembrança, farfalhante nos brancos vestidos, apertando os olhos de míope, tendo-me pegado em flagrante contra as regras, chamou-me, impetuosa, perante toda a classe, de que eu era em sabenças o primeiro, e sem mais contemplação aplicou-me quatro alentados bolos, com uma palmatória ensebada, de apelido d. Vitória. Chorei quatro horas seguidas, mais de raiva e vergonha do que pelo ardor das mãos, pois d. Ana distribuía com eqüidade entre direita e esquerda a sarabanda, para que me ficasse menos áspera a dolorosa receita...

Meu pai não era menos fero na sua hebdomadária distribuição de bolos com uma escova, pois deixava para os sábados o castigo acumulado pelas faltas da semana inteira. Quanto à minha mãe, preferia o cocorote e o muxicão e, vez por outra, fazia uso de um relho que vivia ameaçadoramente, pendurado num armador de rede, no canto da sala.

Mudaram os tempos e hoje não há mais castigos de corpo para doutrinar a meninada e corrigir o pau que nasce torto. Só a vetusta Inglaterra, depois de os haver suprimido, achou de retornar ao sistema da vara, considerando-o insubstituível, como meio de meter nas cabeças rebeldes os sagrados princípios da obediência.

Seja Charles, o digníssimo príncipe de Gales, ou apenas John, o filho do vendeiro da esquina, em ferindo as regras, receberá a porção merecida, por onde lhe pegue a vara. Por isso, os ingleses continuam sendo o que são, e nós outros começamos a ser o que não éramos...

AMORES ALHEIOS

Não é que seja novidade, pois sempre andamos preocupados com os amores alheios, como se vê, desde os dias mais remotos. Homero encantou tantas gerações, narrando os amores de Páris com Helena e toda a guerra enorme que nasceu desse idílio. E não foram senão histórias de amor, com a felicidade e os dissabores que acarreta, a poesia e o romance de todos os tempos. E também o teatro. Há até os amores mais célebres, como o de Abelardo e Heloísa ou o de Dante e Beatriz e o de Petrarca e Laura. E tantos outros menores que enchem os livros, nos quais nos comprazemos todos, vendo repetir-se, com outros nomes e formas diversas, a essência da mesma coisa.

Mas hoje parece que vivemos muito mais preocupados com os amores distantes, com os quais nos afligimos e exultamos, como se fossem nossos. Vejam, por exemplo, o que sucede à princesa Margaret. Essa mocinha é provavelmente a mais ilustre de quantas donzelas casadouras enchem o noticiário com as perspectivas de noivado ou com os simples indícios de que o seu coração está pulsando por alguém.

Já nem quero falar desse capitão Townsend, com toda a publicidade do seu caso. Foi demais, mas agora felizmente está amainando e faz muito tempo não lemos o nome dele na imprensa e até as folhas dominicais inglesas, tão caroáveis às intrigas do gênero, têm mantido silêncio a respeito. Talvez nem se amem mais, ou, quem sabe, jamais se amaram e tudo não passou de equívocos, pois às vezes a gente pensa que alguém está apaixonado e não tarda a saber que não estava e tudo era fumaça e ilusão.

Faltava aos amores de Townsend e Margaret o ambiente de segredo, tão favorável ao incêndio das paixões memoráveis. Falava-se muito do assunto e, quem sabe, não foi essa a causa de não terem realizado o seu sonho, advindo essa frustração que marca na alma mais do que qualquer outra.

Também essa moça Elizabeth Taylor não me parece muito firme, pois que, faz apenas alguns meses, estávamos todos comovidos com a notícia de sua angústia, colhida na morte trágica do seu esposo. Certa fotografia de Liz, encapuçada num véu negro, era a viva imagem do próprio sofrimento. Mas, agora, a mesma Liz reaparece com outros amores e é de ver a ventura que transborda de sua fisionomia, nos braços de um mocetão espadaúdo e enxuto. Paz à alma do morto e votos de eterno amor aos vivos.

Outra que não nos deixa descansar é Ingrid Bergman. Senhora pródiga e incessante, já pelos 40 ou muito mais. Vibram as folhas com as suas volubilidades, as quais não deixa passar sem frutos, como se vê de sua luzida prole.

Também d. Gina Lollobrigida e d. Marilyn Monroe andaram nos galarins da fama, cada qual com os seus adornos excedentes. Agora, porém, parece que se aquietaram, pois há mais de dois anos que se acham casadas e, apesar desse longo tempo, nada transpirou a respeito da vida amorosa de ambas. Deus as conserve.

Por último vem a imperatriz Soraya, a qual foi repudiada pelo real marido, de maneira que a todos confrangeu, embora o xá o tivesse feito levado por poderosas razões de Estado e segundo as melhores tradições do misterioso Oriente, como se vê nos contos de *As mil e uma noites*. Que beleza de mulher, com aqueles olhos e aquelas mãos e todos os restantes primores com que a natureza a cobriu, mas que nada valeram para protegê-la, visto que era árvore bela, mas não frutificava.

Um príncipe Orsini, de família papal, acompanha a doce e malograda imperatriz em suas andanças à busca de consolo. Estendem-se os dois nas praias do Mediterrâneo, tão pertinho um do outro, mas afirmam, convencidos, que entre ambos só existem admiração e respeito, e não outro pendor mais íntimo. Faz pena vê-los assim, desperdiçando a juventude e as glórias que os anos não deixam durar muito, satisfeitos com uma contigüidade inocente, quando aqui de longe as imaginações se esquentam, contemplando, afundado na areia, aquele corpo imperial a quem pedimos que Alá abençoe.

Graças à vastidão dos meios publicitários, vivemos muito mais dos amores alheios do que dos próprios e isso pode ser uma forma de consolação.

MARGARET E TONY

Os problemas sentimentais da querida princesa Margaret, da Inglaterra, vão ter fim, com o seu casamento com o guapo moço que ela escolheu. As histórias de fadas falam-nos sempre de príncipes encantados que se casam com pastoras, mas poucas contam a aventura de pastores que tenham a sorte de encontrar uma princesa para a sua vida de amor.

Tony Armstrong andava com a sua mala de fotógrafo a tiracolo, fixando com muito cuidado artístico as belas imagens do mundo. Um dia, caiu-lhe sob a objetiva privilegiada o rosto excelso da princesa e eis que daí nasceu o romance famoso.

Margaret amara outro, é certo, mas quem disse que o amor não se renova e que o de amanhã não parece a quem ama muito melhor do que o de ontem?

Peter Townsend conquistou também outra beldade, se não da mesma hierarquia, pelo menos é de presumir que mais acessível aos seus sonhos. Sem tanta publicidade, sem a interferência da poderosa Igreja da Inglaterra, sem a necessidade de consentimentos requeridos pelos interesses do Estado. Casaram-se e vivem felizes. Terão muitos filhos e filhas.

Era natural que Margaret também quisesse a parte de felicidade a que tem direito toda mulher, sobretudo sendo jovem e bela, e, ainda por cima, filha de rei. Os seus olhos não se voltaram para os rapazes da nobreza, príncipes estrangeiros, duques e condes que não faltam, com os nomes ilustrados na história do Reino Unido, dourados brasões, castelos de altas torres e grandes florestas para caçadas à raposa. Margaret desejou sempre seguir os impulsos do coração, ainda que enfrentando os preconceitos da sua classe. Cedeu, pela primeira vez; mas, na segunda, nem sequer tentaram dissuadi-la. Não tinha o exemplo do tio Edward, que deu o trono para ficar com a mulher amada?

Tony Armstrong é moço, formoso, inteligente, e a profissão de fotógrafo, tão digna quanto as ociosidades de um principado. Quanto a ser plebeu, Margaret pode responder que os títulos de nobreza que enfeitam as melhores famílias do reino foram dados, tantas vezes, a piratas, aventureiros, traficantes de negros e outros dessa estirpe, e que é só uma questão de rebuscar na História e nas crônicas para ver que o sangue azul nem sempre tem origens honrosas. Basta que a graciosa rainha Elizabeth, em sua munificência, eleve Tony à dignidade de um ducado, dando-lhe um título pomposo e sonoro, para que as objeções de plebeísmo caiam por terra. Será um digno presente de casamento da cunhada e estou certo de que não será esquecido.

Dizem os telegramas que as famílias reais européias, desgostosas com a qualidade do noivo de Margaret e ofendidas por não haver a linda princesa pensado nelas para eleger o seu esposo, estão alegando toda a sorte de pretextos para não comparecer à cerimônia nupcial de Westminster. Esse diz que está enfermo, aquele que os negócios urgentes do Estado o prendem, um terceiro afirma que havia outra viagem marcada para a data. Até principezinhos secundários que não tiveram maior escrúpulo na escolha de suas mulheres querem se fazer de rogados e ousam ferir a sensibilidade da pobre Margaret.

Mas todos sabemos que o motivo é ser o garboso Tony um rapaz comum que anda de lambreta e tira fotografias.

Reis e príncipes de sangue não querem mistura com gente da laia de Tony e imagino os mexericos, comentários e risotas que há nas reuniões das cortes, a respeito do casamento de Margaret.

Não se importe com isso, boa menina. Já lhe tomaram Peter. Foi uma prova de caráter de sua parte não permitir que lhe arrebatem o querido Tony, armado de sua Leica prodigiosa. Agora toca a amar, porque não há nada de melhor, sobretudo sob as palmeiras tropicais, numa lua-de-mel. Eu lhe ofereceria a minha ilha para esse enlevo: a mesma onde Gilberto Freyre e Guilherme Figueiredo passaram aqueles dias augustos. Tony encontraria as mais maravilhosas paisagens para as suas fotografias e a princesa, um clima suave, arrebóis dourados, crepúsculos de sonho e as águas tépidas da baía de Sepetiba, amada pelos deuses.

Juro que seria soberbo e inesquecível. Posso falar de cátedra.

O MITO DIVINO DE SHAKESPEARE

Já se disse que depois de Deus foi Shakespeare quem mais criou seres imortais. Está sendo comemorado em todo o mundo o quarto centenário desse gênio espantoso de cuja vida tão pouco se sabe, enquanto a obra imensa cresce na admiração da humanidade, que cada vez mais se identifica com as suas personagens e nelas encontra alguns dos símbolos mais perfeitos das paixões humanas.

Não somente das paixões funestas, mas também das nobres e puras, de sorte que poderiam ser recompostos os traços mais autênticos e expressivos do homem, através de seus dramas e comédias, se tudo mais se perdesse de sua história na Terra.

Os que chegam até mesmo a negar a sua existência, ou atribuem a outros a autoria do legado literário que é consagrado com o seu nome, não vêem como tenha podido sair tão grande e poderosa torrente de beleza, de sabedoria moral e de penetração filosófica do cérebro de um ator medíocre, dado a aventuras escabrosas e que, no seu tempo, não alcançou senão um relevo secundário, perdido no meio dos valores portentosos que surgiram na Inglaterra da rainha Elizabeth.

Talvez a resposta a esse problema pudesse ser alcançada na própria interpretação da sua galeria de heróis, santos e bandidos, nas peculiaridades de gosto da época, nas condições perigosas em que viviam então os homens de pensamento e ação criadora, quando a efervescência política e social lançava à sombra e ao desinteresse tudo quanto não tivesse imediata relação com abertos conflitos gerados na disputa do poder real, numa sociedade atingida por um dinamismo sem precedentes, precursor do advento da Grã-Bretanha como primeira das grandes potências mundiais.

Naquele século de intensa gestação das revoluções modernas, marcado por tantas correntes contraditórias, século ao mesmo passo místico e voluptuoso, em que havia tantas liberdades e tantas proibições, Shakespeare poderia ter passado, como aliás sucedeu, como um fenômeno sem projeção correspondente à importância de sua força, destinado a repercutir no futuro com a transcendência não percebida pelos contemporâneos.

Provavelmente ele próprio não possuía clara consciência do mérito de sua obra, cujas perspectivas exigem certa distância do foco de sua criação para serem avaliadas em suas crescentes dimensões.

Não era, por temperamento, um idealista; serviu-se dele a natureza como um instrumento cego de suas realizações prodigiosas. Quatrocentos anos depois do seu berço, aumentam os mistérios de sua vida pessoal, enquanto se torna mais luminosa a significação de suas grandes imagens do mundo.

Vejam como é profundo o abismo da alma de Hamlet, apesar de toda a luz vertida sobre ela, através de mais de três séculos, por espíritos sedentos de descobrir as motivações secretas de seu procedimento.

Cada homem ou mulher, nas tragédias, nos dramas ou nas comédias de Shakespeare, representa personificação de algo que, se ainda não foi encontrado, se-lo-á um dia. Ainda as figuras aparentemente sem preeminência no recanto semi-apagado de um quadro podem adquirir de súbito uma autenticidade rigorosa e indispensável, como o pormenor das tintas numa tela de Ticiano ou um vinco apenas na estatuária de Michelangelo.

A mínima palavra faz parte inseparável da harmonia total e os mais leves traços de caráter, na multiplicidade dos seus fantasmas, emergem, em um momento dado, como a tônica insuperável daquele instante de criação. São assim porque não poderiam ser de outra forma, como acontece com o leito das águas, os recortes produzidos pelas erosões ou com a marcha dos astros.

Nestes quatrocentos anos, a humanidade inteira colaborou para comunicar mais vida e realismo ao que no drama shakespeariano é um toque de excitação de gênio. Está bem longe ainda o termo dessa colaboração fecunda que renova e engrandece, nas circunstâncias do tempo e do espaço, a substância maravilhosamente plástica, em virtude da qual, por exemplo, pode-se dizer que Deus deu a cada povo um Hamlet ou um Otelo, tirado das entranhas da sua psicologia.

Shakespeare será maior ainda de hoje a cem anos, e quando se comemorar o milênio do seu nascimento ele estará identificado com um mito divino.

SHAKESPEARE NO BRASIL

A seriedade e profundeza dos estudos de interpretação literária, crítica e literatura comparada da autoria do professor Eugênio Gomes colocam-no entre os valores mais elevados e nobres da cultura do país. Aí estão os seus livros para atestar.

Convivi com esse mestre na Comissão Machado de Assis e pude apreciar a sua grande erudição, variedade de conhecimentos e a finura de suas análises da obra machadiana. É assim um humanista de ampla perspectiva cultural, preparado como poucos para realizar o trabalho que acaba de aparecer sob a denominação *Shakespeare no Brasil*.

A primeira e a segunda parte do livro referem-se às representações do teatro shakespeariano nas cenas brasileiras, a começar pelo próprio João Caetano, que, embora servindo-se dos textos comprometedores de Ducis, familiarizou o grande público com as personagens e enredos mais conhecidos da tragédia do grande autor. Hamlet, Otelo e Macbeth foram posteriormente encarnados por atores italianos de grande renome, como Rossi e Salvini, que dividiram a preferência dos auditórios e, como era de uso no tempo, possuíam aqui partidários entusiasmados e até belicosos. As companhias italianas seguiam textos mais fiéis aos originais e assim davam aos elementos mais cultos das platéias a oportunidade de apreciar o valor artístico do drama e a natureza mais íntima *personnarum*.

A parte histórica do livro do professor Eugênio Gomes foi composta com extremo cuidado, de forma a permitir ao leitor acompanhar a exata contribuição das companhias nacionais e estrangeiras, e sobretudo das grandes figuras que as encabeçavam, no esforço de aproximar Shakespeare tanto dos freqüentadores intelectualmente menos classificados do teatro, como do escol que já então se formava na metrópole do Império. e mais tarde da República, e era constituído de nomes que compõem o melhor patrimônio das nossas letras.

Muito apreciável, também, pelo alto critério de julgamento é a parte do volume que se ocupa das traduções de Shakespeare para o vernáculo, feitas em Portugal e no Brasil, desde as do rei d. Luís de Bragança até as que ultimamente foram publicadas aqui, inclusive as de Onestaldo Pennaforte, com lugar preeminente entre as melhores.

No capítulo relativo à influência exercida sobre autores brasileiros, Eugênio Gomes estabeleceu-a com inteira propriedade e evidência na obra teatral de Gonçalves Dias e em espíritos tão diferenciados como Machado de Assis e Rui Barbosa.

A verdade é que dificilmente se poderá encontrar um escritor culto, sobretudo do século XIX, que não reflita de alguma forma em sua obra, mesmo fora do teatro ou da poesia, pensamentos que possam ser filiados à universalidade da criação shakespeariana. Emerson afirmou que todo poeta deve alguma coisa a Homero e não estou longe de acreditar que semelhante débito seja ainda maior para com Shakespeare. Diria que obras da extensão e do vulto da do mestre inglês cobrem, com a sua influência, a cultura de séculos, e não há quem possa fugir-lhes, como nenhum pensador, depois de Sócrates, deixou de ser socrático.

Mas os capítulos do livro de Eugênio Gomes que se denominam "Personália" e "Vária" são os que revelam a substância do analista, a sua capacidade de penetração pessoal no campo interpretativo, tão humoso e fecundo das tragédias de Shakespeare, particularmente do *Hamlet*. Cada geração, direi mesmo cada povo, vê o Amável Príncipe à sua maneira, à luz de seus próprios complexos, dos influxos sociais, políticos e até econômicos, dominantes no tempo.

Pena é que a angústia deste espaço não permita colher nas páginas em que Eugênio Gomes põe mais de seu, a respeito de Shakespeare, certos aspectos originais da visão do autor e das suas personagens mais famosas. Basta que diga da importância do trabalho realizado, como testemunho dos níveis superiores a que atinge a cultura brasileira, lançada a horizontes que cuidávamos estivessem para sempre reservados aos centros universitários mais adiantados da Europa ou ao gênio de pesquisa e especulação das universidades norte-americanas.

TOLSTOI CONTRA SHAKESPEARE

*P*assando os olhos pela lombada dos livros da biblioteca, daqueles que se acham menos ao alcance da vista e por isso só raramente os tomamos nas mãos, encontrei o volume de Tolstoi contra Shakespeare. Não são muitas as pessoas que já leram essa obra e tenho mesmo encontrado homens cultos e conhecedores da vida literária mundial que nem sequer a tinham ouvido mencionar. Não sabiam que Tolstoi houvesse publicado esse veemente trabalho de crítica ao dramaturgo que, pelo consenso dos contemporâneos, é o maior que a humanidade produziu.

A publicação de um artigo de Crosby denominado "Shakespeare e a classe operária", tirou o romancista russo da indecisão, levando-o a externar por escrito o que de há muito pensava, sem ter tido a coragem de comunicar ao público.

Tolstoi assegura que a sua opinião não resulta de uma impressão acidental ou do exame superficial da imensa criação dramática e poética de Shakespeare, mas de seguidas tentativas, feitas durante muitos anos, para se pôr de acordo com as pessoas instruídas do mundo cristão. Havia, pois, entre Tolstoi e Shakespeare, não apenas incompatibilidade ocasional, mas uma ojeriza que abrangia todos os aspectos da personalidade literária do autor inglês.

Conta o espanto de que ficou possuído, na sua primeira leitura de Shakespeare. Esperava um prazer estético que não lhe foi dado experimentar nem com o *Rei Lear*, nem com *Romeu e Julieta*, nem com *Hamlet* ou *Macbeth*. Nenhuma dessas grandes tragédias, escritas com tanta profundeza de conhecimento da psicologia humana, conseguiu comunicar a Tolstoi um mínimo de emoção. Pelo contrário, não lhe deram senão desgosto invencível e aborrecimento completo. E ele mesmo pergunta: "Será que sou doido, achando insignificantes e péssimas obras que são consideradas como puras obras-primas por todo o mundo culto, ou essa importância que o mundo culto atribui às obras de Shakespeare é estúpida?".

Shakespeare e Tolstoi estão separados por um mundo de concepções antagônicas, não apenas por serem homens de séculos tão diferentes, mas porque, em sua arte, calorizaram ideais e sentimentos que um não entendia e o outro desprezava.

É um caso de desentendimento psicológico, assente na própria natureza espiritual dos dois escritores. Tolstoi foi provavelmente o mais puro cristão que houve no mundo, desde São Francisco de Assis, considerando-se que o cristianismo se inspira no amor do próximo, na compreensão profunda das fragilidades humanas e no infinito desejo de misericórdia e perdão. É o que está nos romances de Tolstoi e é exatamente o que não se encontra, a não ser esporadicamente, em Shakespeare.

A grandiloqüência de certas tiradas shakespearianas feriam a sensibilidade de Tolstoi, muito mais simples em sua linguagem e, por isso mesmo, menos acessível ao grandioso dos solilóquios e discursos, tão característicos do drama da época do autor de *Júlio César*. Tolstoi não entendeu, por exemplo, a natureza de Hamlet, quando pretendia atribuir ao príncipe da Dinamarca precisamente aquilo que Shakespeare lhe tirou, no propósito de criar a personalidade enigmática, e censurava o autor por haver formado um tipo sem caráter, o que lhe pareceu defeito grosseiro e por isso mesmo imperdoável. Também Lear, Otelo e Falstaff, aos olhos de Tolstoi, tão acostumado ele próprio a traçar com nitidez a linha de suas personagens, fazendo-as inconfundíveis em seus sentimentos e aspirações, carecem de firmeza de alma, faltam-lhes vincos e cor.

O principal erro de Tolstoi, no julgamento parcial e injusto que apresenta em seu livro contra Shakespeare, será talvez o de querer que um autor teatral proceda na elaboração das suas figuras com a minúcia do romancista, quando na cena há outros fatores, inclusive os que vêm do ator e de todos os artifícios da arte cênica que são indispensáveis e, às vezes, também, fundamentais, para comunicar realidade e vida às personagens e às ações que desenvolvem.

Longo seria o tema para quem dispusesse de tempo e espaço para uma réplica a Tolstoi, o que não é o caso destas *vana verba*, pela sua índole, mais apropriadas a fixar os aspectos efêmeros da vida.

CONTRA OS HERÓIS

Quando li o famoso estudo de Rui sobre Thomas Carlyle, fiquei temeroso de abordar o que me pareceu, então, uma floresta inviável. No entanto, era necessário fazer a tentativa, sob pena de privar-me do conhecimento de um dos espíritos mais representativos e curiosos da literatura inglesa do século XIX.

Naquele tempo, as minhas preferências, entre os ensaístas de língua inglesa, recaíam em Emerson. Nem Macaulay nem o próprio dr. Johnson conseguiram sobrepujar no meu espírito o vigor do pensamento transcendentalista. Contudo, foi Emerson quem me ajudou a vencer a timidez que Rui me inspirara diante de Carlyle e que se acentuara quando procurei iniciar-me na leitura de sua obra, pela mais difícil de todas, a *Revolução Francesa*.

Essas preocupações vieram-me, antes dos 20 anos, numa fase em que me esforçava para equilibrar o acervo de uma cultura adquirida sob a orientação exclusivista da filosofia tomista com a assimilação de outras correntes de idéia, mormente as que viessem do mundo racionalista e protestante. Era conduzido pelo desejo de ver a outra face das coisas, de pôr em cotejo valores espirituais que se apresentavam como inconciliáveis e cujos motivos de identificação e fontes comuns verifiquei depois, não sem pequena surpresa.

Na verdade, o primeiro livro de Carlyle que me deu a plenitude do pensamento filosófico, social e político dessa singular e contraditória personalidade foi *On heroes and heroworship*. A edição que me caíra nas mãos trazia como prefácio um estudo de Edmund Gosse, no qual Carlyle é retratado de uma forma que não atrai simpatias para o homem, embora exalte, merecidamente, a figura do artista e a substância superior do seu idealismo.

A apresentação do heroísmo e do herói como forças condutoras da evolução histórica retirava da coletividade e das circunstâncias imprevisíveis, porém constantes, que intervêm na marcha do progresso humano o poder de influência que sempre lhes fora atribuído. Por eles é que se manifestava a Providência, na orientação dos destinos. Tais impressões, porém, duraram pouco e Carlyle não tardou a perder o seu prestígio, à medida que a meditação e a experiência confirmavam as tendências liberais e democráticas que levam a opor-me a toda sorte de dogmatismo e a qualquer cerceamento da liberdade de pensar.

Hoje, os heróis e o heroísmo determinam reservas crescentes no meu espírito. Não os vejo com bons olhos. Fazendo a apuração dos efeitos de sua presença na vida dos povos, verifico que quase sempre interromperam a autenticidade do seu curso e foram mínimas e até indesejáveis as contribuições que deram ao progresso geral.

Essa meditação ocorreu-me com a leitura dos recentes acontecimentos de Cuba e o triunfo de Fidel Castro. Possui o jovem revolucionário as aptidões legendárias dos homens que se destinam a pesar sobre a fortuna das nações. A sua luta revestiu-se de aspectos fabulosos. No entanto, para os filósofos recolhidos à frieza dos raciocínios e já imunes aos entusiasmos febris, a aparição dos homens desse estilo e o papel que exercem causam maior ansiedade do que confiança.

O espetáculo dos julgamentos na praça pública, entre multidões ululando, tomadas de insensatez sangüinária dos tempos do Terror, fazendo da justiça um excitante de sensações sádicas, é algo que previne e desconcerta.

Os antigos verdugos, algemados e a pique de tombar sob as balas dos pelotões de execução, fitam os olhos serenamente nos seus juízes. Morrem com a coragem consagradora que fere a sensibilidade do futuro e suscita as grandes dúvidas das vindouras gerações. Defrontam-se os heroísmos no sangue inutilmente derramado. O épico excusa-se da amoralidade e do crime, na grandeza dos gestos supremos, quando o sobre-humano vence as outras considerações e impõe a sua força arrasadora.

Desde que as multidões preferiram Barrabás a Jesus, os pretórios da praça pública perderam a dignidade e comprometeram-se aos olhos da justiça.

AQUI FOI O BRASIL

A História dá-nos muitas lições de povos que sacrificaram o seu destino, vítimas de equívocos que a posteridade elucida e mostra-se espantada de que tenham podido ocorrer, com efeitos tão desastrosos.

Como é que os homens responsáveis pelo governo do tempo não viram o erro que estavam cometendo e deixaram que a catástrofe se gerasse e se produzisse quando teria sido tão fácil conjurá-la, bastando apenas, às vezes, uma palavra de bom senso ou um gesto de paciência e longanimidade?

É que o analista dos fatos, colocado pela distância e pela época fora dos impulsos e paixões que determinaram a calamidade, abstrai-se do elemento passional, determinante do comportamento dos indivíduos e das coletividades e que pela sua própria força se confunde com a verdade e a justiça de sua causa.

Leiam-se as observações de Thomas Carlyle a respeito da Revolução Francesa, ou veja-se como Thiers apreciou os acontecimentos, as condições e as pessoas que figuraram no grande drama que desembocou na epopéia napoleônica, para se ver como existe na História uma espécie de poder imanente que a leva a realizar-se, em suas formas próprias e inelutáveis, assim como as águas impetuosas, vindas das montanhas, se espalham pela planície, buscando os declives, os leitos apropriados, sem a mínima possibilidade de outra ordenação que seja a da natureza do terreno por onde escorrem.

Não existirá um planejamento providencial? Estará a sorte dos povos entregue exclusivamente às potências cegas como são, por exemplo, as que desencadeiam o raio e fazem desabar as tempestades?

Sou dos que crêem no poder da razão, devidamente preparada para dirigir a coletividade nacional, prevendo, antecipando e deduzindo, de forma a conter e orientar as forças que desordenadamente se conjugam, tal como a engenharia hidráulica disciplina as grandes cachoeiras, encaminhando as águas para as turbinas que geram energia para a aplicação útil aos interesses da vida humana.

São figuras corriqueiras, citadas a toda hora, mas indispensáveis para uma pronta compreensão de problemas que ocorrem na esfera das atividades econômicas e políticas, sobretudo em épocas de desajustamento e de crise, quando a prudência e a sabedoria são chamadas a opor os seus diques poderosos, embora aparentemente frágeis, aos impulsos que nascem e se desenvolvem nas camadas mais profundas e obscuras do instinto.

Perguntam a que vem todo esse prefácio de considerações, tão teóricas quanto vagas, e eu respondo que vem a propósito exatamente da hora aziaga que o Brasil está atravessando, como parte inseparável que é de um mundo sacudido por tantas correntes de contradição e controvérsias e especialmente marcado pelo predomínio do materialismo sobre as aspirações mais nobres da espiritualidade.

Houve tantas outras fases como esta atual nas crônicas da humanidade, mas os ensinamentos que se poderiam tirar têm sido postos de lado e os homens consumam, de novo, os mesmos equívocos trágicos que arrastam às revoluções e às guerras, nas quais impérios e repúblicas têm desaparecido, varridos pela loucura do fogo e do sangue.

Tenho advertido seguidamente que as posições radicais em que fazem finca-pé as correntes políticas brasileiras, neste momento, trazem consigo o germe do separatismo e da morte.

A abertura de um campo de luta armada neste país sobre o qual se concentraram tantas bênçãos arrastará a intervenção estrangeira, imediata e sem remédio. As duas partes em que ideologicamente se divide o mundo virão contender dentro das nossas fronteiras, como sucedeu noutras partes, e a secessão será inevitável.

A pátria será espotejada, depois de lavada em sangue e coberta de ruínas, pois que um chefe militar abalizado, diz ele, em seus conhecimentos técnicos calcula que a guerra civil terá a duração mínima de dez anos. Um decênio de morte, de incêndios, de ódio, de iras insopitáveis e de vinganças horrorosas, eis a perspectiva com que nos acenam e, quando não restar mais nada que possa alimentar a cobiça estrangeira, já cansados senão exaustos os protagonistas da luta fratricida e inglória, a paz será feita sobre o deserto e os tratores aplanarão os lugares onde foram cidades, como em Cartago.

Uma lápide dirá apenas, sem outro comentário: "Aqui foi outrora o Brasil...".

OPINIÃO DOS NETOS

Bertrand Russell e Aldous Huxley puseram a fama do nome e o prestígio de sua palavra a serviço da paz universal. Estão advertindo o mundo, com palavras proféticas.

O primeiro chegou ao extremo de dizer que será melhor agüentar a servidão soviética do que correr o risco do aniquilamento total. Esperaríamos, sob o jugo vermelho, que se processasse a evolução natural da vida e da sociedade, para no fim reconquistar os direitos de homens livres. Não falou do tempo que seria necessário sofrer o despotismo fatídico, nem de quantas gerações se sacrificariam.

São muito generosos esses pensamentos que levam a preferir a paz a todos os contratempos, sofrimentos, angústias e humilhações, mas devo confessar, aqui, inteira discordância, senão mesmo a minha condenação, a esse gênero de apostolado que infunde na alma humana desprezo pelos valores viris e ensina os homens a conformarem-se com o poder do mais forte, pelo medo de morrer.

Os conselhos de Russell e Huxley lembram-me os refrãos de Bernard Shaw, antes da Segunda Guerra Mundial, quando pretendeu também, sob pretexto de defender a paz, conduzir as democracias à renúncia diante de Hitler.

Esses filósofos oferecem ao mundo democrático analgésicos e entorpecentes, ao mesmo tempo que os inimigos da democracia tomam excitantes e se nutrem de idéias incendiárias.

Faz poucos dias, ouvi o clangor das fanfarras de certo general Popov. O homem parece dono dos raios destruidores que pertencem à panóplia de Júpiter. A um simples sinal dos senhores poderosos do Kremlin, voarão petardos mortíferos, na direção da rosa-dos-ventos, e a obra monumental de cem gerações cairá como as famosas muralhas de Jericó, em Londres, Paris e Roma.

Todo o imenso centro industrial dos Estados Unidos subirá aos céus, transformado em fumaça dos cogumelos atômicos, e, num abrir e fechar de olhos, a desolação dos desertos cobrirá os lugares mais ilustres da Terra. Não será poupado nenhum país que se oponha à vontade soberana dos grão-duques do comunismo.

Assim falou Igor Popov, tomado daquele orgulho próximo do ensandecimento que enchia as vociferações de Hitler.

Enquanto lia essas palavras de ferocidade e desjuizada soberba, do fundo da minha memória iam saindo imagens não muito longínquas no tempo, inclusive as ruínas da chancelaria do Reich e os corpos pendentes da forca de Nuremberg. Diz a Bíblia que Deus viu, com profundo sentimento e desgosto, que o terror do dilúvio não escarmentava a humanidade, afastando-a dos vícios que haviam provocado o tremendo castigo – *non deterruit homines a vitiis*.

Não aprendemos nada! Nem os filósofos e teóricos do pacifismo britânico, nem os generais encantados com a força mortífera de suas armas.

Uma coisa, porém, tenho por bem aprendida e certa, e essa é que a liberdade vencerá sempre. Ainda que os comunistas soviéticos possuíssem, em seus arsenais, o monopólio dos foguetes, das bombas, das ogivas atômicas, e com eles, de fato, estivesse ao seu alcance aluir as catedrais, os palácios, as fábricas e as cidades, tudo quanto se criou pela civilização, na lavragem árdua dos séculos, no fulgor de um instante, ainda assim valia a pena resistir, mesmo que fosse com a palavra desarmada e a consciência inerme.

Não, respeitáveis amigos Bertrand Russell e Aldous Huxley, benditos sejam ambos pelos sonhos que sonharam, mas não os abençôo por essas prédicas com as quais quebrantam nas almas frágeis a decisão de lutar e pretendem criar no Ocidente, com injustiça, um sentimento de culpa nocivo à correta apreciação dos fatos.

Não há perigos, por mais tremendos, inclusive esse de que sejam reais as ameaças de Popov, que devam ser invocados, com a intenção de adormecer os espíritos, em sua resolução de resistir a todo custo.

Bertrand Russell está no fim da vida, em idade mais do que provecta, já sem ímpeto, o seu sexo é agora o dos anjos. O que convém saber no momento é a opinião dos seus netos...

VOZ EM TESTEMUNHO

O filósofo Bertrand Russell, na altura dos seus 80 anos, tem o espírito apurado como o de Platão nessa mesma idade, acolhida pelo grego para começar os estudos de latim. A sua luta contra a insânia dos homens, apostados em saber qual poderá apossar-se mais brevemente dos meios de destruição do mundo, é alguma coisa de realmente admirável.

O lógico seria que, estando ele próprio tão vizinho do abismo final, donde ninguém sai e a que ninguém escapa, lhe parecesse indiferente e até mesmo considerasse simples fatalidade a teimosia com que os sábios modernos, estimulados pelos governos, se aprofundam no conhecimento e emprego técnico das forças que poderão aniquilar a humanidade ou reduzi-la às suas expressões mais desprezíveis.

Bertrand Russell, porém, concebe de outro modo os deveres de sua inteligência para com o destino dos seus semelhantes. E não descansa na advertência, feita por todos os recursos de que dispõe, em apelos infatigáveis às energias secretas da consciência humana, para que os responsáveis não insistam na cegueira ou, se insistirem, caminhem na plena certeza da catástrofe que os aguarda. Russos ou americanos, para falar somente dos que se acham mais adiantados na estrada que pode levar à perdição, jamais poderão alegar que não sabiam. A ignorância invocada seria uma irrisão.

Uma vez contestei, daqui, Bertrand Russell, quando o filósofo declarou que preferia que a Rússia dominasse o mundo com os seus métodos de violência e escravidão, a ver esse mesmo mundo destruído pelas explosões nucleares. A minha idéia era a de que devemos preferir a destruição à ignomínia da derrota sem luta, em defesa da liberdade. Desse modo continuo pensando, mas nem por isso deixo de formar ao lado de Russell, quando se levanta diante dos governos, para gritar-lhes: "Parem, insensatos! As experiências nucleares, os foguetes siderais, as viagens à Lua, os satélites colocados na órbita do Sol levarão ao extermínio da humanidade".

O que me confrange é verificar a inutilidade da vida humana, no sentido daquilo que, verdadeiramente, exprime a realeza do espírito. Quando lançamos, como acabam de fazê-lo os cientistas soviéticos, um foguete para rodar em torno do Sol, podemos acrescentar alguns pequenos conhecimentos sobre a natureza e qualidade dos espaços intersiderais, mas não ajuntamos nada de que possa resultar mais compreensão, mais sabedoria, mais felicidade para os homens. Nada que os torne melhores, mais humanos e mais dignos do que eram, há milênios, quando nada sabiam da Terra ou do céu.

Atirando tão longe e tão alto o seu satélite solar, os russos não fizeram, fundamentalmente, muito mais do que a criança que, da beira da praia, lança uma pequena pedra no oceano insondável.

Dir-se-á que considero inúteis os esforços da ciência para penetrar os mistérios do universo. O que perturba os homens de pensamento nesses esforços é o estímulo que os inspira. O que existe de fato não é uma competição para desvendar os mistérios do espaço, e sim uma disputa de poder, a apressada e ansiosa preparação de povos, no afã de garantir a posse de maiores forças de destruição. Falta humildade a esses pesquisadores audaciosos. O seu intuito é aumentar o campo da desobediência do primeiro homem, tentando conhecer o que lhes deveria ser vedado. É natural que o castigo não seja menor.

Bertrand Russell está desempenhando o papel dos profetas antigos, cuja missão era clamar para que a humanidade não perecesse, pondo diante dos olhos dos pecadores a enormidade da punição do Senhor.

Uma das passagens bíblicas mais impressionantes é aquela que transmite a decepção de Jeová, ao perceber que o castigo do dilúvio não havia atemorizado os homens. Em pouco tempo, os vícios e crimes, que tinham atraído sobre a humanidade a cólera divina, eram mais feios e mais graves. Bertrand Russell é a voz da consciência profética. Poderá não ser escutada, que essa tem sido, historicamente, a sina de todos os profetas. Mas ficará em testemunho.

THOMPSON E JUDA

*R*oy Thompson dirige mais de 100 empresas de jornais, rádio e televisão no mundo de língua inglesa, inclusive nos Estados Unidos. É assim um desses dirigentes de opinião pública que desfrutam de grande poder e exercem extraordinária influência no mundo democrático.

Tivemo-lo, outro dia, em visita ao Brasil, em companhia de Peter Hans Juda, diretor da revista londrina *The Ambassador*, e os dois viram o Rio, Brasília, Belo Horizonte, Ouro Preto, São Paulo e Salvador, o que significa terem travado conhecimento com uma parte considerável de nossa vida, da nossa civilização, da nossa cultura típica, vendo o velho e o novo, as amarras que nos fixam ao passado e os impulsos que nos conduzem rápida e às vezes também atabalhoadamente para o futuro.

Há muito que meditar diante de Salvador e de Ouro Preto, quando postas em contraste com as vidraçarias de Brasília ou os monumentos concretistas do Rio, São Paulo e Belo Horizonte.

Como bons observadores e grandes viajantes deste mundo, conhecendo as mais remotas antiguidades e as aquisições mais modernas do gênio humano, terão levado os dois grandes jornalistas material suficiente para um julgamento adequado dos contrastes que aqui se acumulam, sobretudo porque viram também o povo e procuraram penetrar um pouco as suas aspirações.

Roy Thompson é um homem de estranha simplicidade. Digo estranha, porque não é com aquele tipo, com aquela negligência no vestir, com semelhante linguagem, na qual em tudo e por tudo predomina o bom senso doméstico, que poderíamos imaginar um rei da publicidade da Grã-Bretanha, senhor de um império jornalístico que cobre metade da Terra. Sobretudo quando se sabe que a fortuna pessoal de Roy Thompson é imensa e que já extraiu dela uma soma igual a 12 bilhões de cruzeiros, em sonoras libras esterlinas, para uma fundação destinada a espalhar a cultura, o bem-estar, a saúde entre milhões de seres.

Roy conversou com os jornalistas brasileiros, seus colegas nesta mal julgada profissão da imprensa, e disse que, se tivesse de recomeçar a vida, não tomaria outro caminho. Cada um de nós, possuindo verdadeira vocação, traz o jornalismo debaixo da pele e esse amor tem mais visgo do que paixão de mulher.

Sabem? Roy é filho de um barbeiro. Podem calcular o caminho que teve de percorrer entre o salão do velho e os gabinetes dos homens mais poderosos da Grã-Bretanha, dos Estados Unidos e do Canadá, que é a sua pátria de nascimento.

Fez a longa estrada, em meio século, fiel ao pensamento inicial, que foi sempre o de dizer a verdade, que ele considera o dever mais importante do jornalista. Quem não tiver coragem para dizer a verdade deve procurar outra profissão, pois na imprensa será sempre inautêntico. E, às vezes, dizer a verdade é algo de extremamente penoso, embora outras seja mais penoso ainda ter de ocultá-la.

A presença de Roy Thompson e Juda no Brasil deveu-se a um convite de Assis Chateaubriand, que gosta de mostrar o seu país a pessoas que podem, depois, encará-lo com simpatia e explicar o que muitos outros não compreendem, por falta de contato humano com uma realidade que foge aos padrões comuns.

Somos sujeitos a julgamentos desfavoráveis que resultam principalmente da ignorância das peculiaridades da terra e da gente.

Roy e Juda voltaram-se particularmente para essas peculiaridades como a melhor fonte de interpretação da vida brasileira.

Contamos agora com dois amigos que, embora fiéis à verdade, ou por isso mesmo, dirão em mais de 100 jornais o que é e o que deseja esta grande e bela pátria amada. E no fundo o que queremos é apenas o que está escrito em nossa bandeira: "Ordem e Progresso".

FRANCESES E INGLESES

Depois de sessenta anos de firme aliança, franceses e britânicos voltaram a desavir-se por causa do Mercado Comum Europeu.

De Gaulle bateu o pé e disse "não", com aquela intransigência que compõe a sua personalidade, como o traço mais próprio e fiel para defini-lo, quando Harold McMillan pediu ingresso na próspera e poderosa associação de negócios.

Como em tudo entre as grandes potências há implicações políticas e militares, o esquema de defesa do mundo ocidental está em risco.

De Gaulle ouve tudo: discursos, conferências, entrevistas de jornal, críticas e cominações entre ameaças arrepiadoras e, como não se tratasse de sua pessoa ou do país que governa, arremata com a mesma frieza impassível: "Não!".

Não apenas se oporá à presença dos ingleses no MCE como também tirará todas as conseqüências desse veto, no campo político e militar.

A França reergue-se, com o seu velho orgulho do tempo do rei Sol, renovado com tanto êxito na epopéia napoleônica. Ouvindo-se De Gaulle falar, a gente se lembra do Corso, na famosa conferência dos imperadores, quando esfacelou um copo e disse que outro tanto faria a cada uma daquelas testas coroadas. Houve um frio na assistência e os imperadores cederam. Por algum tempo, é certo, mas cederam.

Mas, se há alguma coisa que a "pérfida Albion" saiba fazer, é retirar-se para o canto da espera. A sua hora voltará.

McMillan saiu amarrotado da refrega; os britânicos, porém, não perdem a calma e este comentário diz tudo: "A Inglaterra faz das suas derrotas apenas um aprendizado".

E, como é certo que se morre aprendendo, as ilhas solenes e enfarruscadas pela neblina entram pelo *smog* adentro, como se fosse por uma avenida de sol, seguras de que haverá um outro lado.

Fui sempre um francófilo cem-por-cento, desde menino, quando ouvia meu pai falar dos gigantes da Revolução Francesa, entre os quais Danton, Robespierre e Marat pareciam gozar do seu especial apreço.

Que frêmito, meu Deus, quando acompanhei, na biografia de Bourrienne, os grandes passos heróicos das 100 batalhas vitoriosas! E que tristeza em Waterloo e nos dias cruciantes de Santa Helena. Jamais perdoarei a Grouchy o fatal atraso e só muito mais tarde, muito além da idade da razão, é que vim a compreender que restava também muita glória para Nelson e Wellington.

No seminário, os padres franceses aumentaram o meu encanto, que se tornou em paixão, durante a Primeira Guerra Mundial. Fui, porém, aprendendo a discriminar os fatos, a fazer ponderações isentas e reli, com certa emocionada vergonha, uma nota escrita à margem da História universal, no capítulo que conta o fim de Napoleão.

Eu prometia represálias tremendas contra a Inglaterra, quando, feito homem e presidente da República, pudesse encaminhar o Brasil para assumir responsabilidade de guerra entre os titãs do mundo. Foi uma sorte, portanto, para o destino de Albion o ter selado, no começo do século, uma aliança de amor com a França republicana, o que desde logo me predispôs a perdoá-la, mudando de planos a seu respeito, quando, um dia, me visse investido nos poderes da presidência do Brasil.

Uma das frases que me ficaram, encontrei-a não sei mais onde, nalgum livro de História, e dizia que a Inglaterra, invejosa da França, havia sacrificado a santidade com Joana d'Arc, a graça em Maria Stuart e o gênio em Napoleão. Eu acreditava piamente que aquelas mortes aleivosas tinham resultado, na verdade, de puros ciúmes de Sua Majestade, no curso dos tempos!

Doze lustros de bom entendimento que me confortava o coração parece agora que vão findar, numa briga de comércio e em novas competições de prestígio.

Agora, que eu já me acostumara a admirar os ingleses, desde os dias do rei Artur, e entendera a superioridade do seu destino, o que representa a sua grande presença na vida do mundo contemporâneo, o que deram de ilustre e glorioso à poesia, às artes, à filosofia e ao direito, o que o seu espírito de sacrifício, destemor e teimosa resistência na adversidade nos ofereceu como segurança da liberdade e predomínio da democracia, não posso mais retomar ao ódio antigo.

Receio que De Gaulle esteja um tanto fora de sua época e que as lições que recebeu em Saint-Cyr, com a soberba dos fastos de seu povo, desconcertem a sua visão de estadista, a quem tanto pelos serviços deve a França, nestes últimos vinte anos.

Sou dos que crêem na França Eterna, mas não esqueço os fatores novos que imperam na vida das nações. Um erro de cálculo na avaliação dos elementos modernos que decidem a política e regulam o balanço do poder pode ser fatal, não apenas à França, mas ao conjunto dos povos que, como o francês, amam e lutam pela liberdade. E entre esses quem pode disputar a primazia aos ingleses?

DURAR PARA SEMPRE

Os telegramas estrangeiros confirmam freqüentemente as dificuldades em que se encontra a agricultura soviética. O primeiro-ministro, sr. Nikita Kruchev, parece preocupar-se com esse assunto, muito mais do que com todos os outros do seu poderoso governo.

Desde a implantação do regime soviético, há quase quarenta e cinco anos, o problema do trabalho agrário e da produtividade dos campos esteve na primeira linha do planejamento do Estado, sem que, no entanto, se encontrasse para ele uma solução satisfatória. Com esse ou com aquele sistema, não se conseguiu ainda encontrar um método capaz de vencer o individualismo do trabalhador rural, o seu espírito de independência, a sua liberdade de ação, integrada no próprio espírito e nas condições vitais do seu penoso labor.

É relativamente fácil impor uma rígida disciplina aos operários das fábricas, que se encontram todos reunidos num pequeno espaço, sob os olhos vigilantes do pessoal de comando. Não pode suceder o mesmo ao homem que trabalha na gleba, em contato direto e permanente com a natureza, sob a ação de forças telúricas que entram na formação da psicologia do lavrador. Além disso, a terra não trabalha com o automatismo e o rigor das máquinas. É caprichosa e rebelde, como se sabe, à padronização e eficiência das fábricas. Está na dependência de fatores que não atendem à vontade, à ideologia ou aos interesses dos homens que suam para tirar dela o pão de cada dia.

O capataz, que acompanha o trabalho nas granjas coletivizadas ou nas comunas chinesas, não terá meios, senão precariamente, de dizer, com justiça, onde começa a culpa do homem e cessa a responsabilidade dos mil fenômenos e acidentes que perturbam os cálculos da reprodução agrária. Em sua aparente docilidade, o trabalhador rural possui, mais do que o citadino, uma força de resistência interior que o leva a empregar ardis contra o patrão, a prejudicá-lo nos resultados do seu esforço econômico, sem que se possa estabelecer claramente a quem cabe a responsabilidade do malogro das culturas. A autonomia do labor que executa oferece-lhe uma margem de contribuição individual de que ele se serve para reagir contra as coações de que é vítima.

Na Rússia soviética o desenvolvimento da agricultura está muito aquém dos índices de progresso alcançados nas indústrias, e a produção agrícola, em termos satisfatórios das necessidades do povo, continua sendo um escopo que se distancia dos cálculos apurados feitos pelos órgãos que têm a tarefa de planejá-lo. O próprio sr. Nikita Kruchev não cessa de dizê-lo e reconhece que aqui, muito mais do que em qualquer outra esfera da economia soviética, é que se encontram as grandes falhas que se observam quando se transplanta a teoria para o campo prático. É possível conduzir uma revolução à base das reivindicações da propriedade rural, por parte dos lavradores miseráveis e oprimidos. Mas submetê-los, em seguida, à opressão, ainda mais extensa do Estado e dos seus funcionários burocráticos, em nome de uma ideologia revolucionária, é algo que contende, a fundo, com os reclamos mais vivos do instinto.

Hoje, pela manhã, li no noticiário dos jornais o discurso de Fidel Castro anunciando ao povo cubano que ele terá de viver, doravante, num regime de estreito racionamento de gêneros alimentícios. É a confissão de que o líder "barbudo" não conseguiu domar o individualismo dos trabalhadores rurais e que esses, que tanto o ajudaram nos começos da revolução, estão agora a resistir, impavidamente, às suas conseqüências. Consola o povo com a promessa de que um dia chegará a era paradisíaca, em que haverá abundância para todos. Mas o caminho para atingir esse ideal não foi ainda descoberto, como o prova a situação russa, em quase cinqüenta anos de luta do governo vermelho.

Stalin derramou o sangue de milhões de camponeses russos; desterrou outros tantos para as álgidas e mortíferas regiões siberianas; encheu os cárceres de pobres *mujik*. O próprio Kruchev denunciou a monstruosidade desses delitos, provocados pela reação dos trabalhadores dos campos às imposições de um terrorismo político infenso à compreensão da natureza humana.

Agora, seguindo as trágicas lições dos mestres russos, o primeiro-ministro Fidel Castro levanta o espantalho do *paredon*, acreditando que o terror bastará para mudar a psicologia do lavrador cubano, que, pensando libertar-se da exploração do proprietário rural, caiu nas malhas do patronato exclusivo do Estado, ainda mais intransigente e feroz em sua fria cupidez.

Desterro, prisão e morte não conseguem destruir no homem a indômita energia com que defende o seu direito ingente à sua liberdade, e as ideologias que não se sustentam sem os cárceres, os campos de concentração e os fuzilamentos trazem em si o germe do seu inevitável desaparecimento. Pouco importa que durem, apoiando-se na polícia e nas baionetas, um tempo que pode ser mais ou menos longo, se na verdade não conseguirão durar para sempre...

ETERNO DUELO

Creio que nunca houve na história do mundo uma situação comparável à que ora se apresenta aos olhos espantados de uns e indiferentes da grande maioria.

Refiro-me ao ultimato do primeiro-ministro soviético, Nikita Kruchev, para que as democracias ocidentais que ocupam Berlim abandonem a cidade, no prazo de seis meses. Cento e oitenta dias marcados no relógio do destino para milhões de seres. Talvez para o destino de tudo quanto a humanidade construiu, nestes poucos milênios em que pôde consignar na pedra, no bronze ou no papel as crônicas de sua atribulada existência.

A todo ultimato corresponde a alternativa de uma penalidade. Se Kruchev não for obedecido no seu inflexível "ucasse", cairá sobre todo o mundo livre o duro castigo. Na embriaguez do poderio de que se julga detentor, Kruchev não tem meias palavras: os foguetes soviéticos, com ogivas atômicas, já se acham preparados em suas plataformas. A um aceno seu, serão disparados para cair sobre Londres, Berlim, Paris e mais longe ainda, sobre Nova York, Washington, San Francisco.

Uma saraivada de petardos mortíferos. Num instante apenas, milhões de vidas serão sacrificadas, na parte mais nobre e ilustre da Terra. A torre de Westminster, a catedral de Notre Dame, quem sabe também São Pedro em Roma, serão arrasadas, no espantoso clarão de um segundo.

O que há de monstruosidade nova e especial no ultimato russo é a tortura desse prazo de seis meses. As cominações anteriores eram apenas de horas ou de dias. Indicavam a paixão, o fogo das resoluções desesperadas. Aconteceu, com freqüência também, pegando-se o inimigo despreparado, para beneficiar-se de seu descuido ou excesso de confiança, como foi mais recentemente em Pearl Harbor.

Agora, no entanto, o aviso é dado com a antecedência de meio ano, tal é a segurança do assassino de que a vítima se encontra à mercê de sua força e de que não terá como defender-se. Em pouco mais de seis lunações, terá de ser feita a trágica escolha: render-se ou perecer.

Aquele homem que está descendo atarefado a Broadway, rumo à Wall Street, para despachar os seus negócios, tem apenas noventa dias de vida; assim os descuidosos artistas que sonham à margem do Sena, ou os severos negociantes da City, tão firmes na convicção da invencibilidade de suas ilhas. Enquanto isso, Kruchev, carregado de vodca, vocifera, alardeia a potência dos seus foguetes intercontinentais, já fabricados em série, postos em suas armações, aguardando apenas o sinal de descarregar.

O Ocidente está perdido. Ou aceita cabisbaixo as ordens ditadas do Kremlin pelos marotos que nele se entredevoram, ou irá tudo raso, na instantaneidade das explosões alucinantes das bombas de hidrogênio. Catedrais, museus, palácios, as obras ciclópicas da cultura e do bem-estar, e também as humildes vivendas dos habitantes dos campos, as aldeias com as suas igrejas e escolas, tudo isso será varrido na catástrofe, se Eisenhower, MacMillan e De Gaulle não responderem a Kruchev, em termos de obediência e servidão.

Os dias estão passando, um a um; as negociações multiplicam-se; mas o carrasco não altera a sua linguagem: "Rendam-se ou serão destruídos". Jamais tantos milhões de seres se encontraram, por essa forma, sob a iminência da morte.

Se, porém, atentarmos no sentido das palavras de condenação e no timbre da voz ameaçadora, é fácil de relembrar outra que desapareceu no tumulto de fogo, fumaça e poeira da Chancelaria do Reich, faz apenas catorze anos. É o mesmo impulso de intolerância, de tirania e de soberba inspirada no poder da violência.

Hitler reapareceu. Está novamente distribuindo impropérios e ameaças, assentado sobre a sua máquina de guerra, desta vez sob as torres do Kremlin. A Davi não resta outro recurso senão pôr em sua funda, tão frágil e desproporcionada com o vozerio de Golias, a pedra que será guiada pela mão do Senhor, para preservar no mundo os direitos do espírito e a glória da liberdade. É o eterno duelo, no qual não há um exemplo de que essa última tenha perecido para sempre.

QUEM DEFENDERÁ CUBA

*P*oucas vezes tanto quanto agora, as coisas do mundo me pareceram mais escuras. As páginas de telegramas dos jornais não deixam respirar nenhuma ilusão. A minha tendência pessoal é favorável aos motivos de Pangloss. Mesmo quando tudo deixa a impressão de estar desoladoramente no fim, ainda guardo a esperança de que, de um momento para outro, surgirá alguma coisa favorável para mudar a face do futuro.

Nesta hora, porém, o número de conflitos nas cinco partes do planeta é de tal ordem que não vejo como será possível deslindá-los, um por um, sem que os contendores cheguem às vias de fato. Além disso, temo que o Ocidente acabe perdendo a paciência e a cabeça, como sucedeu ao amarelinho da anedota. Tantas ameaças, provocações e desafios lhe fez o valentão grandalhão que o tipo franzino, desdentado e remelento não teve outro jeito senão crescer sobre ele com uma quicé e pôr-lhe as vísceras à mostra.

A todo propósito e mesmo sem nenhum propósito, sai-se o sr. Nikita Kruchev com a história dos seus foguetes atômicos, das suas máquinas mortíferas, do seu exército invencível. Ronca pelas tripas o alarve, como Hitler e Mussolini. E é claro que com os mesmos resultados. Lembram-se da linguagem dos dois, quando se perdiam em vociferações contra os adversários? Pois o Kruchev, na terceira dose de vodca, vai pelo mesmo estilo. Haja falar de milhões de baionetas, de projéteis intercontinentais e de toda a sorte de armas com que o feroz russo poderá reduzir as cidades americanas a montões de ruínas requeimadas, num abrir e fechar de olhos.

Não reconhecem o timbre dessa voz? Pois é a mesma do Füehrer, assessorado pela garganta do Duce. As democracias têm que usar de outros métodos. Contemporizam, fingem-se de surdas, agüentam que lhes dêem pontapés, que lhes pisem os calos e até que lhes batam na cara. Brigar, mesmo, só como último recurso, quando, acossados entre a ponta do sabre e o muro, não lhes resta outra saída senão reagir.

O procedimento dos povos livres, esquivando-se da violência armada, porque acreditam na possibilidade final de um entendimento, porque acham que é preciso dar aos insensatos todas as chances de recuperar o juízo, é interpretado como prova de medo e covardia e, em vez de amainar a cólera dos loucos, aumenta-lhes a insana temeridade. Vejam, por exemplo, o que está fazendo esse malucão de Cuba, o sinistro Fidel Castro, autor do fuzilamento de 600 adversários. A sua pequena ilha, colocada a apenas alguns quilômetros do colosso americano, não possui nenhuma condição de resistência. Pode ser liquidada em minutos, como o foi a esquadra do almirante Cervera, sem o mínimo poder de represália. Em que se apóia o atrevido sujeito para desmandar-se em insultos e desafios, não apenas aos Estados Unidos, mas a todas as Repúblicas do continente? Apóia-se na certeza de que as democracias não levantam a mão contra ninguém, exceto para salvar a própria vida.

Enquanto houver meio de evitar o conflito, os povos livres não medirão esforços, inclusive o de agüentar a petulância agressiva e o confisco dos bens, a calúnia e o desfiguramento sistemático dos fatos. O paradoxo está nisto: não é nos prometidos foguetes de Kruchev que confiam os barbudos, mas na certeza de que Tio Sam só se enraivecerá, se lhe puserem fogo na casa. Kruchev não disparará sequer um cartucho de festim, se Cuba for atacada. Ficará de longe rosnando, como aconteceu quando americanos e britânicos desceram com os seus soldados no Oriente Médio, ali bem perto de suas fronteiras. Ele sabe que não poderia jamais mandar foguetes sobre o território americano, sem que, em contrapartida, lhe caíssem girândolas atômicas dentro dos muros do Kremlim. Cuba deveria mirar-se no espelho da Hungria, para saber qual o destino que Kruchev reserva àqueles que caem sob a sua garra.

Os irmãos do povo cubano é na América que se encontram, e a proteção de que os seus direitos venham a necessitar sairá da fraternidade continental, nascida naturalmente da comunidade dos nossos interesses. Se, para desgraça geral e afundamento decisivo dos níveis da civilização, houver uma guerra, Kruchev refluirá às suas fronteiras para defender-se, deixando Cuba ao próprio destino. Então somente o sentimento pan-americanista dos povos continentais resguardará a Pérola das Antilhas.

ALIADA DO TEMPO

Alexei Adjubei, diretor do *Izvestia* de Moscou e genro do poderoso primeiro-ministro Nikita Kruchev, acompanhado de sua gentil esposa Rada, veio a Roma e nada mais natural do que tenham querido ver o papa.

Uma coisa sem a outra é como comer lingüiça sem mostarda, como diria Anatole France, em cuja obra tantas vezes vi repetida essa imagem pantagruélica.

Antes os dois foram surpreendidos pelos jornalistas italianos na costumeira perambulação de turistas pela praça de São Pedro, entraram depois no grande templo, para admirar as obras de arte acumuladas pelos séculos naquele recinto sagrado.

Ali tão perto de Sua Santidade, por que não estar presente a uma de suas recepções coletivas aos fiéis? Afinal de contas, a ninguém e a nada ofende contemplar a figura bondosa daquele velho camponês, vestido de branco, que sorri e abençoa e diante de quem 300 milhões de católicos se prosternam.

Alexei Adjubei e Rada entraram e viram o papa. Mas não ficaram nessa simples e inocente contemplação. Mais tarde foram introduzidos à câmara particular de Sua Santidade e conversaram vinte preciosos minutos, num colóquio que encheu o mundo de curiosidade e espanto.

Depois, o próprio Adjubei anunciou que o Santo Padre lhe entregara um envelope fechado com muitos timbres e que seria uma secreta mensagem de João XXIII a seu sogro, Nikita Kruchev, ditador de todas as Rússias. Um pequeno presente, que terá sido talvez um terço ou uma piedosa medalha da Virgem, constituiu um sinal do agrado com que o papa recebera aqueles dois visitantes, vindos de um mundo hostil a tudo quanto ele representa de sobrenatural e eterno.

Logo a imprensa e os círculos políticos começaram a especular sobre o acontecimento inédito. Estaria a Santa Igreja negociando a paz com o bolchevismo, a despeito da Igreja do Silêncio e das perseguições monstruosas a que foi submetida por toda parte onde os comunistas se instalaram para governar?

No entanto, não há novidade nesse esforço de aproximação de Moscou com o Vaticano. No tempo de Lenin, já a diplomacia soviética sonhara com estabelecer laços de Estado para Estado com a Santa Sé, prevendo o ótimo efeito que o gesto poderia causar nos países católicos da Europa e da América.

Tratar-se-iam de potência para potência, no campo puramente político, sem nenhuma concessão de parte a parte. Assim como trata com a rainha da Inglaterra, que é chefe espiritual da Igreja Anglicana, ou trataria com o Dalai Lama, se os vermelhos chineses não tivessem preferido expulsá-lo de suas montanhas quase inacessíveis.

Kruchev inspira-se em sua política de convivência pacífica com o mundo inteiro.

A Igreja é uma força espiritual de primeira grandeza e um governo pragmático não indaga da filosofia e dos dogmas em que ela assenta. O que lhe importa, antes de tudo, é o proveito político que poderá tirar das relações diplomáticas com o papa, apontadas como exemplo de tolerância e boa vontade aos países de maioria católica, que se recusam a admiti-las, em nome de sua própria segurança.

Na Rússia, o número de católicos é bem diminuto. Em troca de muito pouco, o Kremlin poderá abrir enormes perspectivas para a sua ação internacional, se o papa consentir em enviar núncio apostólico a Moscou.

Apenas é preciso dizer que Kruchev não está lidando com novatos inexperientes em negócios de diplomacia, mas com uma escola tradicional de mestres nessa arte que jamais será colhida num lance de prestidigitação. Uma coisa é receber o genro e a filha do primeiro-ministro soviético e mandar-lhe uma cartinha vastamente selada com a lembrancinha de um escapulário ou da efígie em prata da Santíssima Virgem, e outra, diversíssima, ir no canto da sereia de um entendimento de alta responsabilidade que possa comprometer a orientação da Santa Madre Igreja.

Poder-se-á provavelmente arriscar a criação de um consulado, como primeira experiência. Quem sabe se, no plano de liberalização que tem marcado alguns setores do governo de Kruchev, não figura um afrouxamento da luta contra as religiões?

O Vaticano conta com a aliança implacável do tempo. A sabedoria dos séculos lhe tem ensinado muito e, entre as lições recebida está a de que os regimes políticos revolucionários tendem a depurar-se progressivamente da violência inicial. A democracia também destruiu templos, incendiou conventos, assassinou bispos e padres.

As concordatas fazem parte integrante da história da Igreja. Hoje é sobre a democracia que se firma o mais puro e mais nobre ideal religioso.

A Igreja vê passarem as convulsões sociais e políticas com a paciência de quem sabe que o tufão não sopra para sempre e o dia de amanhã trará novamente a serenidade e a paz.

A FORÇA DOS GRANDES MISTÉRIOS

Passam as filosofias políticas, as opressões dos ditadores, dos grupos e dos partidos. Passa também a loucura das revoluções sanguinárias, com a força, a guilhotina ou o tiro na nuca, como haviam passado as perseguições com os circos romanos e os mártires em fogo, iluminando as estradas. Basta ter paciência e esperar.

Permanece, no entanto, contra todos os esforços da erradicação pela violência, a fé na existência de Deus e na sobrenaturalidade do nossos destino.

Lembro-me muito bem do espanto que se exprimiu na fisionomia do professor Pavlov, representante da União Soviética na III Comissão da Assembléia Geral das Nações Unidas, quando ali propus, em nome do Brasil, que se incluísse o nome de Deus na Declaração Universal dos Direitos do Homem, que, então, estávamos elaborando.

Foi como se eu tivesse pedido que se afirmasse ali que o Sol roda em torno da Terra. Cheio de ironia foi o discurso em que o representante russo analisou a emenda em que pretendi, em nome das convicções da imensa maioria dos povos do mundo, aos quais se dirigia a tábua dos direitos que redigíamos, que se dissesse que o homem foi criado à imagem e semelhança de Deus. Um escândalo para os filósofos marxistas, fanatizados pela idéia de uma explicação materialista para o fenômeno da inteligência e da razão. Dei-lhes resposta conclusiva e esmagadora, que forçou a comissão a rever o texto do Artigo 1º, tirando-lhe o caráter sectário de confissão naturalista. Foi uma vitória do claro bom senso, impondo-se o respeito democrático à crença das maiorias. Crenças ligadas à natureza humana, eis que, por si mesmas, constituem um argumento incompatível da verdade que lhes é inerente.

Não sei o que foi feito do ilustre e bem-educado professor Pavlov; ignoro se está vivo ou morto; nunca mais tive notícias suas, depois de tantos acontecimentos, que a partir de 1948, ano do nosso convívio por três meses, se processaram no seu grande país.

O maior de todos foi o da "coexistência pacífica" que permite que todos se entendam, seja qual for a disparidade ou divergência de suas idéias políticas, sociais ou religiosas. Os países, como os homens.

Votamos, graças à ação do representante do Brasil, uma declaração universal de direitos limpa de sectarismo filosófico, dentro da qual cabem todas as aspirações, protegidas pela liberdade de pensamento. Um maravilhoso trabalho de puro humanismo, marcando as máximas responsabilidades da geração de dirigentes políticos que assistiu ao advento da era atômica.

A evolução prossegue e quero acentuar as forças paralelas que se estão desenvolvendo: o concílio ecumênico, em busca da restauração da unidade, não apenas do cristianismo, mas de todos os homens que crêem em Deus e o cultuam à sua maneira; de outro lado, sob o poder da inflexível realidade da experiência de quase meio século, a Santa Rússia afrouxa a irracionalidade da perseguição religiosa.

As multidões, em todos esses anos de drástica intolerância, não abandonaram os tempos, permanecendo fiéis ao sagrado pensamento da verdade revelada.

Não somente os velhos, mas a juventude que se amamentou no ateísmo oficial e desertou desse campo estéril para a grande floração da alma, nascido no sopro do seu Criador.

Leio nos jornais que Nikita Kruchev, um dos grandes estadistas de hoje, cuja mão segura está conduzindo o retorno do seu povo ao convívio com o mundo ocidental, considera "intolerável" qualquer atitude de perseguição aos sacerdotes de todas as religiões e ordena respeito aos que guardam a fé no fundo do seu coração.

Não foi possível criar a humanidade resignada com a condição animal, acabando inteira no apodrecimento do túmulo, ou nos fornos de cremação.

Recordo a estupefação sincera que alargou os olhos do professor Pavlov, quando, falando pelas centenas de milhões de crentes, pedi que se reconhecesse o direito de Deus, admitindo o seu nome no mais importante documento já redigido em nosso tempo.

Os séculos galopam, levando para as sombras as filosofias que negam e deixam, na sua pureza e intangibilidade, as que afirmam a força dos grandes mistérios.

A DEGRADAÇÃO DE STALIN

Não foi o primeiro, nem será o último dos déspotas que, depois de mortos, decaem da glória das sepulturas monumentais, onde recebiam o culto das multidões, para o perpétuo esquecimento da vala comum. Muitos dos deuses da Revolução Francesa viram-se degradados dos cemitérios ilustres para as fossas anônimas, por sentença dos sobreviventes, sedentos de castigar o cadáver do adversário que não ousaram enfrentar em vida.

Nunca se sabe qual será a resolução definitiva da posteridade cuja memória é sempre débil, nem como reagirão as mudanças políticas sobre a falsa glória dos ditadores. Mais ainda do que a mulher, a posteridade sempre varia nos seus juízos e não convém fiar-se das aclamações que cercam os tiranos vitoriosos e menos ainda das régias pompas com que os povos aliviados consagram a sua lembrança, depois de mortos.

Já não se encontra no mausoléu vistoso da praça Vermelha a múmia de Yossif Vissarionovitch Djugachvilli, nome de batismo e de família daquele que no poder se chamou apenas Joseph Stalin. Ligava-se a têmpera do aço à sua energia e não é de espantar que o aço, penetrando as carnes de milhões de seres humanos, tenha sido o principal instrumento do seu poderio.

Diz um dos seus biógrafos que ele descendia de um "rebotalho de raças enfeudadas e supersticiosas" e com isso fez uma tentativa de explicar, por meio de inevitáveis influências do sangue, caldeado pelas gerações, o monstro que se ergueu sobre a Rússia e sobre o mundo, na crista do mais profundo amoralismo de que há notícia na história dos homens. Para atingir a supremacia, serviu-se apenas da astúcia da mais completa falta de escrúpulos e do ânimo frio e viscoso com que não duvidou, um instante, em eliminar os que se levantaram em seu caminho.

Ainda que fossem os íntimos de ontem, os mais devotados companheiros de jornada revolucionária, bastando para que a sentença de morte fosse pronunciada, que a intriga armasse a desconfiança no espírito do mais feroz autocrata que esteve no governo dos povos, nos tempos modernos. Os que se lhe opuseram, mesmo que a oposição fosse apenas não formar no coro das loas e no agitar do incenso de que Stalin se cercava, para criar em torno de si a atmosfera de confiança precária em que viveu mais de trinta anos de usurpação e tirania, foram ignominiosamente afastados, nas depurações públicas dos processos inventados pela espionagem e a felonia de bajuladores desprezíveis, ou desapareceram nos desertos das estepes, pereceram, aos milhões, nos campos de concentração da Sibéria.

São tão numerosos os seus crimes que lady Wu e Hitler podem ficar comodamente na sombra e só na figura trágica dos déspotas mongóis será possível encontrar algum êmulo digno de competir com ele em sede de sangue e indiferença pela vida humana. Não sabemos essas coisas através dos depoimentos dos inimigos de Stalin, mas pela denúncia de Kruchev, que foi dos seus íntimos colaboradores e, afinal, veio a recolher-lhe a sucessão, apoiando-se no horror secreto que o seu nome inspirava. Um déspota sucedeu ao outro, capitalizando a repugnância no antecessor, na continuidade da tirania, sem a qual é impossível manter o Estado comunista.

Entre as acusações frontais de Kruchev a Stalin, para assombro e escarmento do mundo, e a deposição final do mausoléu da praça Vermelha, mediaram quatro anos. Tão arraigada era a subserviência na alma da gente que o cultuara como a um deus que se temia derrubá-lo do altar, sem um compasso de espera que permitisse a desintoxicação das fábulas de terror com que nutrira a imaginação doentia e acovardada do povo russo.

Mas a queda de Stalin não se está processando por meios diferentes do que ele próprio empregou para descartar-se dos seus inimigos. Kruchev não é em nada melhor do que o tigre que só teve coragem para desafiar depois de morto e empalhado no seu sepulcro da praça Vermelha.

Um regime fundado na destruição das forças morais, na erradicação da fé religiosa, na exaltada adoração dos valores materiais, não pode produzir em sua cúpula senão esses fenômenos de frieza e insensibilidade que estarrecem e horrorizam a consciência das nações civilizadas.

Kruchev é irmão gêmeo de Stalin, e chegará o dia em que outros tiranos irão chamá-lo à conta para responder por delitos iguais, cometidos, desta vez, não mais contra o povo soviético somente, mas contra a humanidade inteira, ameaçada de destruição total pelas armas atômicas de que é senhor absoluto.

Pouco importa o nome de quem esteja exercendo o comando supremo. O caminho para chegar a esse comando é um só e exige a natureza vil e a matéria ímproba de que foi feito Stalin. São filhos do comunismo, e no dia em que o comunismo deixar de gerar filhos dessa espécie deixará também de existir.

O DIA DA LIBERDADE E DA PAZ

*F*ilósofos e moralistas de todos os tempos têm advertido os homens contra a fragilidade da glória, mostrando como passa depressa e como tudo, afinal, não passa de vaidade de pouca duração. Não tínhamos ainda saciado, em manifestações ruidosas, a admiração que nos causou o feito do astronauta russo Yuri Gagarin, quando outro herói já o substitui, de maneira mais surpreendente, sobrepujando-o 25 vezes mais.

Gagarin não guiou o seu aparelho e ficou pouco mais de uma hora no espaço sideral, donde o trouxeram, outra vez seguro, de volta à Terra, mecanismos manobrados à distância. Titov, segundo anunciam os telegramas, comeu, exercitou-se, dormiu e certamente sonhou durante a incursão de um dia e mais uma hora, em céus nunca dantes navegados.

Gagarin passou, em minutos, da celebridade frenética a um canto semi-obscuro da história da conquista do espaço. Será apenas um pioneiro cujo nome não tardará muito a ser esquecido num canto de enciclopédia, para conhecimento dos eruditos e dos curiosos.

Quem se lembra dos primeiros aviadores que, com tanta audácia e risco, foram abrindo os caminhos que hoje milhares percorrem, em velocidade cem vezes superior, na rotina enfadonha das viagens intercontinentais? Outro dia, fizemos uma experiência nesse sentido, em roda de homens que acompanharam, desde o começo do século, o desenvolvimento da aviação. Nenhum de nós se recordou dos nomes daqueles que primeiro atravessaram o Atlântico Norte, e a façanha de Gago Coutinho e Sacadura Cabral só por ser quase nossa pôde ser relembrada. Também Charles Lindbergh, aquele rapazinho modesto que no *Spirit of Saint-Louis* fez a ligação direta dos Estados Unidos a Paris, com tamanho espanto e suma glória, só pelo fato de haverem sacrificado o seu filho numa tragédia que abalou ainda mais do que o vôo do seu pai, tem o nome mais vivo na memória dos contemporâneos.

Os heróis cansam e cada qual de nós guarda dentro de si um certo senso de inveja, que se manifesta secretamente pelo desejo de destroná-los quanto antes.

O que nos interessa, neste momento, mais pela natureza desportiva da competição, é a corrida entre Rússia e Estados Unidos. Esses últimos têm perdido os *rounds* iniciais, já foram às cordas três vezes, mas se levantam antes da contagem e atacam com energia crescente. A luta está muito longe do fim, pois, alcançada a Lua, restam ainda os planetas interiores e os exteriores, até a marca de Plutão, onde, segundo parece, reina o frio absoluto e a luz do Sol chega quase como uma reminiscência, como o esplendor de uma estrela de segunda grandeza.

E se, um dia longínquo, conseguirmos pôr o pé naqueles gelos ardentes, no último limite do sistema solar, começaremos a fitar a plácida Alfa do Centauro, a estrela mais próxima dos nossos olhos, apesar dos muitos trilhões de quilômetros que dessa deusa nos separam. Em seguida, é preciso sair destas vizinhanças mesquinhas para uma imaginação atrevida e pensar na Epsilon Aurigae, 30 bilhões de vezes maior do que o nosso pequeno e humilhado Sol, mas ainda ridiculamente pequena dentro da Via Láctea.

Para as galáxias, senhores! Nada é impossível para quem deseja com força e persiste no seu amor. Tal é o mundo das cogitações que tomam de assalto o espírito, ao saber que Titov está rodando em torno deste nosso planeta, tão gostoso de ser habitado, e ao vermos discretamente retirar-se para o fundo da cena o claro e sorridente Gagarin, depois de ter vindo ao proscênio, por alguns instantes, para dar a sua aprendida lição.

Talvez, para o primeiro astronauta, as únicas horas de felicidade tenham sido aquelas em que se sentiu livre, na piscina da Casa das Pedras, a brincar solitário com a bela aeromoça, sem perceber, coitado, que mesmo nessa hora idílica espiões fixavam os seus movimentos inocentes.

Adeus, Gagarin! Hoje, o teu nome importa menos do que o do primeiro marujo da frota de Colombo que tocou o solo livre da América. A hora é de Titov. Mas já os arautos tomaram de suas trombetas para dar-nos outra grande notícia. Preparam-se os viajantes da Lua para o salto mesquinho de 400 mil quilômetros. Os sábios não se fatigam; pendem sobre os livros, armando cálculos infinitos. Os laboratórios urgem, os desenhistas projetam, as fábricas executam e os homens adestram-se para a calada suprema.

Os céticos, porém, sorriem no seu canto, perguntando quando chegará para eles o dia da liberdade e da paz.

PASTERNAK E A LIBERDADE DO ESPÍRITO

Quando este comentário aparecer aqui, talvez Pasternak já não figure mais nas primeiras páginas e tenha deixado de ser notícia, como se diz na gíria da imprensa. A humanidade moderna não perde muito tempo em repisar os assuntos e os acontecimentos sobrevêm com tanta rapidez que temos que passar de um para outro, com a pressa e a volubilidade das abelhas, sob pena de deixar alguns sem observação e, às vezes, dos que mais de perto nos tocam.

A ninguém que possua alguma experiência dos métodos totalitários de governo pode ter surpreendido a reação soviética contra a concessão do Prêmio Nobel ao livro de Pasternak, *Doutor Jivago*.

É um romance em que o marxismo e a sua aplicação prática no governo da Rússia são frontalmente denunciados. Dar-lhe a maior láurea da literatura universal importa em lançá-lo aos ventos do mundo, para que todos os povos o leiam e comentem. Não se poderia esperar que o governo soviético, cuja feroz intransigência faz parte da salvaguarda e defesa do regime, consentisse em silêncio que um escritor russo recebesse tamanha honra, precisamente por haver escrito um livro que o expõe à condenação e ao desprezo da consciência livre. Reagiu, com a brutalidade típica, contra Pasternak; cobriu-o de calúnias, de injúrias e de ameaças, inclusive a de expulsá-lo do Sindicato dos Escritores, o que equivaleria, na Rússia, a deixá-lo morrer de fome.

Pasternak é um poeta, um criador de imagens e de símbolos. Vive no plano imponderável das idéias. A fantasia é o ambiente em que a sua personalidade se desenvolve e completa. Um homem com a sua natureza não admite limitações exteriores ao seu nobre poder de dar à vida, às coisas, aos fatos as dimensões de sua própria inteligência. Tudo quanto se oponha à liberdade criadora ou apenas a restrinja traz sufocação e angústia para o seu espírito.

Pasternak não poderia ignorar as conseqüências do seu romance e menos ainda o resultado de seu aparecimento no estrangeiro, fora do *imprimatur* soviético, num verdadeiro ato de rebeldia às imposições da chancela oficial. Deve ter recebido as críticas, os ataques, os insultos e, por fim, o ato arbitrário que o forçou a renunciar ao Prêmio Nobel com o mesmo espírito de compreensão, serenidade e renúncia de Erasmo.

Os tempos de hoje não são menos fanáticos nem menos hostis à isenção e à justiça.

Não creio que a Academia de Estocolmo, que conferiu a alta distinção a Pasternak, tenha examinado o aspecto político de sua obra, decidindo maliciosamente usar do *Doutor Jivago* como instrumento de propaganda anticomunista. Mas não haverá meio de convencer o governo soviético de que a intenção não haja sido essa.

Assegura-se que o escritor herético não foi preso nem morto e continua em sua pequena residência de Pereldekino, recebendo visitas e cartas de todo o mundo. Se tal é verdade, devemos pôr em relevo o progresso realizado na Rússia pós-staliniana. Seria longa a lista de outros poetas, romancistas e homens de jornal que desapareceram nas prisões do Estado ou em campos de concentração da Sibéria, por haverem feito infinitamente menos do que Pasternak.

"Pode-se escrever prosa, fazendo poesia", disse Pasternak a um correspondente. Jamais lhe passou pela mente escrever um panfleto contra o bolchevismo. Fazendo prosa, no *Doutor Jivago*, em verdade narrou em forma poeticamente comovedora as condições da vida na Rússia, na primeira fase da revolução. Foi leal consigo mesmo, segundo o velho conselho de Horácio a seu filho, no *Hamlet*.

O que está novamente em causa é o direito fundamental do escritor de exprimir-se segundo a sua consciência, sem peias de nenhuma qualidade. Certas espécies animais não se reproduzem no cativeiro; morrem sem descendência. O mesmo há de se dizer de certos espíritos que se tornam estéreis, à menor restrição à liberdade de idéia e de sentimento.

O poder inquisitorial traz consigo a morte. Os tímidos preferem silenciar. Os mais corajosos enfrentam-no. Pasternak é desse número glorioso.

MILAGRE DA FLOR E DO FRUTO

Numa conversa recente com jornalistas, Eisenhower fez uma declaração comovedora. Disse que, quando terminar o mandato que está exercendo, o seu desejo é dedicar-se à agricultura. Abandonará quaisquer outras atividades de homem público e, recolhido à fazenda, tratará da terra e criará o gado. Não disse também se fará um jardim, ao redor da casa, onde, pela manhã, possa podar as roseiras e oferecer às abelhas o mel com que encherão os seus favos.

É de presumir que pense nisso, pois toda vez que o cansaço, as desilusões, a aspiração à tranqüilidade e ao repouso nos assaltam, na refrega, o nosso pensamento dirige-se para a vida simples do campo, e o encanto dos jardins cheios das flores que alegram a vista e perfumam o ambiente consola, antecipadamente, o coração inquieto.

Bismarck sonhava com apenas alguns dias de férias em sua casa de campo e, quando os negócios do Estado se intrincavam, era do seu costume transportar-se pela imaginação à pequena fazenda e por alguns minutos apenas imergia nos afazeres do sítio e aí colhia forças para recomeçar.

Dizem que a idade vai aproximando os homens da terra, tantas vezes esquecida nas lutas que sustentamos nas cidades, à busca de honrarias, fortuna e poder. Essas coisas parecem ilusórias, mas são as que mais subjugam o espírito. O mito de Cincinatus, deixando a ditadura em Roma para arar ele próprio o solo humoso, tem sugerido a muitos governantes a fantasia, não do ócio à sombra das árvores frondosas, mas do rude trabalho do lavrador. Quando enfrentam a realidade, quase sempre verificam que os músculos não respondem, que o espírito faz as suas exigências, que, uma vez que haja sorvido os venenos citadinos, o homem nunca mais os esquece e não se resigna com o abandono que nos condena vivos à situação dos mortos.

Não sei de coisa mais dolorosa do que ouvir a respeito de alguns amigos que foram influentes e poderosos, na política, nas atividades profissionais ou nas letras, e que são forçados pela idade ou pela doença a retirar-se, a pergunta de outros: "Fulano ainda está vivo?". Ou, quando se anuncia a sua morte, o comentário melancólico: "Pensei que já tivesse morrido, há muito tempo". Na verdade, estavam mortos para tudo que era antes a sua vida.

Todos planejamos deixar um dia os trabalhos da nossa rotina, quando reconhecermos que o declínio está chegando. Poucos, no entanto, têm bastante energia e clarividência para encarar o momento da despedida. Conheci um que o fez: o meu velho tio, professor Antônio Austregésilo. Sentindo as primeiras auras da decadência intelectual, relegou a clínica, resistindo a quantos, por um motivo ou por outro, queriam ouvir os seus conselhos. "Deixei para os moços. A minha medicina passou e eu com ela", disse-me muitas vezes, com serenidade e completa aceitação das leis biológicas.

É mais comum que os homens ilustres não descubram a hora em que o mais sábio seria abandonar a linha de frente e passar discretamente a segundo plano. Vejam o ridículo de certos artistas do palco que fecham os olhos às advertências do espelho e recebem com acrimônia aqueles que tentam aconselhá-los a não disfarçar o que a natureza tornou realmente incapaz de ser disfarçado.

É possível que Eisenhower cumpra o prometido e vá, quando sair da Casa Branca, para a sua estância cuidar do plantio e da criação. Creio que o velho Truman entretinha os mesmos projetos bucólicos. Temo-lo, porém, ativo e meio insolente, usando das suas rudes franquezas, e tem havido até quem o inculque para voltar a Washington, na sucessão de Eisenhower. Não se resignou às lides tranqüilas da agricultura, as quais têm muito mais de aparência na paz que sugerem do que de realidade nos efetivos desgostos que causam.

Virgílio cantou com meiguice a existência campesina. Nada disse das intempéries, das pragas, do insucesso das colheitas, dos mil tormentos que preocupam o homem que peleja diretamente com os imprevistos da natureza. Contudo, nada melhor, como sonho, do que a ânsia de Eisenhower de renunciar a todas as seduções do mundo, para amanhar um pedaço de chão e assistir ao milagre da flor e do fruto.

SOBREVIVÊNCIA DA LIBERDADE

Antes de dirigir-se ao Capitólio, a fim de assumir o governo, Kennedy esteve, pela manhã, num templo católico, ouviu missa e orou piedosamente. No mesmo dia, em todas as igrejas católicas ou protestantes, assim como nas sinagogas e mesquitas dos Estados Unidos, sacerdotes e fiéis rezaram pelo êxito da nova administração, pedindo a Deus que proteja o chefe de Estado. Cada qual segundo as suas crenças e com os ritos próprios de sua religião.

A isso é dado o nome de liberdade espiritual. Mais tarde, Kennedy pronunciou o discurso de praxe, no ato inaugural do governo, e o tema escolhido foi o de que, por todos os meios, o poder da grande nação será empregado na defesa da liberdade. Partindo daí, é fácil de compreender que o mundo livre não cederá nada àqueles que, em nome de falsas e ousadas concepções materialistas, lutam para destruir as prerrogativas do espírito.

Manter a paz é a tarefa a que todos temos o dever de nos dedicar a fundo. Kennedy prometeu que não poupará nenhum sacrifício, por maior que seja; enfrentará todos os perigos, por enormes que pareçam; irá aonde quer que se torne necessário; aceitará encargos e trabalhos os mais penosos; correrá todos os riscos; contanto que o faça para restaurar a confiança entre os povos e para assegurar-lhes o fim da grande era de intranqüilidade que se abriu no mundo, desde que, em muitos deles, o espírito passou a ser suplantado pelos enganos de uma filosofia que acorrenta o homem ao seu próprio estômago e vê todas as coisas nobres e belas da vida sob o aspecto da satisfação dos instintos inferiores.

O certo é que, para honra da humanidade, cada dia reduz-se mais o número daqueles que preferem a existência do cão nédio na coleira, e trocam a liberdade pelo pão fácil e garantido, apanhado da mão dos tiranos.

Uma coisa é ser pela paz, e outra bem diversa é despojar-se do espírito de luta em defesa do direito, o que é próprio somente dos vermes. A primeira condição para que se conserve a paz é impô-la ao inimigo, pela certeza de que não atacará sem represálias, e de que o amor da liberdade é tão forte entre os homens livres que cada um preferirá a morte e a destruição de tudo a se ver privado da direção e do comando de seu próprio destino.

O que admirei no discurso de posse de Kennedy foi a maneira simples, reta e clara pela qual fez saber que entra no governo de coração limpo, amparado nos sentimentos mais puros do cristianismo, cuja primeira promessa, na voz dos anjos do Senhor que deram a grande notícia aos pastores de Belém, foi exatamente a de que a paz desceria sobre os homens de boa vontade. Não descerá, porém, sobre os covardes, ou seja, aqueles que chamam paz ao comodismo e à renúncia e confundem o seu medo ou a sua fraqueza com a disposição viril e onímoda de bater-se pela liberdade.

No dia em que o inimigo souber que, do lado das nossas trincheiras, chefes e soldados deixaram de ser resolutos e intransigentes e que a bandeira dos homens livres foi abandonada no chão pela descendência de Falstaff, as hordas se despejarão sobre o Ocidente com a mesma fúria de Gengis Khan, e ai de tudo quanto acumulamos em séculos de civilização e cultura. O que nos salvaguarda e garante não é o espírito de justiça do inimigo, mas o temor de que o nosso poderio será capaz de esmagá-lo, num contraste de forças, imprevisível para ele em seus resultados.

No tempo de Hitler, havia também na Inglaterra quem preferisse a rendição para poupar as torres da catedral de Coventry, como se, vitorioso o totalitarismo, valesse a pena deixar de pé os grandes símbolos representados pelas catedrais. Ao contrário da pregação de Bertrand Russell, valetudinário e obnubilado, penso que é preferível expor o mundo às mais desesperadas contingências de uma guerra atômica a aceitar as algemas da dominação materialista.

Eis o que, no meu modo de apreciar, significou, em sua última essência, o discurso memorável de Kennedy. A grande causa, a única pela qual se deve dar a vida, é a da liberdade do espírito, fonte da eterna criação. Que o mundo desapareça. Em algum recanto do universo a liberdade renascerá.

JEFFERSON, MISSISSÍPI

No mesmo local, encontro Theodore Dreiser e Sinclair Lewis. Um colega do *New York Times* advertira-me de que deveria ter cuidado na conversa, pois que os dois grandes escritores não se davam, em virtude de um incidente em que estivera envolvida Dorothy Thompson, num almoço oferecido a André Maurois. Coisas de um livro sobre a Rússia, que Dreiser e Dorothy haviam publicado; faziam-se mútuas acusações de plágio.

Falo a Dreiser da sua *American tragedy*, que em algumas rodas literárias fora tratada com certo desdém. Falo com palavras elogiosas, é claro, e Dreiser se espanta de que no Brasil haja quem conheça os seus livros.

Sinclair Lewis pareceu-me menos comunicativo, e um jornalista me dizia: "Não cometa a gafe de confundi-lo com Upton Sinclair, o que acontece freqüentemente. Ele perderia a cabeça". Não, não cometo esse engano.

Falamos dos novos rumos da literatura mundial e Dreiser menciona o nome de William Faulkner, para dizer-me: "Não forme nenhum juízo sobre a novelística norte-americana, na sua pesquisa de novas diretrizes, antes de ler Faulkner". Perguntei-lhe se Hemingway não deveria ser citado em primeiro lugar. "Hemingway é mais realizado; Faulkner, no entanto, possui uma substância humana e renovadora que, no meu modo de ver, há de ser num lugar de preferência, como elemento original."

Procuro confirmar esse conceito com Sinclair Lewis, que se mostrou um tanto esquivo, acrescentando apenas que *Sartoris* era um bom livro, dizendo ser ainda cedo para vaticínios a respeito de uma obra literária que mal se iniciava.

Nesse tempo, faz trinta anos, eu realizava uma viagem pelos Estados Unidos, e as circunstâncias permitiram-me tomar contato com o que havia de mais expressivo na vida intelectual do país. Foi quando Henry Mencken me convidou para jantar com ele e Gilberto Freyre, no Hotel Algonquin: mais tarde chegou Jean Nathan, e pude tomar parte numa conversação da mais alta espiritualidade e transcendência, na qual pouco falávamos e tudo ouvíamos, na palavra revolucionária, paradoxal e penetrante do anfitrião.

Perguntei-lhe sobre Faulkner e Mencken disse-me com simplicidade: "É um principiante". No entanto, no ano anterior, o "principiante" já havia publicado *Enquanto agonizo*, no qual se observam os grandes sulcos que os seus romances posteriores haveriam de abrir, marcando no plano novelístico as audaciosas novidades que lhe garantem a sobrevivência na admiração dos que não se arreceiam de acompanhar, com a arte, os abismos mais escuros da alma humana. Como Thoreau ou Thomas Hardy, Faulkner tirou, de pequenas regiões geográficas, de uma comarca espiritual estranhamente marcada pela decadência, pela desonra e pelo sofrimento, o Estado do Mississípi, destruído em sua economia pela abolição da escravatura, a força de projeção universal de sua obra. Imaginou uma cidade, a que deu o nome de Jefferson, e na qual se desenrolam os grandes dramas de suas novelas concebidas com a liberdade de um homem para quem nenhum preconceito, na ordem moral, é válido, quando se trata de criação literária.

Foi o que levou André Gide a dizer dele: "Faulkner venceu a falsa moralidade para em seu lugar estabelecer as regras morais do futuro". Para isso, abriu os olhos para um mundo de catástrofe, corrupção, indignidade e violência, e fixou profundos antagonismos de raça e sociedade, sem o mínimo temor de escandalizar ou ofender. Pura e simplesmente, como um artista, fixa na tela a realidade do que vê e do que sente.

Santuário, Luz em agosto e esse maravilhoso *Absalão, Absalão* dão à obra de Faulkner, completa depois em *The Hamlet*, uma profundidade não alcançada por qualquer outro do seu tempo, exceto talvez, no teatro, Eugene O'Neil. Juntamente com Hemingway, sob certos aspectos um artista de maior poder de evolução e pintura, Faulkner, em quem a crítica viu uma singular confluência de Hawthorne, Melville e Poe, deu ao romance americano e à novelística mundial dimensões novas, partindo de uma concepção individualista que antes dele ninguém possuiu. Nem mesmo Dostoievski.

Faulkner acaba de morrer, para desolação e orfandade dos que o amavam. E os que o amavam eram os homens de espírito e os artistas deste pobre mundo em que vivemos.

ABRAHAM LINCOLN

Os Estados Unidos e o mundo civilizado comemoram, nestes dias, a passagem dos cento e cinqüenta anos do nascimento de Abraham Lincoln, a figura mais sedutora da história americana. Não há outra que se lhe compare em idealismo, energia interior e santidade cívica, nem, com exceção de Washington, na transcendência e projeção política da obra realizada.

Este último fundou a nação, é o "Pai da Pátria", com absoluta primazia no coração dos seus concidadãos. Mas foi Lincoln quem lhe deu os fundamentos da durabilidade e assentou os alicerces de sua unidade moral.

O lenhador do Kentucky, analfabeto até os 20 anos de idade, travou a batalha que engrandece, sobre todas as outras, o homem, aos olhos do seu povo: a luta daquele que nasce pobre, humilde, no aparente abandono de todas as condições propícias ao êxito neste mundo, e a tudo vence, na construção de uma existência triunfante. O famoso *self-made man* não teve, nos Estados Unidos, nenhum exemplo mais cabal e admirável do que Lincoln.

As suas biografias, em número cada vez maior, buscando os ínfimos pormenores de sua vida e sobretudo de sua formação moral e dos seus pensamentos políticos, aí estão para prová-lo. Quando se verifica o número de circunstâncias adversas que se opunham à carreira política de

Lincoln, é-se tentado a acreditar pelo menos numa espécie de predestinação. Faltavam-lhe as qualidades visíveis da atração física: alto, magro, desengonçado, com o rosto anguloso, vestido sem apuro e sem gosto, não possuiu nenhum dos dotes que impressionam as multidões e tanto contribuem para as vitórias eleitorais.

Os que o conheceram falam dos seus olhos, e é possível ver como eram grandes e sonhadores em seus retratos. O escultor do monumento de Lincoln soube dar-lhes, no bronze, uma vida penetrante que ninguém pode esquecer.

Batendo-se contra adversários ricos, poderosos, socialmente prestigiosos, Lincoln sobrepujava-os, por uma forma inesperada e quase miraculosa, infundindo nas massas uma confiança que vinha de sua simplicidade espiritual e da maneira com que sabia comunicar-se profundamente com elas.

Primeiro presidente dos Estados Unidos a nascer fora das 13 colônias originais da União, trazia com isso a marca do seu destino de consolidador da unidade nacional, assegurada depois de cinco anos de uma guerra que ficou duramente gravada nos bronzes e nos mármores e mais ainda na alma do povo americano.

Era preciso eliminar a escravidão, em nome do princípio da igualdade, que, na filosofia política de Lincoln, vinha em primeiro lugar entre os princípios sagrados da democracia. O governo do povo, pelo povo e para o povo seria tão somente uma fórmula vazia, na eloqüência dos demagogos, se não correspondesse a uma realidade essencial: a da igualdade de todos os americanos, no gozo dos direitos e prerrogativas garantidas pela Constituição.

Quase cem anos passados sobre o seu triunfo e o seu martírio, a luta de Lincoln ainda continua. Os inimigos da igualdade das raças, os herdeiros dos escravagistas da Guerra de Secessão, ainda não se renderam. Assim Lincoln continua sendo uma bandeira viva. Little Rock e o governador Faubus aí estão para demonstrá-lo.

Mas o que importa é a permanência do seu espírito, lançado como um desafio à intolerância e ao racismo. Ele indicou o caminho do qual não se pode retroceder sem desonra. Há um catecismo de suas idéias, um cânone de máximas nascido de seu apostolado, sempre presente à memória das gerações. Não se pode eliminá-lo da história da humanidade, como uma de suas forças de construção, sem empobrecê-la de um valor substancial.

Estivesse em minhas mãos e eu o classificaria entre os santos dignos dos altares, pois o cristianismo, na máxima pureza de sua doutrina de fraternidade, não teve adepto mais sincero.

Hoje, mais do que nunca, é preciso afervorar o culto de Lincoln, pois nunca, nos últimos cento e cinqüenta anos, foram maiores os perigos que assediam os ideais de sua vida. A liberdade e a igualdade, sobre as quais assentam os alicerces da democracia, correm riscos inauditos. O governo do povo, pelo povo, pelo qual derramou o sangue, está sofrendo o assalto das forças obscurantistas e retrógradas, sob as quais se esconde o fantasma da escravidão humana.

O FENÔMENO GOLDWATER

O Partido Republicano, que, pelas suas tradições, entre as quais se encontra o formidável patrimônio político e moral de Lincoln, se denomina a si mesmo *Old Glorious Party*, escolheu para as eleições presidenciais deste ano um candidato que está assustando o mundo. Barry Goldwater, bravio senador pelo Arizona, misto de *caubói* e pastor presbiteriano, homem de arrogante penacho e de algumas evidentes ingenuidades. empolgou a maioria da comunidade eleitoral do partido, lançando-se de corpo inteiro e com singular energia na luta pela conquista da ambicionada *nomination,* dentro daquele espírito de decisão com que o vaqueiro se atira ao vigoroso garrote para derribá-lo e apor-lhe, a ferro e fogo, na traseira, a marca do dono.

Os competidores de Goldwater estiveram muito longe de dar ao jogo não apenas o audacioso ímpeto do destemperado senador do deserto, como ainda a sua tenacidade e desembaraço em dizer as suas idéias, como é tão do gosto do povo americano.

Nelson Rockefeller, Scraton ou Cabot Lodge cortejaram a dama, ou tardiamente ou sem o *it* que, neste momento, ela reclama dos seus cavalheiros.

Goldwater fez longamente o seu "pé-de-alferes", auscultou os sentimentos, as reações tradicionais, as tendências históricas do grande partido que tem o peso mas também a argúcia do elefante.

Só os observadores desatentos poderiam surpreender-se com o resultado e a preferência recolhida por um candidato que tem um pouco do desabrimento de Teddy Roosevelt e que pela sinceridade das suas posições em face dos problemas políticos, sociais e econômicos dos Estados Unidos e do mundo vai direto à inteligência de Babbit, já um tanto fatigado de custosos idealismos e desse ar que assumiram os últimos presidentes democráticos de agentes da Providência para salvar a humanidade do caos e da perdição.

Acham que o contribuinte americano tem pago muito caro as generosas concepções do apostolismo de Roosevelt e de Kennedy, sem ao menos receber em troca o reconhecimento e o apreço dos povos beneficiados.

Goldwater representa, antes de tudo, um confuso amálgama de sentimentos, em que entra muita frustração no campo de uma liderança que os Estados Unidos passaram a exercer no mundo, sem as experiências e as preparações seculares da arte política em que os britânicos, por exemplo, se fizeram mestres, numa portentosa história de oito séculos.

Daí perguntarem os eleitores de Goldwater se não é tempo de voltar ao testamento de Washington, remetendo-se ao insulamento em que viveram por todo o século XIX e do qual saíram muito mais em virtude do seu progresso técnico do que pela consciência de um papel a representar como preservadores e guias da liberdade democrática no universo.

Goldwater, com o seu programa que não é propriamente reacionário, mas instintivo, dá muito mais respostas ao republicano médio do que os seus contendores, um tanto sofisticados politicamente, como o encantador Nelson Rockefeller ou o lírico e indeciso governador Scranton.

Acredito que é impertinente, além de temerário, pretender que o povo americano, tão firme em sua própria filosofia política, num regime que tem quase duzentos anos de prática, deva fazer a escolha do seu presidente, levando primeiro em conta as reações da opinião pública mundial, por mais considerável e qualificada que seja.

Goldwater é um risco que os Estados Unidos podem desejar correr por sua própria conta e a interferência agastada de outros povos nesse negócio, eminentemente doméstico e soberano, poderá ser antes contraproducente.

Estou convencido de que o cactus arizonense não logrará maiores vantagens contra o texano Lyndon Johnson, feito também nos rodeios e de vista mais ampla, sob o magnetismo das inspirações do sangue do grande mártir que quase tombou em seus braços.

O *Old Glorious Party* terá ainda que suportar um novo compasso de espera, antes que lhe sejam restituídos, pelas urnas livres, os poderes sacramentais da Casa Branca.

O filósofo e sociólogo tem que ver o fenômeno Goldwater fria e serenamente, como o fará Toynbee, fixando os desdobramentos da história do nosso tempo.

O MONUMENTO AMERICANO

*E*stou quase certo de que o povo americano reelegeu Lyndon Johnson para o cargo de presidente da República, destruindo assim a esperança do seu competidor, Barry Goldwater, de chegar a ser um dos árbitros do destino do mundo.

Não que eu tivesse o receio, que acometeu tanta gente, de que a presença do senador pelo Arizona na Casa Branca viesse a representar uma catástrofe para a humanidade. Apesar de tantas idéias retrógradas e abstrusas que caracterizam a personalidade política de Goldwater, verifiquei, invariavelmente, em seus discursos, a preocupação de dar fiel e estrito cumprimento à Constituição dos Estados Unidos. Em alguns deles, chegou a afirmar que a grande tarefa histórica do futuro presidente, e à qual aspirava, é a de restabelecer, no rigor da letra e do espírito, a lei suprema do país.

Não poderia, portanto, oferecer melhor garantia de que o seu governo não representaria aquele temido perigo de que as instituições sesquicentenárias do federalismo americano seriam feridas de morte, particularmente na sua mais pura essência, que é a segurança dos direitos humanos.

Tem-se dito muito que o presidente dos Estados Unidos, no exercício legítimo das suas faculdades constitucionais, é o mais poderoso dos governantes da Terra, tamanha é a extensão de sua autoridade, sobretudo quando a lei lhe confere o direito exclusivo de fazer a guerra e concluir a paz.

Não devemos esquecer, porém, que a pedra mais sólida do edifício constitucional, na própria interpretação jeffersoniana, é a divisão e harmonia dos poderes e, mais que isso ainda, aquela parte, não escrita, que assegura, no jogo das grandes decisões do governo, o predomínio quase absoluto da opinião pública.

E não falo aqui da vigilância do Judiciário, em sua prerrogativa de pronunciar-se sobre a constitucionalidade das leis, investido de um poder de polícia que nenhum dos órgãos do Estado tentou jamais desafiar.

São tantas e tão grandes as forças de pressão existentes, no sentido de manter a harmonia e o equilíbrio, na sociedade política dos Estados Unidos, que é praticamente impossível rompê-los, em sua estrutura mais representativa, por um ato deliberado do presidente, sem as imediatas reações restauradoras, produzidas por meio dos reflexos de defesa que a teoria e a prática proporcionam às vítimas do mínimo arbítrio personalista.

Lembro-me de uma conversa que tive, em 1952, na ocasião das eleições, em que era candidato pela primeira vez o general Eisenhower, com um grupo de professores liberais da Universdade Columbia, que, naquele mesmo dia, havia publicado, no *New York Times,* longo manifesto contra o "cesarismo militarista" que o vencedor de uma guerra poderia representar na Casa Branca.

Eisenhower fora, até então, o presidente da universidade, mas o título não o amparara contra a opinião oposicionista daqueles que temiam que a glória do soldado obnubilasse o correto juízo do cidadão.

Tal, porém, não se confirmou, não tendo havido, nos oito anos de governo do comandante-chefe dos Exércitos Aliados, um único momento em que a sua formação militar se fizesse sentir, em detrimento das instituições civis.

E o seu primeiro e maior cuidado foi o de pôr termo honroso à Guerra da Coréia e encaminhar a soluções pacíficas os problemas internacionais a seu cargo.

O que importa nesses casos é a presença de uma consciência nacional ativa e bem desperta, assegurada nos direitos fundamentais em que a liberdade de imprensa e de pensamento deve ter a prioridade máxima. Goldwater não ousaria, jamais, tocar na arca dessa liberdade.

O presidente dos Estados Unidos pode muito, é certo, mas está bem longe de poder tudo. E entre as suas importâncias figura a de desviar a nação do leito largo e profundo do seu idealismo social e político.

Precisaria, antes, destruir a universidade e a Igreja, as fontes perenes da nacionalidade americana, donde provieram Lincoln, Roosevelt e Kennedy, para não dizer dos que, mais distantes, se encontram na própria origem dos Estados Unidos, na grande geração dos estadistas, sociólogos e filósofos que, pela espada de Washington, conquistaram a independência e lançaram as bases da república moderna.

Um homem só nada vale contra a solidez desse monumento.

MEDITAÇÕES À MARGEM
DO BANQUETE

Outro dia, fui a um banquete oferecido ao secretário de Estado, sr. John Foster Dulles, pelas classes conservadoras ligadas à Câmara de Comércio Americana do Rio de Janeiro. Eram 300 pessoas, a maioria negociantes, banqueiros, exportadores e importadores. Gente tida como materialista, apegada ao dinheiro e fora das preocupações superiores do espírito.

Qual não foi a minha surpresa, quando o anfitrião, que funcionava como mestre-de-cerimônias, pediu a palavra e anunciou que um sacerdote iria ali render graças e pedir a proteção divina. E, de fato, o ministro subiu ao pequeno púlpito e fez uma oração. Rogou a Deus pelos Estados Unidos e pelo Brasil, em termos singelos, e, por um momento, aqueles homens todos saíram do âmbito de seus negócios para a alta esfera da comunicação com a divindade.

Estava convidada também para o banquete uma alta figura do clero brasileiro que, não sei por que razões, deixou de comparecer. Lamentei bastante, pois nenhuma ocasião melhor para que os católicos, que também ali estavam, em grande número, pudessem acompanhá-lo numa prece.

Assim, demo-nos todos como representados pela palavra do ministro e não foi a nossa unção, uma vez que, no culto de Deus, o que importa é o secreto pensamento que com ele nos comunica e jamais as criações humanas do ritual.

Sei que estou dizendo algo que não é ortodoxo, mas, desde quando, meu Deus, a ortodoxia constituiu um obstáculo a que eu exprimisse aquilo que penso?

Tenho ouvido, muitas vezes, que tais orações são meros atos de hipocrisia. Mesmo assim, vale a pena rezar.

Quando começam as sessões do Parlamento, na Grã-Bretanha e nos Estados Unidos, o capelão pede as luzes divinas e, ainda que às suas palavras não corresponda a fé da maioria, nem por isso deixa-se de sentir, naquele ambiente, a Grande Presença invocada.

Os materialistas acharão ridículo que tantos homens, afundados na magnitude de suas misérias e fraquezas, muitos até pecadores sem remissão, baixem a cabeça e finjam que oram.

Reparem, no entanto, que aquele breve momento se torna augusto e enobrece os que dele participam.

As filosofias negativistas não são novas, mas não conseguiram suplantar nos corações a suspeita perene e universal de que alguma coisa de nossa luz interior não se apagará jamais.

Não será, talvez, como nos contam as lendas e nos impõem os dogmas, mas poderá ser de uma outra forma.

O mistério é um desafio permanente, e desgraçados dos que não o aceitam e não o transpõem do mundo sensível para as regiões impalpáveis, dentro das quais, tão freqüentemente, encontramo-nos sozinhos e desamparados, como alguém que mergulhou na água profunda e obscura e luta para voltar à tona e rever a claridade.

Tais encontros do homem consigo mesmo, na treva, ocorrem de quando em quando, e então surge um rol de perguntas mais graves e perigosas do que as indagações fatais da Esfinge e quanto mais carregado o espírito de sabedoria e ciência, quanto mais alto puder levantar-se acima de si mesmo, tanto maiores as possibilidades de atravessar a porta estreita e ganhar a recompensa da paz.

O toque pode ser da mais variada natureza: um salmo de Davi, um verso de Homero, um torso ou um friso da escultura grega, um trecho de paisagem, um sorriso de criança, a descoberta de um sentimento inesperado, a riqueza sinfônica de Beethoven ou as expressões racionadas de certas fugas de Bach.

Nunca se sabe, com certeza, onde e quando se dará a intimação intempestiva do homem a si próprio, nem a força e qualidade do estímulo que o lançará no abismo.

Religião é tudo que nos liga a essas vagas apreensões do incognoscível que assaltam todos os homens inteligentes e, se algum disser que nunca se preocupa com o problema da morte ou jamais teve as advertências inopinadas através das quais a eternidade se entremostra, na sua realidade quase tangível, então esse, sim, foi espectro de homem, não foi homem.

Tais as meditações que me ocuparam a mente, enquanto o sr. John Foster Dulles, um dos mestres da sermonística transcendentalista norte-americana, com voz pausada e profética, anunciando as conturbações do Apocalipse, implorava com humildade ao Todo-Poderoso que não nos desamparasse.

DO TEMPO SUTIL E EFÊMERO

Vejam esta diferença: a morte de John Foster Dulles foi uma sensação para o mundo. Comoveu todos os povos. O desaparecimento de George Marshall não mereceu as honras das primeiras páginas. Apenas alguns comentários para salientar o papel que desempenhou na Segunda Guerra e depois no assentamento da paz.

Se, no entanto, quisermos cotejar as duas personalidades, julgando o merecimento e os serviços de ambas, sem em nada querer diminuir Dulles, teremos de reconhecer que Marshall possui uma folha muito mais densa. Foi o artífice do triunfo e, mais tarde, o grande elaborador da recuperação econômica. O plano que leva o seu nome fez reflorir os desertos causados pelo fogo das bombas, repovoou as fábricas da Europa, foi o sorriso da nova esperança, o alicerce da prosperidade.

Mais do que o temor das armas nucleares, foi o dinheiro distribuído a mancheias pelas nações calcinadas e em estado de desespero que levantou a barreira intransponível ao expansionismo soviético. Tanto se deve à visão de Marshall, ao seu vigoroso e sólido senso prático, ao idealismo que animava o grande estadista e o grande soldado que a democracia americana acaba de perder.

John Foster Dulles morreu em plena batalha, com aquela fria coragem de apóstolo que iluminava os seus olhos e que lhe dava o ar místico dos pregadores da nova seita. Os homens esquecem depressa, porque os acontecimentos cotidianos são numericamente superiores à capacidade de os guardar na memória. Marshall saíra de cena, há muitos anos, numa época em que os minutos são tão compactos que poderiam ser contados como anos.

Jamais o ontem esteve mais distante do dia de hoje e o dia de amanhã mais perto do dia presente. É como se vivêssemos no futuro. O tempo passou a ser a dimensão mais sutil e efêmera na vida do homem, embora seja, também, a dimensão dominadora. Lançamo-nos a uma corrida incessante, a maratona sem objetivo, para chegar a metas que se afastam como certas galáxias, no espaço, em perpétua expansão.

Escute: o minuto seguinte poderá ser demasiado tarde. Eis a filosofia da nossa esmagadora velocidade. Marshall foi vítima das doenças que não matam logo, e retêm indefinidamente, fora do mundo. Quando se anuncia o termo, a emoção está diluída até quase a indiferença. A repentinidade do acontecimento supremo faz parte do mecanismo da reação dolorosa que provoca.

Em 1948, George Marshall, secretário de Estado no fim do governo de Harry Truman, presidiu a delegação americana à III Assembléia das Nações Unidas, em Paris. Dava-se, então, a primeira grande crise de Berlim, com os russos fechando as entradas da cidade ao mundo ocidental. Falava-se abertamente de guerra. Sucediam-se as conferências entre as altas personalidades políticas e militares encarregadas de aparar o golpe, de tal forma, porém, que não se chegasse ao choque armado.

Marshall era o centro natural dos entendimentos; cabia-lhe sempre a palavra decisiva, em nome do poderio norte-americano em cujos arsenais figurava o grande argumento da bomba atômica, de sua exclusividade e monopólio. Pedi-lhe, por intermédio de madame Roosevelt, que trabalhava comigo na redação da Declaração Universal dos Direitos do Homem, alguns minutos para uma entrevista, na qual me fosse dado transmitir aos leitores brasileiros as suas impressões sobre o perigoso momento que estávamos vivendo. Atendeu, prontamente, em homenagem ao prestígio da intermediária.

Estirou-se a conversa por mais de meia hora e Marshall defendeu a tese de que tudo seria resolvido por meios pacíficos, acrescentando estar convencido de que as Nações Unidas, através do Conselho de Segurança, acabariam impondo a supremacia de suas regras, o que, de fato afinal, se verificou. Naquela divergência ameaçadora, a serenidade do secretário de Estado, a força de sua palavra, a autoridade moral de que estava investido salvaram o mundo de nova catástrofe. Foi outro serviço memorável, dos muitos que prestou à humanidade e pelos quais seria apenas justo que ela se emocionasse, ao ouvir o toque de despedida com que o sepultaram no Cemitério Nacional de Arlington.

JOHN FOSTER DULLES

Quando este comentário estiver publicado, já duas ou três semanas terão corrido, desde que no Cemitério Nacional de Arlington começaram a repousar, na paz e na glória, os restos de John Foster Dulles. Delegados de todas as nações compareceram ao derradeiro ato em que figurou esse grande homem e o mundo inteiro exprimiu o sentimento causado pela sua morte, de maneira sincera e não apenas pelo alto cargo que até há bem pouco desempenhava.

Quantos tiveram a oportunidade de falar a John Foster Dulles, ou o ouviram discursar, guardam a indelével impressão da pessoa extraordinária que ele foi, do apóstolo que havia nele, do idealista às vezes tão cândido como uma criança que se revelava, mesmo no debate de assuntos rudemente ligados às materialidades da vida.

Repetiu-se muito que ele era um pastor protestante, tocado do mais aceso puritanismo, para quem não havia verdade que não estivesse na Bíblia, de cujos versículos impregnava as suas orações. Buscava no hinário religioso as imagens poéticas para dar elevação e dignidade aos argumentos políticos e mantê-los no plano espiritualista que era o natural de sua inteligência.

Só havia nele um fanatismo: o da luta contra a tirania, o do horror às formas compressoras da liberdade humana. Aqui era intransigente. Dulles, porém, não perdia jamais a serenidade e a delicadeza, mesmo quando divergia e increpava os adversários.

Escutei-o, certa vez, defendendo a política americana no caso dos árabes, quando se estudava, na Assembléia Geral das Nações Unidas, o grave assunto de Israel: o seu discurso ficaria bem numa antologia de sermões, tal a nobreza e dignidade com que o revestiu. Depois, Eleanor Roosevelt chamou-me: "Venha conhecer Mr. Dulles. Ele está interessado em falar-lhe". Os termos da apresentação foram estes: "É o delegado do Brasil que está defendendo a presença do nome de Deus na Declaração Universal dos Direitos Humanos". Dulles apertou-me a mão com força e disse: "É uma luta digna de ser travada". Respondi-lhe: "Sei que é um combate perdido, mas irei até o fim". E Dulles acrescentou: "De todo bom combate resta sempre alguma coisa".

Era essa a filosofia de sua ação política: travar lutas, na segurança de que o esforço pela boa causa não se perde nunca. Muitas incompreensões cercaram o seu grande nome, mas os ódios suscitados pela incompreensão desaparecem quando a luz se faz nos espíritos. Foi o que aconteceu agora, à beira do túmulo que se abriu na terra sagrada de Arlington.

Lá estava Andrei Gromiko, em nome do governo soviético, pagando um tributo ao adversário intimorato, ao qual, ele bem o sabia, o mundo deve a paz na Coréia, a paz na Indochina, a paz na Europa. Grande diplomata, para quem a diplomacia era a arte de apresentar a verdade sob os seus aspectos mais luminosos e perceptíveis.

Dulles jamais escondeu o próprio pensamento, jamais mentiu ou enganou. Quaisquer manobras ilaqueadoras eram incompatíveis com a retidão do seu espírito. E que espantosa coragem diante do irremediável criado pela doença! Atingido, permaneceu na arena, indo a todos os cantos do mundo, onde era necessário afirmar o pensamento construtivo e magnânimo que o inspirava. Teria que dar o derradeiro impulso de sua alma à grande causa, e assim foi. Nos momentos de lucidez, entre as dores que o cruciavam, já nas vascas, dizem os que o assistiam que o seu pensamento se voltava para Genebra, onde se está decidindo a paz ou a guerra. Dormia, quando tudo cessou.

A reunião dos povos para inclinar-se diante dos seus restos na Catedral Nacional de Washington mostra que há, no mundo, considerações capazes de congregar todas as gentes e ainda que o sentimento da justiça nem sempre pode ser empanado pela dissensão. No fundo de todas as obras criadoras está o amor.

TRÊS MESES COM
MADAME ROOSEVELT

"Vou apresentá-lo a madame Roosevelt", disse-me o embaixador João Carlos Muniz quando entrávamos no grande salão do Palais de Chaillot, onde deveria funcionar a III Comissão da Assembléia Geral da ONU, encarregada de trabalho transcendente: redigir a Declaração Universal dos Direitos Humanos.

Ela conversava no momento com o embaixador Charles Malik, que deveria, nessa primeira reunião, ser eleito presidente; vendo que nos encaminhávamos para saudá-la, afastou-se do seu companheiro e, ao ouvir o meu nome, disse-me: "Jefferson Caffery já havia falado do senhor e estou certa de que com os brasileiros sempre hei de entender-me bem". E na verdade entendemo-nos perfeitamente no curso dos três meses que passamos elaborando, afincadamente, o grande documento.

Madame Roosevelt ficou muito surpreendida quando, no dia seguinte, ofereci à consideração dos meus pares, delegados de 60 nações, uma emenda ao Artigo 1º do anteprojeto da declaração, o qual estava redigido por uma forma inaceitável para os povos teístas, pois dizia ser o homem dotado de consciência e razão pela natureza, quando as nossas crenças afirmam que fomos criados à imagem e semelhança de Deus, e por ele próprio, com o sopro sobre argila inerte.

Depois do discurso em que defendi o ponto de vista brasileiro, madame Roosevelt chamou-me à parte e observou: "Estou espantada; não atentei no caráter materialista desse artigo. Não poderei, no entanto, apoiar essa emenda, pois isso seria uma incoerência, visto que dei o meu beneplácito ao anteprojeto como presidente da comissão que o redigiu. O senhor sustentou com energia e habilidade a sua tese. Temo, no entanto, que, se for aprovada a sua emenda, todo o grupo de representantes dos países marxistas, pelos mesmos motivos que o senhor aduz, deixará de assinar a declaração. Vamos esperar a reação dos russos".

Devo dizer que foi quase imediata, por parte do embaixador Pavlov, que se declarou muito admirado que, em pleno século XX, alguém pensasse em contestar, baseado na revelação, as mais evidentes conquistas da ciência. E textualmente: "O delegado do Brasil está tão distante da realidade quanto a Lua da Terra".

Foi enorme a expectativa da comissão pela resposta que me cumpria dar-lhe. Logo tive o apoio da América Latina, da Bélgica e da Holanda, e inscrevi-me para a sessão do dia seguinte, quando o debate deveria prosseguir.

Madame Roosevelt sentava-se defronte de mim e notei a ansiedade e a simpatia com que me acompanhava naquele momento. Quando o presidente me deu a palavra, via-a fazer o *V* da vitória e isso me deu ânimo para a investida. Fugi a qualquer argumentação de natureza teológica ou religiosa e disse à comissão, em réplica a Pavlov, que ali estavam reunidos delegados de povos democráticos, que deveriam por isso mesmo exprimir as idéias e os sentimentos daqueles a quem se destinava a grande tábua de direitos que começávamos a elaborar. Não éramos um comitê de sábios, filósofos ou cientistas, mas uma delegação universal de caráter político, e por isso não tínhamos o direito de impor ao mundo uma concepção agnóstica a respeito da origem do homem e do seu destino sobrenatural.

E, quanto a estar o delegado brasileiro tão longe da realidade quanto a Terra do seu satélite, respondi a Pavlov que isso acontece a certos governos que se colocam tão remotos da verdade, do direito e da justiça, quanto estamos, nesse planeta, de Alfa do Centauro e que o assunto deveria ser tratado com espírito de responsabilidade e com a noção de sua importância e não com ironias de quem parecera não ter forças para discuti-lo seriamente.

O debate durou vários dias e durante todos eles, até que chegássemos a um entendimento que eliminou do artigo contestado a expressão que lhe conferia caráter sectário, madame Roosevelt não cessou de estar ao meu lado, encorajando a minha resistência, e de tudo resultou que ficamos muito amigos e passamos a trabalhar de comum acordo, e pude ver quanto era nobre e elevado o seu espírito, profundo o seu amor à humanidade e inigualável a sua devoção à democracia.

Quando, terminada a declaração e marcado o dia para ser submetida à assembléia plenária, com a presença do presidente Auriol, da França, madame Roosevelt me disse: "Indiquei o seu nome para fazer o discurso encaminhando a votação. É uma homenagem à tenacidade com que defendeu os princípios essenciais deste documento".

Almoçamos juntos no Hotel Crillon, com Jefferson Caffery e Manuel Prado, depois presidente do Peru, no próprio dia da partida de madame Roosevelt, de volta a Nova York. Nunca mais nos vimos.

COMO VI HERBERT HOOVER

Quando eu anunciei a alguns colegas da imprensa de Nova York que o presidente da República, Herbert Hoover, havia marcado audiência para me receber, em julho de 1931, todos ficaram surpreendidos. Era uma exceção, porque os presidentes americanos não dispõem de tempo para esses encontros e entrevistas individuais com homens de jornal.

Mas um deles fez este comentário: "Hoover está com a Casa Branca às moscas. A sua impopularidade é tão grande que ninguém o procura. Não sabe o que fazer das horas".

Rimos todos com a observação maliciosa. Havia, no entanto, outra explicação mais judiciosa.

Fui aos Estados Unidos alguns meses depois da Revolução de 30, quando dominava aqui no Brasil certo ressentimento do governo contra os americanos, porque esses se mostraram pouco simpáticos ao movimento que depôs o presidente Washington Luís.

Tratava-se apenas de um gesto de boa vontade e cortesia para com o embaixador Alencar, que solicitara pessoalmente o encontro.

Hoover fora eleito para a presidência numa fase de extraordinária prosperidade, sucedendo ao silencioso Calvin Coolidge. Mas já se haviam tornado perceptíveis os sinais da borrasca econômica que deflagrou com o craque da

Bolsa de Nova York, em 1929. Não havia timoneiro, por mais sábio, prudente e ativo, que pudesse deter ou sequer conjurar as conseqüências daquele terremoto.

Hoover fez tudo a seu alcance, mas nenhuma força lograria conter a terra derruindo. Era, ao ascender à presidência, um dos homens mais prestigiosos e queridos do país, pelo papel que representara depois da Primeira Guerra, organizando, com um esforço imenso, os serviços de assistência às populações da Europa devastada. Operou milagres, distribuindo alimentos, abrigando os desvalidos, com o que salvou milhões de vidas, tornando-se uma espécie de taumaturgo adorado pelos que se beneficiaram com a sua incrível capacidade de trabalho.

Dizia-se que ele sozinho desenvolveu, depois do conflito de quase cinco anos, uma atividade maior do que a de todos os generais juntos. Falava-se dele como de um santo.

Hoover começara a sua carreira como empregado numa mina. Viera de muito baixo, como a maioria dos grandes estadistas norte-americanos. Subira ajudado por essa força de vontade e espírito realizador que caracterizam os homens destinados a triunfar num país em que o esforço honesto é universalmente reconhecido. Possuía além disso, em alto grau, uma consciência religiosa ativa, misto de pastor protestante e filósofo popular, tão lido na Bíblia como nas obras de Franklin ou Smiles. Era um bonachão, sem nenhuma vaidade pessoal e também pouco afeito às manobras políticas de envergadura, que são indispensáveis ao êxito de quem ocupe tal posto.

Lembro-me muito da visita à Casa Branca, sob todos os aspectos impressionante. Não havia ali o mínimo aparato ou sequer o simples cuidado que deve proteger a pessoa do presidente da República.

Fui conduzido por um contínuo negro, sem nenhuma espera, diretamente do elevador para o escritório do presidente. Fazia um calor compacto, sem a mínima tremura no ar. Hoover estava com uma calça de flanela clara, apenas de camisa, sem colarinho e com as mangas arregaçadas e foi logo dizendo: "Desculpe-me a informalidade do traje. O senhor, sendo brasileiro, sabe muito bem como temos de nos defender do calor". E insistiu para que eu também tirasse o paletó, o que evidentemente não fiz.

Houve uma breve conversa sobre os propósitos de minha visita, as impressões que estava colhendo e a situação do Brasil, que o presidente visitara, quando já eleito. Em um único momento pareceu-me preocupado, ao aludir às repercussões mundiais da crise econômica.

"Muitos povos estão sofrendo por um fenômeno que é quase exclusivamente da nossa responsabilidade."

Recusada a sua reeleição pelo povo que sobre ele carregava todas as culpas de sua desgraça, tudo sofreu com aquela serena energia que era a marca principal do seu grande caráter. Não se lhe conhece uma palavra de queixa ou simples amargura.

Durante trinta e dois anos de sua sobrevivência, reconquistou a auréola de taumaturgo. Passou a ser um oráculo e nessa condição gloriosa acaba de morrer aos 90 anos, feita justiça aos seus merecimentos.

O PRESIDENTE
MACHADO DE ASSIS

A geração imediata à de Machado de Assis deu início ao processo crítico do artista e do homem, investigando-lhe a obra e a vida. Fê-lo ainda sob a impressão das opiniões dominantes, e sem a objetividade que a documentação posterior permitiu a investigadores tenazes e armados de métodos científicos mais seguros.

O livro de Alfredo Pujol, com uma série de conferências sobre Machado, foi, por muito tempo, o melhor roteiro para os que buscavam conhecer o homem e o escritor. O pequeno ensaio de Alcides Maya e a biografia de Lúcia Miguel Pereira abriram perspectivas mais novas para uma outra compreensão do valor do artista.

Somente nos últimos quinze anos é que um grupo mais bem aparelhado de estudiosos de Machado começou a realizar o trabalho que eu propunha em 1921, num artigo publicado no *Correio da Manhã* com a fundação de um centro de pesquisas do mundo complexo e, sob tantos aspectos, também misterioso da criação machadiana.

Hoje, aquele trabalho acha-se em grande parte realizado, verificando-se que a seara se alarga, à medida que a exploram, e que as atuais e as futuras gerações ainda têm diante de si muito que fazer.

Acabamos de ver, por exemplo, no novo livro de Josué Montello, *O presidente Machado de Assis*, quanto descobrimento no mar desconhecido da psicologia, do temperamento, dos recônditos impulsos do escritor. Ficamos sabendo que a Academia Brasileira não foi para ele um simples grêmio de intelectuais, uma roda de amigos da mesma categoria espiritual, um derivativo ou ocupação para os dias da velhice. Não foi nem mesmo um objeto de vaidade, criado à vista da perduração e do culto de sua glória.

Pelo que se lê nos comentários de Josué Montello, em seu esplêndido livro, e pelo que o próprio Machado refere em cartas enviadas aos mais íntimos, os quais raramente gozaram, no entanto, de sua verdadeira intimidade, a Academia Brasileira encheu-lhe os últimos onze anos da existência como se fora uma filha dileta, em que resumisse todas as suas grandes complacências. A um homem que não passou a outrem as fragilidades da própria carne, a fundação da academia tomou o lugar nos afetos que o pai e o avô costumam devotar à sua descendência.

A sua longa presidência exerceu-se com amor paternal, com os cuidados constantes e absorventes que só se reservam a um filho muito amado.

O livro de Josué Montello é a prova decisiva de que Machado de Assis não foi aquele tipo frio, egoísta, metido dentro de si próprio como um caramujo, infenso ao contato com os outros homens e alheio aos problemas da rotina da vida. Em tudo quanto se relacionava com a academia, à consolidação de seu destino, ao prestígio nascente de um organismo que deveria ser a cúpula da atividade literária do Brasil, e alcançou plenamente esse objetivo, Machado era atento alerta e até cioso.

São numerosos os trechos de cartas, sobretudo a Mário de Alencar, em que se percebem, relativamente à academia, ansiedades que não cabem na figura fleumática, abstraída e até omissa, retraçada pelos primeiros biógrafos e à qual, ultimamente, por amor da verdade e como fruto de investigações, se está comunicando o sangue de um ser humano, dotado de todas as sensibilidades e interesses dos outros seres humanos.

Com isso, Machado vem ganhando em importância e autenticidade.

Diz-se que o brasileiro é infenso à agremiação, não sendo de sua estima particular o convívio em sociedades e clubes em que deva prevalecer o espírito coletivo sobre a dispersão individualista. A Academia Brasileira de Letras recebeu da grande geração que a formou, tendo à frente Machado de Assis, um influxo diferente, na firmeza dos seus nobres propósitos.

Josué Montello mostra, com o critério da escolha feita nos arquivos da instituição, que se deveu a Machado, apesar de retraído e um tanto secreto em suas palavras, o fluido que uniu e consolidou os 40 homens do ilustre sodalício. Sobre a pedra machadiana foi edificada. Ele aceitou a plenitude das responsabilidades e desincumbiu-se com inteireza e eficiência da construção, na fase mais áspera e perigosa do lançamento dos alicerces, das paredes e do teto.

Josué Montello prestou enorme serviço à glória de Machado de Assis, restaurando a realidade do seu papel na presidência da academia. E fê-lo, realizando, ao mesmo tempo, uma obra literária digna, por todos os títulos, do seu grande renome de escritor.

MESTRE JOÃO RIBEIRO (I)

"Vou apresentá-lo ao João Ribeiro, que é latinista e há de gostar de conhecê-lo", disse tio Antônio, o grande professor Austregésilo, no dia seguinte de minha chegada ao Rio de Janeiro. Era sua intenção encaminhar-me para a convivência de professores ilustres, uma vez que eu lhe comunicara o desejo de devotar-me ao ensino do latim e fazer carreira no magistério.

Aprazamos encontro, à tarde, na Livraria Santos Jacinto, e lá vimos João Ribeiro, nos fundos, entregue à leitura, e quando percebeu o professor Austregésilo foi-lhe dizendo: "Estava pensando em você mesmo, ando com umas dores e queria consultá-lo". Espantei-me com a figura física, pois naquele tempo eu achava que à simplicidade de linguagem, à beleza do estilo, à harmonia da prosa, tal como os vira em *Fabordão*, deveria corresponder uma pessoa elegante, de traços finos e roupa bem-cuidada, e não aquele homem displicente no trajo, bonachão e risonho; mas bastou que ele falasse para que eu sentisse a superioridade e o magnetismo do seu espírito.

Não, ele não era o latinista de que eu precisava, embora ali estivesse para ser útil em que me pudesse servir: em sinal do que pediu papel e tinta e escreveu uma cartinha ao professor Mendes de Aguiar, na qual dizia que o portador poderia entender-se com Cícero na própria língua deste e que, sem dúvida, por isso haveríamos de fazer a melhor amizade.

Nunca entreguei a carta a Mendes de Aguiar: o jornalismo devorou-me e o magistério ficou para um lado, como atividade subsidiária. Mas, de quando em quando, ia à livraria para conversar com João Ribeiro, em cuja obra fui me aprofundando para regalo da cultura e para afazer-me à pureza de um estilo que me encantava. Fomos amigos pela duração dos anos.

Agora revejo-o no livro que Múcio Leão acaba de publicar e que é uma história do espírito do mestre, feita por outro mestre, os dois identificados, como pouco se tem visto na vida literária do Brasil, por uma profunda comunhão de valores espirituais, nascida de afinidades, tendências e gostos que os colocam no mesmo plano da admiração que despertam e tanto merecem.

Múcio teve pelo companheiro de jornal e de letras, muito mais idoso, filial amizade de que o zelo pela sua obra e agora essa biografia dão proveitoso testemunho para a glória de João Ribeiro e maior densidade da cultura nacional. Múcio dirige a publicação das obras completas do mestre, feita pela Academia Brasileira, depois de reunir tudo quanto deixou disperso em decênios de atividade na imprensa, e os volumes estão saindo, uns atrás dos outros, de forma que nada se perca do grande tesouro. O livro de agora parece-me um passeio que os dois fazem ao longo da existência.

Desde os primeiros dias em que se manifestam os pendores artísticos de João Ribeiro, indeciso a respeito do caminho a escolher, até o derradeiro, quando se apaga serenamente, como um filósofo que vê na morte um fim natural e inelutável. É "uma conciliação com a natureza e a ordem fatal das coisas", observa Múcio, no último comentário com que acompanhou a grande jornada do mestre. Vão os dois conversando ao jeito de Goethe com Eckermann. Múcio narra e apresenta as passagens vivas que desenham o homem e o pensador, o mais livre, perspicaz e irônico de quantos tivemos no trabalho literário do nosso tempo.

E que agudeza, delicado senso e objetividade na escolha de Múcio para dar ao mestre o grande relevo e a grande força do seu pensamento criador, na ordem pura das idéias! Não há um traço arbitrário, deduzido ou emprestado à personalidade de João Ribeiro. Todos trazem a autenticidade de sua própria palavra escrita, e o poder seletivo de Múcio para dar ao retrato as proporções e as cores genuínas é de tal categoria, como valor de criação, que aqui precisamente os dois se equiparam e se impõem ao mesmo apreço da crítica.

Às vezes, em páginas de rara magia de estilo, em que se ajuntam a simplicidade renaniana e a malícia de Anatole, Múcio põe o companheiro de jornada na postura de modelo para o pintor. Passa a ser um intérprete de sua fisionomia intelectual, e os riscos firmes e sutis, nobremente verdadeiros, constituem um maravilhoso legado do contemporâneo, restaurando o que os seus olhos viram e sentiram, em anos de convívio, e somente ele, e ninguém mais, estaria em condições de restaurar para a posteridade.

João Ribeiro e Múcio são agora inseparáveis, fundidos numa obra em que ambos ressaem com a mesma dignidade espiritual.

MESTRE JOÃO RIBEIRO (II)

Os fundos da Livraria Jacinto, na rua São José, eram muito escuros, ou pelo menos é assim que me lembro daquele lugar, passados mais de quarenta anos.

Meu velho e querido tio, professor Austregésilo, vendo os meus pendores para a filosofia e o ensino do português e do latim, disse-me: "Você precisa entrar em contato com o João Ribeiro. Vou dar-lhe uma carta de apresentação e estou certo de que ele vai recebê-lo muito bem".

Cheguei aqui ao Rio, em 1918, carregado de cartas de apresentação, assinadas por meu pai.

Trouxe-as para o almirante Alexandrino, para Clóvis Beviláqua, para o Seabra e algumas outras pessoas importantes. Ainda as tenho guardadas no meu arquivo. Por timidez, não entreguei nenhuma. Muito mais tarde, conheci aqueles amigos de meu pai e todos lamentaram que não os tivesse procurado. Então já eu era diretor de jornal e bacharel formado.

Mas a carta para o João Ribeiro ia dar-me oportunidade de conhecer um homem que eu muito admirava. Enchi-me de coragem e, certa tarde, fui procurá-lo. Não sei por que, fazia idéia de uma pessoa alta, magra, talvez com uma barbicha. João Ribeiro era baixote, a cabeça chata de bom nortista, o andar lento e desengonçado. Naquele dia não fizera a barba e a gravata preta pendia para um lado.

Observei tudo isso e, como naquele tempo tinha a mania de anotar em caderno os fatos do dia, pus por escrito as minhas impressões.

Tio Antônio Austregésilo dizia, na carta, que eu sabia latim e tinha vontade de dedicar-me ao magistério. Depois de ler, João Ribeiro, sem outro preâmbulo, começou a recitar os últimos hexâmetros do Livro 12 da *Eneida*, que contam o final do combate entre Enéas e Turno. Punha acento vivo nas lamentações covardes de Turno, pedindo misericórdia e um entono de cólera nas considerações do Troiano, quando vê os despojos do jovem Palante, morto pelo inimigo. Tomou um ar sublime, ao dizer o verso: "E escaparás aqui, assim enfeitado com os despojos dos meus? Palante, Palante, te mata com este golpe; ele vai vingar-se no teu sangue criminoso". E quase trágico: "Isto dizendo, com arrebatamento, enterra a espada no peito que se lhe oferece; então desfalecem com o frio da morte os membros de Turno e a sua alma foge para as sombras com um gemido". Fiquei surpreendido com aquela recepção, pois João Ribeiro nada dissera, antes, como seria natural.

Depois do recitativo em latim, levou-me para um canto e perguntou-me quais eram as minhas intenções. Disse-lhe tudo. Advertiu-me contra as canseiras do professorado e acrescentou que não dava nada, e o melhor era qualquer outra profissão. "Quantos anos tem?" Disse-lhe que 19 e contei-lhe que vinha de um seminário. Notei o lampejo de ironia com que recebeu a notícia e o sorriso um pouco puxado para o lado esquerdo.

Fiquei desconcertado, como se houvesse falado alguma coisa desagradável. João Ribeiro acrescentou: "Vou dar-lhe uma carta para o Mendes de Aguiar, que é mestre na coisa. Estou certo de que farão boa amizade e conversarão em latim, como ele gosta". E escreveu ali mesmo a carta. Falamos ainda de assuntos vários e ele indagou se eu era parente de um certo capitão Athayde que estava em Sergipe por ocasião de ser proclamada a República. Disse-lhe que era neto. E ele fez: "Ah, ah!", sem que eu entendesse o que significava.

Nunca entreguei a carta ao Mendes de Aguiar, a quem jamais encontrei. Está guardada comigo, como uma generosa lembrança de João Ribeiro.

Com o correr do tempo, ia vê-lo na Livraria Jacinto, a quem confiara os originais das *Histórias amargas*, com prefácio de Coelho Neto. O mestre lera um dos contos e achara bom. "Você anda muito metido com o Machado", disse-me. Confessei que sim e João Ribeiro aconselhou-me a não cair sob essa influência.

Escrevi artigos de crítica literária no *Correio da Manhã*, inclusive um estudo a respeito de Dante, no sexto centenário de sua morte, a pedido de Edmundo Bittencourt. João Ribeiro parece que não lia jornal, mas mostrou interesse e eu dei vários recortes. Disse que gostou.

De quando em quando, ia procurá-lo na Livraria e conversávamos longamente, sendo que ele com muita malícia fazia apreciações a respeito dos nomes mais ilustres da literatura. Tenho saudades imortais e morrerei com elas. João Ribeiro está no fundo do quadro da minha juventude, entretendo as grandes esperanças.

Tenho como uma felicidade e uma honra ter podido, como presidente da Academia Brasileira, mandar levantar-lhe o busto na praça, pública, comemorando o centenário do seu nascimento.

RUPTURA E TRADIÇÃO

Ronald de Carvalho, num encontro casual na avenida, comunicara-me a intenção de Graça Aranha. Compareceriam os modernistas do Rio a uma sessão da Academia Brasileira de Letras, na qual Graça faria um discurso sensacional rompendo com as tradições literárias da casa.

Notei que Ronald não se mostrava entusiasmado com a idéia, embora decidido a presenciar o acontecimento para que não o tomassem como desertor num momento decisivo da batalha, em que também se declarava empenhado.

Convidou-me para esse encontro, dizendo-me que, ao menos por simples curiosidade, valeria a pena ouvir a oração de Graça Aranha.

Disse-lhe que não iria, porque àquela hora deveria estar dando aulas no Curso Normal de Preparatórios, além de não sentir pessoalmente especial interesse pelo debate.

Relembramos a noite em que, na casa do próprio Ronald, Mário de Andrade leu para um pequeno grupo, de que fazíamos parte Manuel Bandeira, Sérgio Buarque de Holanda e eu, os poemas da *Paulicéia desvairada* e o que se seguiu quando, tendo já partido o grande poeta, em companhia dos demais, deixei-me ficar para um último comentário e escutei então Ronald pronunciar veementes esconjuros contra aquele gênero de poesia, fixando-se o seu desgosto num refrão que dizia "Para que cruzes?" e que Mário repetia, com a sua voz de agudos desagradáveis.

Rimos muito e a conversa enveredou por outros rumos, inclusive os da situação política, que era opressiva no momento, prevendo-se, como era comum naquele tempo, novos levantes militares.

Não dei maior atenção ao anunciado discurso de Graça Aranha na academia, mas no próprio dia desse acontecimento, 24 de junho de 1924, assim por volta de uma hora, passando à porta do Palace Hotel, vi o mestre e, como sempre acontecia, foi uma efusão de palavras amáveis, sendo que ele desejava muito atrair-me ao movimento modernista e, comunicando-me o que iria dizer logo mais à tarde, insistiu para que comparecesse, tendo eu alegado as mesmas razões que dera a Ronald e mais ainda, a de que não desejava contrariar meu tio Antônio Austregésilo e Coelho Neto, sobretudo este último, muito empenhado no combate aos modernistas.

"Pois você vai deixar de ver um acontecimento histórico", disse Graça, e eu percebi que era principalmente por esse lado que se manifestava o maior interesse do grande homem, nas palavras de ruptura que iria pronunciar, deixando a casa de que fora fundador em condições que haveriam de contrariar fundamente o velho Machado de Assis, que tanto fizera para incluí-lo na companhia e, sem dúvida, de lá do etéreo, onde já habitava, estaria tudo vendo, com olho severo e dura fisionomia de reprovação.

Os jornais deram de tudo o que se passou minuciosa notícia, salientando o lado de escândalo, e alguns diziam que foram cenas degradantes para o augusto cenáculo, enquanto outros empregavam na narrativa apenas o tom chistoso.

No entanto, havia algo que deveria ficar daquilo tudo, mormente pela alta qualidade dos escritores jovens que se envolveram no episódio ou que compunham em São Paulo e aqui o grande e memorável quadro da renovação literária do Brasil.

A Academia Brasileira, segura de si mesma, firme na alta categoria do papel que representa na cultura do país, nobremente isenta e certa de que a glória na arte se alcança por muitos e diversos caminhos, celebrará, em sessão solene, o ano quadragésimo daquela tarde, em que Graça Aranha e Coelho Neto sustentaram posições antagônicas, com espiritualidade e grandeza.

Foi mesmo um acontecimento histórico nas letras nacionais e caberá a Alceu Amoroso Lima, que carregou nos ombros em triunfo o "Velho Graça", como filialmente o chamávamos, recordar os fatos, as pessoas e os razoáveis motivos da revolução estética que tanto deve aos estímulos de sua crítica.

Os modernistas de mais renome, valor e prestígio ocupam hoje as respeitáveis e cobiçadas poltronas azuis e os que ainda nelas não se assentam, não tardará muito que venham continuar as tradições de liberalismo intelectual que marcam a herança dos primeiros 40.

Por força do cargo que exerço, convoquei a sessão comemorativa e irei presidi-la, em nome dos vivos e dos mortos que, todos juntos, formam o corpo místico e sagrado da Academia Brasileira.

CARTAS DE MÁRIO A MANU

Manuel Bandeira abriu para todos nós a mina que para si sozinho vinha guardando: as cartas que recebeu de Mário de Andrade, durante longo período de uma amizade tão estreita e fecunda que logo se é tentado a pensar em exemplos clássicos, como a de Goethe e Schiller.

Se examinarmos bem as coisas, não são de leitura menos proveitosa para a compreensão do modernismo do que as cartas trocadas entre aqueles dois grandes alemães para a interpretação psicológica de cada um deles e da obra que realizaram.

Manuel Bandeira conheceu Mário de Andrade numa noite do começo de 1922, na casa de Ronald de Carvalho, onde Mário leu os poemas da *Paulicéia desvairada* e *Cenas de crianças*. Eu estava presente e também Sérgio Buarque de Holanda, Osvaldo Orico e Oswald de Andrade. A festa espiritual acabou pela madrugada. Mário fez-me grande impressão, menos pelos versos lidos de que pela pujança de sua pessoa, ou seja, por um magnetismo que a sua palavra, embora emitida em tons algumas vezes aflautados, possuía e a tornava sedutora. Ali soldou-se a grande amizade entre os dois poetas que deveriam conduzir o modernismo à sua glória literária.

As cartas agora conhecidas mostram que, embora partidários e mestres da mesma filosofia estética, as afinidades entre Mário e Manuel não eram muitas nem profundas. Ligava-os, no entanto, a consciência do papel que ambos estavam desempenhando na renovação da literatura brasileira e isso explica o longo e proveitoso entretenimento epistolar que tiveram.

Gostaria muito de ver editadas também as cartas de Manuel a Mário, pois, como a meu ver o pernambucano tem mais sólida e avançada cultura do que o paulista, o rendimento intelectual de suas cartas deverá ser maior. Mas pode-se deduzir das respostas de Mário a alta qualidade dos problemas estéticos que os dois discutiam, pois que, através de uma linguagem propositadamente vulgar e que vai num crescendo de vulgaridade, Mário demonstra a elevação, a nobreza e a dignidade de sua inteligência aplicada à pesquisa de novas formas de expressão hoje triunfantes e consagradas.

O trabalho dos dois, feito um ao outro com toda a liberdade, revela que a correspondência não era apenas um passatempo entre amigos. Teve sempre sentido construtivo e esclarecedor, cada qual opinando sem constrangimento, sem a mínima preocupação de agradar.

Mário era sempre muito liberal e acolhedor para quaisquer ensaios ou tentativas, onde quer que se produzissem, parecendo-me que o seu principal interesse era ampliar as vagas renovadoras, esperando daí alguma colheita compensadora. Certas intransigências do grupo em face dos mais novos e mais atrevidos, como por exemplo o pessoal do Verde, feriam a sensibilidade de Mário e logo vinha o seu protesto, em nome do "instinto de justiça" e mais ainda "porque me parece tão fácil gozar e compreender a obra desses todos que todos têm valor".

Já pelo dezembro de 1932, tantas coisas extraordinárias ocorridas, encontro uma carta em que de novo se patenteia a amplitude do espírito de Mário, a sua ingênita tendência liberal. Fala dos sonetos parnasianos de Bandeira (não o são tanto) que o poeta pensava em eliminar da *Cinza das horas* e do *Carnaval* e nesse passo diz: "Está claro: o indivíduo, sendo poeta de verdade, escreve por qualquer estética e a poesia sempre interessa. É o caso de você".

No fim da caminhada pelas escolas, no tempo da serenidade, é a conclusão a que se chega. O que importa é ser poeta ou ter talento de escritor: o mais são tintas.

As cartas de Mário a Manu vieram enriquecer muito a literatura contemporânea do Brasil; fornecem à crítica elementos de muita humanidade e retratam tão bem os missivistas. Agora resta completá-las com as de Manuel Bandeira a Mário.

Saiu, recentemente, o segundo volume das *Obras completas* de Manuel: todo de prosa. Figuram nele muitas cartas a vários amigos e a prova do estilo deixou-me mais ansioso por ver a correspondência enviada do Rio a São Paulo. Avalio as suas grandezas e os toques da genialidade de Manu.

HOMENS NOTÁVEIS

Com esse título, o professor Maurício de Medeiros acaba de publicar um volume de estudos biográficos e críticos de várias personalidades do mundo literário.

Algumas delas, como Santos Dumont, Medeiros e Albuquerque, Graça Aranha e Celso Vieira, foram dos nossos dias. Com elas privei como amigo, especialmente Medeiros e Albuquerque e Graça Aranha.

Celso Vieira, embora haja sido meu confrade na academia, nunca teve comigo uma aproximação mais íntima e, quanto a Santos Dumont, encontrei-o algumas vezes, em companhia de Assis Chateaubriand, especialmente durante as experiências e demonstrações que fez de um aparelho mecânico para ajudar as ascensões de alpinismo.

Fazem parte do livro também estudos sobre Manuel Antônio de Almeida, Tobias Barreto, Camilo Castelo Branco e Silva Jardim.

O acadêmico Maurício de Medeiros é um dos escritores mais simples, claros e objetivos da atualidade brasileira. O hábito do jornalismo afinou-lhe o estilo límpido e explícito, próprio para exprimir idéias em ordem didática, deixando ver a inata vocação do magistério, evidente em seus artigos, conferências e ensaios, um psicólogo, acostumado a descobrir o lado obscuro ou oculto do procedimento humano, podendo penetrar, com a sua especialização no campo científico, mais fundo e além, no exame da vida e da obra dos autores que estudou.

O trabalho a respeito de Tobias e Camilo é especialmente curioso e elucidativo do valor da aplicação dos métodos da psiquiatria no processo da crítica literária. Vem daí, em grande parte, a originalidade desse volume, que é apenas mais um, e de alta categoria, num patrimônio intelectual e literário dos mais estimáveis e dignos de admiração.

Quero também referir-me à apreciação do romance de Manuel Antônio de Almeida, *Memórias de um sargento de milícias,* focalizado em seus aspectos de crônica e criação que lhe asseguram a perenidade de um lugar incontestável nos pródromos da literatura brasileira.

Mas o que particularmente me encantou no livro foram as páginas dedicadas a Medeiros e Albuquerque, a quem fui ligado por uma afeição que seria exagerado chamar filial, mas que, sem dúvida, teve muito do apreço que o discípulo deve a seu mestre.

A própria diferença de nossa idade e a importância de sua posição no jornalismo marcavam em nossas relações a atitude respeitosa, embora de crescente amizade, que nos levava a entreter longas conversações sobre os mais variados assuntos e problemas, durante as quais via como aquele grande homem sabia aceitar e discutir, como de igual para igual, as divergências e ponderações, ainda quando partidas de quem não possuísse a mínima autoridade para apresentá-las.

Era extremo o liberalismo do seu espírito e realmente magnânima a bonornia com que Medeiros e Albuquerque consentia em debater comigo, no tom da máxima cordialidade, assuntos em que dissentíamos, como por exemplo o valor da cultura e da influência dos Estados Unidos no mundo.

Medeiros era irmão bem mais velho do que Maurício, que desde muito menino saiu sob a influência intelectual do grande jornalista e escritor. Ele conta o que foi essa convivência e quanto concorreu para a sua formação.

A muitos respeitos os dois se parecem e completam, vindo logo, à simples observação da obra de ambos, a versatilidade, o empenho em investigar as idéias novas e a maneira cristalina e rigorosamente lógica com que sabem expor, discutir e dar clareza às proposições em debate.

Medeiros e Albuquerque era como um filtro. O que passava através do seu espírito adquiria logo diafaneidade. O mesmo há de dizer-se da dialética de Maurício. São os dois igualmente incompatíveis com a metafísica, sobretudo quando essa se anuncia em termos de obscuridade.

Lamento que não haja aqui espaço para algumas anotações mais largas à margem dos *Homens notáveis* que Maurício fixou em conferências, discursos e breves orações, que, no entanto, com alguns traços definitivos, passam a representar uma contribuição indispensável para melhor entendimento da vida e da obra que realizaram.

Há ali depoimentos pessoais inolvidáveis e juízos críticos que dão a medida da agudeza desse grande intérprete dos acontecimentos artísticos, políticos e sociais do seu tempo, e que ajunta ao seu talento de escritor a disciplina de um puro homem de ciência.

IVAN LINS E O POSITIVISMO

*E*xaminemos em primeiro lugar as qualificações do autor para realizar a obra. O acadêmico Ivan Lins marca o seu posto na literatura brasileira com uma série de trabalhos de pesquisa social e histórica através de grandes figuras que exerceram influência dominadora e até decisiva na evolução do pensamento filosófico do mundo ou, como no caso do padre Antônio Vieira, no desenvolvimento sociopolítico do Brasil.

O seu estudo da Idade Média não é a repetição de conceitos vulgarizados; contém apreciações originais, à luz de valores que foram objeto de uma apreciação individual que coloca o livro, na historiografia moderna, entre os mais lúcidos e penetrantes na interpretação desse longo período da vida da humanidade.

Em Descartes, Thomas Morus e Erasmo, três figuras que se relacionam intimamente com a ascensão do espírito, em sua incansável busca da verdade, o que de certo modo se completam, embora na aparência estejam situadas em planos diversos, Ivan Lins acentuou a autonomia de sua vocação crítica em face julgamentos clássicos do papel que aqueles grandes homens representaram em seu tempo.

Essa independência resulta da capacidade analítica do autor, sempre disposto a trilhar caminhos próprios, ajudado pela universalidade de sua cultura e ainda de uma formação liberal e isenta, a despeito das suas conhecidas convicções no campo específico da filosofia.

A *História do positivismo no Brasil*, que acaba de ser dada à publicidade, sob os auspícios da Sociedade de Estudos Históricos D. Pedro II, pela Companhia Editora Nacional, na série Brasiliana, será provavelmente a obra mestra de Ivan Lins, porque fruto não apenas do seu amadurecimento intelectual, como também de condições pessoais que lhe permitiram acesso a fontes e documentos, inclusive inéditos, que asseguram particular autenticidade ao livro.

A vasta influência que o positivismo exerceu no Brasil em todos os campos da atividade renovadora da cultura, apresentada sem o mínimo vislumbre de concepção sectária, chega a surpreender pela eminência das personalidades políticas e literárias que a sofreram e constitui um sinal de nossa participação ativa nas grandes correntes de idéias que deram tanta vivacidade e grandeza ao século XIX.

Os observadores superficiais do fenômeno confinavam a sua presença a pequenos círculos militares vinculados aos ensinamentos de Benjamin Constant e que tiveram, no entanto, uma categoria política inesperada, graças à projeção que lhes coube na disseminação do ideal republicano e no episódio da fundação do novo regime.

Pela leitura do livro de Ivan Lins, verifica-se que o positivismo alcançara maior profundidade e que os seus influxos foram mais amplos, embora difusos, sobre a inteligência brasileira, a partir das três últimas décadas do século passado.

Raros homens de valor, dos que vincaram a nossa vida cultural incipiente, nas letras e nas ciências, ficaram imunes não apenas à novidade do pensamento comteano como à força inspiradora que trazia para a renovação das formas gastas e consideradas anacrônicas do filosofismo metafísico.

Escritores e políticos que não foram jamais contados na plêiade positivista caíram em certa fase, pelo menos de maneira implícita, sob a sedução da doutrina de Comte.

História do positivismo no Brasil destina-se a ter larga e duradoura repercussão interna e externa, pelo seu conteúdo de fatos que interessam a uma compreensão melhor do que tem sido qualificado como um fenômeno exótico na formação cultural e na organização política do povo brasileiro.

Há no livro um lado de construção sociológica que, apesar de não intencional entre os objetivos do autor, não deixa de oferecer o máximo interesse aos estudiosos, o que lhe aumenta a substância e ajunta nova força.

Um exame crítico de *História do positivismo no Brasil* demandaria largo espaço, para corresponder à sua exata importância. Não foi esse o meu propósito nesta breve notícia do seu aparecimento, mas apenas anunciá-lo como um acontecimento notável e consagrador.

Se Ivan Lins não tivera tantos outros merecimentos e serviços às letras numa obra eminentemente construtiva e erudita, este livro bastaria à glória do seu nome.

RELIGIÃO: PRÓS E CONTRAS

A importância do assunto tratado na última obra do acadêmico professor Silva Mello deduz-se do imenso trabalho por ele realizado: dois volumes de cerca de mil páginas. Também pelo título *Religião: prós e contras* há de concluir-se que o autor não quis tomar partido, limitando-se a alinhar de um lado e de outro os argumentos que, a seu ver, mais importam na apreciação dos valores de toda ordem, consubstanciados no problema fundamental da vida humana: sua origem e seu fim.

A atitude dos que se recusam a examinar as grandes interrogações que perturbam os filósofos, os cientistas e foram objeto da revelação dos profetas, no curso dos séculos, nunca me pareceu razoável. São perguntas ligadas ao próprio exercício da consciência e da razão e as respostas alcançadas assinalam a marcha do espírito, em sua penosa ascensão em busca da verdade.

Basta considerar a alta categoria intelectual de alguns estudiosos que, ainda hoje, no século de tantas luzes, de tanto progresso científico e de tanta rebeldia em face do dogma, se ocupam dos problemas religiosos, para sentir a importância capital desses mesmos problemas.

O próprio livro de Silva Mello, com o vastíssimo acervo de erudição mobilizada, praticamente tudo quanto tem sido investigado pelo homem na física, na química, na biologia, nas questões relativas à origem e formação do universo, na evolução das espécies, na história dos sistemas filosóficos e no quadro das religiões, desde as mais primitivas, deixa perceber quanto o assunto é complexo e quanto exige de conhecimentos, meditação e serena agudeza, para que os juízos emitidos sejam sérios e dignos de exame.

Revela extrema pobreza espiritual atacar as crenças religiosas, de tanta transcedência na vida dos povos, com o falso ar de superioridade que se arrogam certas pessoas, incapazes de atingir a magnitude das questões que são objeto da fé.

O professor Silva Mello, com seu livro, mostra exatamente o contrário, ou seja, a necessidade de socorrer-se praticamente *de omni re scibili,* para a formulação de suas dúvidas, que são também as de tantos espíritos graves e por isso mesmo se tornam respeitáveis e merecem atenção e exame.

Relacionando os prós e os contras da religião, sente-se o aturdimento do grande mestre, embora logo se evidencie qual o caminho que escolheu e a ausência daquela sensibilidade que conduz naturalmente oshomens de tendência mística a aceitarem as verdades metafísicas que abrem e iluminam os grandes horizontes, para outros eternamente cerrados.

Não posso deixar de mencionar aqui a circunstância de que alguns dos maiores pensadores, filósofos e cientistas do nosso tempo, John Dewey, William James, Bergson e Einstein, para lembrar apenas os que chegaram à culminância, não afiançam as conclusões negativas do materialismo agnóstico.

Longe disso! Bergson, nos últimos anos de vida, aproxima-se do catolicismo e ter-se-ia convertido, não fora a perseguição movida aos judeus, o que muitos poderiam interpretar como uma fuga ao perigo.

E, quanto a Einstein, já mencionei aqui a relevante conversa que tivemos, em 1932, em Princeton, na qual, em resposta a uma ousada pergunta que lhe apresentei, disse-me que nada havia em sua obra científica que possa ser alegado como argumento para destruir as convicções religiosas de ninguém.

Creio que não é menos expressiva, nesse sentido, a posição de Benedetto Croce, outro dos grandes espíritos contemporâneos.

A cultura brasileira ganhou muito com o aparecimento do livro do professor Silva Mello, pela amplitude dos estudos que nele se acham condensados e ainda porque não é fruto de uma intenção sectária, e, no fundo, está animado por aquelas ansiedades enobrecedoras que ligam a inteligência à pesquisa milenar dos seus finítimos. Em tudo, por tudo, é preciso não perder jamais o sentido profundamente criador da revelação e tudo quanto nela transcende de moral, de justo e de belo.

Embora tantas vezes repetida, é ainda aquela sábia advertência do Hamlet que deve ser invocada, a de que entre o céu e a terra há mais verdade do que sonha a nossa vã filosofia. E a ciência, quanto mais se esforça para explicar todos os mistérios, mais aprofunda e alarga o campo do incognoscível.

A fé salva os abismos.

COELHO NETO

As comemorações do centenário do nascimento de Coelho Neto darão oportunidade a que o Brasil resgate uma dívida de honra com esse grande escritor e patriota, injustamente esquecido pelas gerações que não o conheceram, nem leram os seus livros e nada sabem do que ele fez pela grandeza cívica deste país.

A volubilidade natural do gosto literário e sobretudo o advento do modernismo relegaram ao esquecimento e até ao desprezo uma obra vastíssima, rica de imaginação e poesia e fundida numa linguagem dos mais elevados padrões do idioma.

Lembro-me do escândalo e da indignação de que fui tomado, em 1917, quando Coelho Neto passou em Fortaleza, a caminho do Maranhão, para pleitear sem êxito a sua volta à Câmara dos Deputados. Manuel Monteiro, jornalista que trabalhara na imprensa do Rio, escreveu um impiedoso artigo em que tentava reduzir à última expressão o imenso patrimônio intelectual e artístico do escritor.

Estreei como jornalista respondendo ao escriba desabusado. Procurei analisar *Inverno em flor, Rei negro, A conquista,* os contos, num pequeno ensaio que alcançou certa repercussão nas rodas de jornal e literatura, pois que era grande o número de admiradores de Neto.

Mandei-lhe o trabalho e, algumas semanas mais tarde, chegou-me uma carta de agradecimento, na qual vasava a amargura pela incompreensão de que começava a ser vítima e que outra coisa não era senão a marcha do tempo para a apreciação de novos e diferentes valores.

Pedia-me Coelho Neto que não deixasse de procurá-lo para uma conversa pessoal, se viesse ao Rio de Janeiro, o que aconteceu dois anos mais tarde, quando meu tio, professor Antônio Austregésilo, tendo lido os originais de um livro de contos, denominado *Histórias amargas,* com que eu tencionava apresentar-me, achou que valeria a pena pedir um prefácio ao seu amigo e colega da Academia Brasileira.

Relutei bastante, por timidez e acanhamento, sobretudo porque poderia parecer que eu estava procurando tirar partido do artigo que escrevera em sua defesa. Por insistência de meu tio, que já havia falado a Neto, tomei coragem e fui vê-lo, levando os originais, cuidadosamente passados à máquina.

A acolhida foi muito animadora, tendo o escritor dado ao menino que o visitava a principal poltrona de seu escritório. Mostrou-me livros e quadros, fez-me ver também os originais de um artigo a respeito de esportes, com a sua letra miúda, aprumada e redonda, e perguntou-me se eu praticava algum. Respondi-lhe que não, tencionando, porém, logo que fosse possível, dedicar-me ao boxe e à esgrima. Aprovou a esgrima por ser um nobre jogo, mas o boxe parecia-lhe brutal e um tanto incompatível com a carreira de escritor que eu desejava realizar.

Disse-lhe que pensava em devotar-me ao jornalismo profissional e Neto observou que a imprensa não dava para viver e seria necessário que eu desde logo cuidasse de uma função pública, o que me seria fácil com o apoio do meu tio, ou o amparo de algum político de prestígio.

Afirmei-lhe que não estimava a condição de burocrata e, com certa empáfia desafiadora, considerei que queria dar o exemplo de um jornalista vivendo exclusivamente do seu trabalho na imprensa. Neto respondeu-me que seria bonito, mas não seria prático e que eu logo haveria de mudar, o que não aconteceu.

Voltou-se a conversa para a literatura clássica, assunto em que estava plenamente em dia a minha memória, sobretudo no que se referia a escritores latinos e gregos, e isso agradou em cheio, tendo Neto declarado que a juventude de agora estava relaxando esses estudos fundamentais e imprescindíveis.

Eram mais de 11 da noite quando pedi licença para retirar-me.

"Dentro de quinze dias enviar-lhe-ei o prefácio. Entregarei ao Austregésilo na academia." Assim fez, com absoluta correção de palavra e pontualidade. Eram juízos muito gentis, em que o famoso mestre assegurava que os contos do rapazelho lembravam Machado de Assis, na proporção em que uma flor pode recordar a floresta.

Não lhes posso repetir qual foi a minha alegria e a gratidão de que me senti possuído ao ler aquele prefácio tão generosamente escrito para incentivar um jovem provinciano que, como milhares de outros, vinha, cheio de esperanças, tentar caminhos estreitos e íngremes.

Mais tarde, fui a saraus literários em casa de Neto e, em encontros de livraria, dispensava-me um apreço que me envaidecia. No fim de seus anos, sempre que nos víamos, Coelho Neto saudava-me com estas palavras: "Eu não lhe disse?!". Reclamando a realização da profecia que me fizera de que, se eu persistisse, poderia chegar aonde desejasse.

O Brasil deve reverenciá-lo, pelo muito que fez para dignificar a sua pátria, estando eu certo de que a sua obra literária contém elementos de vida artística realmente imperecíveis.

MAGALHÃES DE AZEREDO

Acabamos de dizer adeus ao último dos fundadores da Academia Brasileira, por sessenta e seis anos pertencente aos seus quadros.

Ali chegou na primeira hora, a chamado pessoal de Machado de Assis, consagrado assim ainda adolescente, como um escritor digno de figurar entre os maiores e mais ilustres do seu tempo.

Carlos Magalhães de Azeredo, pela eminência da idade e do prestígio literário, assumira desde muito o patriarcado intelectual da academia. Nele concentrava-se a súmula das melhores tradições da casa, e a sua palavra possuía a incontrastável autoridade de quem privou com os mestres fundadores, conhecendo-lhes o íntimo pensamento e o recôndito das intenções que os guiaram, no ato de criação da excelsa companhia.

A lenda de Patmos fala das romagens que ali realizavam os cristãos da Igreja Primitiva, para ver o evangelista que fora o mais jovem do cenáculo dos apóstolos, ouvira a palavra de Jesus e reclinara a fronte sobre o seu peito. Tocavam-lhe a cabeça encanecida e como que reviam em seus olhos as cenas augustas que não se cansava de narrar. Era, assim, o vivo testemunho do Senhor, em sua breve passagem terrena, e o privilégio de escutá-lo dava forças aos corações, reacendendo neles a chama da caridade cristã.

Carlos Magalhães de Azeredo era para a academia mais de que uma relíquia gloriosa do passado já remoto em que foram lançados os seus alicerces. Nele revíamos também o testemunho vivo. As suas narrações traziam à nossa presença, pelo poder da evocação, num desfile comovedor, cada um dos grandes obreiros, à frente dos quais Machado abriu o caminho para a consolidação do imperecível monumento.

No seu retiro de Roma, cada vez mais solitário, recebia-nos com a ternura e a solicitude de pai e era de vê-lo e ouvi-lo, retomando incessantemente ao passado, para recordar, como se estivesse sustentando o diálogo com os velhos companheiros, desaparecidos para nós, mas que nunca deixaram de estar em sua companhia – pelo milagre de sua memória incansável.

A distância no espaço nunca, em verdade, nos separou de Magalhães de Azeredo, pois ele participava sempre do nosso convívio espiritual, pelas contribuições da inteligência que, até o último momento, se conservou íntegra e fecunda; pelo vigilante amor que nos devotava e que todos, filialmente, lhe retribuíamos; pela altitude de oráculo a que subira, não apenas por haver sobrevivido longamente, mas também, e sobretudo, porque se afiançava num patrimônio literário de primeira grandeza e de influxo duradouro, através das gerações.

Na poesia, ninguém o excedeu em seu tempo, pela corajosa novidade do ritmo e da métrica, pelo gosto dos temas em que a erudição não forçava a inspirada simplicidade. É por haver sabido manter-se soberanamente fora das escolas então dominadoras e deixar perceber em certas ousadias do estilo e da linguagem que, afinal, nos aproximávamos da grande fase de emancipação e originalidade, de que não seria nada inseguro afirmar ter sido ele um dos precursores.

É que a poesia amanheceu no seu coração, pois aos 12 anos versejava como Ovídio e, ainda no colégio, compôs as *Inspirações da infância*, que Machado de Assis se dignou recomendar com um prefácio elogioso.

De 1898 a 1950 saem sucessivamente as *Procelárias, Horas sagradas, Odes e elegias, Vida e sonho, Sinfonia evangélica, Eva, Intermezzo* e encerra-se com *Verão e outono* a grande florada de sonho, beleza e amor de que a sua existência foi incomparavelmente fértil.

Não é menor nem menos rico o seu legado na prosa. Contos, crônicas, conferências, discursos, ensaios de crítica e história apareceram, num labor sem interregno, a que juntava o trabalho da diplomacia em que foi um dos mais notáveis e estimados servidores do Brasil.

É esse o grande homem que acabamos de perder, liame entre a primeira geração da Academia Brasileira e as que se seguiram e hoje guardam ali o idealismo dos seus grandes fundadores.

A DÉCIMA NOITE

O que mais e melhor impressiona no novo romance de Josué Montello, já exaltado em seus merecimentos literários pelos críticos de maior autoridade, é a sólida estrutura do enredo e o firme desenho psicológico das personagens. E não só desses como também do ambiente da cidade de São Luís do Maranhão, pois que também as ruas e praças da velha urbe têm a sua maneira de ser e estão vinculadas às pessoas, como fazendo parte de sua alma e entrosadas em seu destino.

O dr. Paiva, Alaíde, sua filha, ressaem nas linhas nítidas de sua alma no quadro do casarão que habitam, como se pertencessem de certo modo à sua arquitetura. Talvez, se fossem diferentes, não teriam jamais tolerado aquela moradia do Campo do Ourique. Buscariam vivendas noutro estilo, lugares de menos sombra e de menos sossego.

O que, pois, desde logo oferece a alta qualidade desse romance e lhe assegura o interesse das obras de arte destinadas a viverem muito é a realidade dos seres que dentro dele se movem, conduzidos pela fatalidade de estigmas que constituíram os elementos essenciais da tragédia grega, como forças cegas do destino e que os tempos e a ciência de hoje fizeram baixar a uma categoria de fenômenos de menor transcendência, marcando-lhes a origem em fixações que podem ser descobertas e destruídas pela psicanálise.

Não é, no entanto, um livro de tese, composto com a intenção de demonstrar na prática lições ou conceitos de Freud. Montello não apresenta Adelaide e Abelardo como vítimas. Toda a trama que os une e separa, na repulsa inconsciente mas invencível das primeiras noites do casamento, transcorre com a naturalidade dos fatos que nenhum dos dois considera especialmente estranhos. Não rebuscam dentro de si mesmos para encontrar explicações e criar torturas e antes aceitam tudo como se assim fosse a vida, e não pudesse ser de outra maneira.

É certo que Abelardo se inquieta com as recusas da esposa, mas não recrimina, não se impacienta, não se revolta. Os dois estavam identificados por muitas circunstâncias: a casa de azulejos, a professora Fleury e outras que deveriam levá-los ao casamento. Esses pontos de contato acabariam impondo-se à inibição cuja natureza lhes era desconhecida. Libertou-os a morte do dr. Paiva. Desaparecido o pai que exercia sobre a filha a influência secreta que lhe tornava o marido insuportável, Alaíde reencontra-se, ao mesmo passo que Abelardo supera a fixação materna, e como homem e mulher encetam a caminhada da existência normal de casados.

Tanto quanto na grande composição do romance, Montello dá a medida de sua virtuosidade de escritor de ficção nos pormenores, nas personagens aparentemente secundárias, mas que, na verdade, seriam como que indispensáveis no quadro para comunicar-lhe a cor e o volume, o sopro de intensa vida humana que nele perpassa. Madame Fleury, só não a conhece quem jamais encontrou uma francesa velha, guardando com a idade a mesma *coquetterie*, a garridice, a vaidade feminina dos grandes dias da juventude, da elegância e da beleza. Aquilo exatamente que distingue a francesa das outras mulheres do mundo. Montello pinta-a com mão de mestre. O mesmo diga-se do dr. Maia, do padre Rogério, do Emiliano Penha, e de tantos outros que surgem apenas numa pontinha, mas com a força de quem, num momento dado, arrebata para si próprio alta parcela do realismo do romance.

Este comentário é feito à margem da leitura e vem do alvoroço da impressão que nos deixa um grande livro, no qual um homem de província nordestina, como eu, revê a atmosfera material e humana da infância e da adolescência. Aqueles tipos todos existiram e eu mesmo os vi, noutras cidades é certo, mas com a mesma alma das figuras que Montello transpôs para *A décima noite*.

E agora seja-me permitido dizer que de suas páginas, nas reminiscências que um autor jamais deixa de trazer de outros, as sugestões que me apareceram vinham do Eça de *A ilustre casa de Ramires*, na minúcia descritiva, na fidelidade dos traços individuais e na pureza da linguagem, mais farta do que parcimoniosa ou recôndita.

Josué ofereceu à literatura brasileira um romance de fazer época, o qual irá, sem dúvida, dar testemunho do amadurecimento de nossas letras em outras línguas, tal a universalidade do seu conteúdo psicológico e a autenticidade da sua criação.

ESSA ESPÉCIE DE FELICIDADE...

Numa das palestras telefônicas que, quase diariamente, tenho com Josué Montello, ouvi dele o seguinte: "Estive hoje lendo o meu pedaço de Anatole France, pois ainda o freqüento com assiduidade". Tais palavras lançaram-me, como por arte de um golpe de catapulta, a um passado muito longínquo, quando eu também praticava o preceito latino do *nulla dies sine linea*, mas aqui a *linea* era uma página completa de M. Bergeret.

A minha geração, muito mais do que a de Montello, mergulhou-se naquela prosa adormecedora e o jovem do meu tempo que não praticava com o Abbé Coignard e desconhecia as suas opiniões não podia ter conversa em meios intelectuais. E quase todos assumíamos atitudes correspondentes àquelas opiniões: certo ar de superioridade e desinteresse pelas coisas consideradas mesquinhas da vida, e a isso chamávamos ironia e piedade.

Grande foi a minha decepção quando, certa tarde, encontrei Lima Barreto no Café São Paulo. O romancista, como de hábito, tinha a mente povoada pelos fantasmas com que gostava de conviver. Recebeu-me com a afetada indiferença do costume. Começamos a falar de literatura, ou a comentar fatos da área literária, livros novos ou artigos interessantes aparecidos nos jornais do dia.

Até que chegasse ao estado de loquacidade que tornava tão agradável a conversa, Lima Barreto atravessava um período de confusão, em que as palavras saíam pastosas, interrompidas, e as frases sem sentido. Deixava pender a cabeça minutos seguidos, quase sobre os joelhos, e, de quando em quando, a erguia para uma exclamação insultuosa dirigida a pessoas ou coisas que não estavam em causa. Era preciso ter paciência, ouvir sem réplica, esperar que o mecanismo do seu espírito engrenasse na continuidade de pensamentos e raciocínios, o que demorava algum tempo. Creio que o assunto surgiu na sua plenitude, quando falei de certo manifesto da *Clarté*, assinado por Anatole.

À menção do nome, Lima Barreto encrespou-se e, como se ali eu houvera proferido uma injúria enorme, impeliu-me com a mão insegura e aos berros: "Não me fale desse homem! É um falsário. É um castrado. Deus tirou-lhe a força de criação. Um simples fazedor de bonecos, falando parlapatices, tiradas dos filósofos da decadência grega. Admira-me que você, um menino, ainda com o cheiro dos cueiros, me venha aqui tomar esses ares de desalento e mentiroso cansaço do mundo. Esse Anatole deveria ser obrigado a beber cicuta pelo crime de perverter a juventude. Ele, sim, e não o pobre Sócrates que, afinal de contas, a gente nem sabe se falava as coisas que Platão e Xenofonte lhe atribuíram..." E, nesses termos, prosseguiu contra aquele que considerávamos, então, o Patriarca da Literatura Universal, em substituição a Tolstoi.

Não ousei responder a Lima Barreto, que não escutava argumentos e cortava logo a pretensão do interlocutor de contradizê-lo, usando de um vocabulário de pura inspiração rabelaisiana. A verdade é que recebi um sacolejão nas minhas convicções de admirador de Anatole. O primeiro, não porém definitivo.

Foi com a leitura de escritores ingleses, que passaram a ser de minha preferência, que fui pondo de lado o mestre que eu colocava no tope da sabedoria, depois naturalmente de Renan. Uma fase como tantas outras nas várias inclinações que solicitam o espírito inquieto, quando inicia as suas experiências no campo da estética, até que se afirme no caminho da sua vocação pessoal.

Assis Chateaubriand era também de muita convivência com Anatole e, quando apertamos a nossa colaboração de quarenta anos, ficávamos às vezes muitos momentos repetindo cenas e conceitos da vastíssima obra do mestre.

Longo esquecimento caiu sobre ela, depois de sua morte. Mas não faltava a seu culto a devoção de admiradores que, um dia, haviam sofrido o encantamento de seus venenos sutis, e a eles retornavam com saudade. E quero terminar esta crônica com uma reflexão do *Diálogo sobre o futuro*, quando o barão Tenar descrevia a existência despreocupada e feliz dos moços de Atenas, na época de maior e mais belo florescimento da sua civilização e, no fim, exclamava: *"Heureux le jeune homme qui rapelle de tels souvenirs"*.

Essa espécie de felicidade é também a nossa.

PEQUENO ANEDOTÁRIO DA ACADEMIA BRASILEIRA

Vivem 40 homens vitaliciamente unidos, como se fossem membros de uma família que eles próprios escolheram, com o seu voto livre.

São cultos e ilustres. A glória e a fama coroaram a obra realizada e alguns deles crescem na admiração e no amor das gerações, como a parte mais nobre do patrimônio da nacionalidade.

Tudo quanto disseram e fizeram interessa e conta como coisa preciosa.

Josué Montello, o mais jovem da companhia, tem a curiosidade dos pesquisadores e a paciência que se costuma atribuir aos monges de São Bento. É ao mesmo tempo um criador, notável no romance e no teatro e um admirável garimpeiro de arquivos esquecidos.

O seu livro anterior, *O presidente Machado de Assis*, mostrara o alto quilate do seu talento para redescobrir personalidades, completá-las com uma interpretação pessoal, séria e verossímil, iluminando aqui e ali recantos de vida que pareciam vazios e escuros.

Grande foi o serviço prestado à memória do principal fundador da Academia Brasileira, aquele que representa a mais forte argamassa do edifício e que empresta à estrutura a solidez intelectual e artística que lhe deu o prestígio, cada vez maior.

O *Pequeno anedotário* faz parte da história espiritual da casa. Através de pequenos contos, rápidos traços, palavras largadas ao acaso das conversas, observações porejando ironia e malícia, revides de esgrimistas flexíveis e sutis, os grandes homens transfiguram-se em realidades novas. Podemos conhecê-ios melhor, sem os formalismos e as convenções dos retratos colhidos nas poses estudadas.

A graça e a substância verídica, sobretudo, da espontaneidade da palavra e do ato. Isso é que caracteriza a anedota. O improviso e a subitaneidade, pois a marca autêntica são os lampejos que, num breve instante, dizem mais da psicologia do homem do que todo um longo discurso feito para a ocasião e sob medida.

Josué Montello não se limitou a copiar matéria encontrada. Reescreveu com seu estilo os ditos pitorescos e assim participou um pouco da espiritualidade e leveza dessa vasta produção de tão diversos temperamentos, refletindo-se nitidamente no vastíssimo espelho do *Pequeno anedotário*.

Ali está a face de cada qual, como foi verdadeiramente apanhada no flagrante memorável. Josué tem um jeito particularmente seu de dar ao caso a finura do gosto literário. Isso faz que o livro, com as suas 349 páginas, possa figurar perfeitamente como contribuição sua para maior esplendor da cultura brasileira.

Muitas das anedotas eram conhecidas pelos que freqüentaram a numerosa bibliografia que serviu de fonte a Josué. Aqui, porém, como que parecem novas, tal o requinte da apresentação, o tato do espírito seletivo e a sensibilidade com que salienta, nos pequenos quadros, as cores que acentuam, mais expressivamente, a beleza ou os filtros venenosos.

Não é, pois, um simples trabalho de almanaque, feito com a tesoura e a cola. Nem mesmo de antologia, que proíbe a participação pessoal do organizador da matéria compilada. Sente-se a presença do alto espírito que fez a rebusca e, respeitando a substância da matéria elaborada, conseguiu dispô-la de maneira a acrescentar-lhe o encanto e o valor interpretativo.

Josué meteu-se por uma densa mata. Por enquanto está apanhando flores; passará mais tarde às essências preciosas, que não faltam no curso das gerações que se sucedem na casa augusta.

Essa é a imortalidade prometida. Não apenas a que vem da perdurabilidade da obra escrita, mas a que fica no culto da família, no amor e no respeito dos que recebem a maravilhosa herança espiritual.

Do *Pequeno anedotário,* os deuses pares da academia saem vivos e purificados, pelo crivo criterioso e lúcido de Josué Montello.

A BELEZA NÃO CESSA

Vi duas vezes lágrimas molharem as faces de Adelmar Tavares, na pura emoção da poesia.

A primeira, quando lhe contei que, viajando a cavalo, muito menino ainda, pelo interior do Ceará, tarde da noite, escutei, saindo da mata, de algum casebre escondido, uma voz que cantava "Ó noite, o plenilúnio como um sonho" e o pedido apaixonado: "Acorda, abre a janela Estela!". Todo o Brasil conheceu e sentiu esses versos e os violões os acompanharam em serenatas ao luar.

Algumas gerações amaram e sofreram com a poesia de Adelmar Tavares e a essa glória de afinar com as multidões não foi insensível o próprio gênio altaneiro de Goethe.

De outra feita, no salão de Ângela Vargas, a grande *diseuse* do tempo, Nair Werneck Dickens, recitou o soneto "Francisco, meu pai", em que Adelmar descreve a morte e o sepultamento do seu pai.

O velho de cabelos brancos saía todas as manhãs para cavar a terra que lhe dava o pão. Mas, um dia, o menino viu uns homens rudes abrindo uma cova de sete palmos e a gente ao redor, clamando: "Francisco, adeus!". E esta chave realmente comovedora: "Meu pai desceu de branco; ia dormindo. Fechou-se a terra e não vi mais meu pai".

E foi tão vivo o quadro que de novo se fez presente aos olhos do poeta, que eles se encheram de lágrimas e tão comunicativas que todos quantos ali nos achávamos choramos também um pouco, vencidos pelo piedoso lirismo daquela evocação enternecedora.

A beleza da poesia de Adelmar Tavares concentrava-se nessa espécie de força jaculatória com que a trova penetra o coração do povo, cujo genuíno sentimento é a sua fonte inspiradora. Há uma amorosa ternura em toda a sua obra. A ternura dos lavradores dos velhos engenhos pernambucanos e dos violeiros que perambulam pelos sertões, como os menestréis da antigüidade.

O maior título literário de Adelmar era, assim, a sua indubitável autenticidade. Jamais pensou em vôos a enormes alturas, também a profundidade obscura não era grata à sua poesia.

No discurso de adeus que pronunciei, ao deixar o enterro o portão da Academia Brasileira, lembrei o elogio de Catulo da Paixão Cearense a Adelmar.

Catulo não era pródigo em fazer referências amáveis aos outros poetas. Nem mesmo os maiores, como Shakespeare, Camões, Milton, Dante ou Goethe, pareciam-lhe merecedores de uma adjetivação mais generosa.

Mas, uma noite, na residência do saudoso Luís Carlos, foram recitadas trovas e poemas de Adelmar, com muita unção, pelas suas admiradoras e por ele próprio. Então Catulo, que ouvia tudo a meu lado, não se conteve e, aproximando-se do meu ouvido, disse, quase sussurrando e rápido, antes de arrepender-se: "Esse Adelmar é um poeta que eu respeito!". E era o máximo que o cantor popular poderia dizer de outro concorrente.

O poeta que o Brasil acaba de perder era homem de extrema bondade e amava piamente os seus amigos.

Conheci-o no próprio ano de minha chegada ao Rio, em 1918, e logo nasceu entre nós uma perene amizade, que agora transfiro em sentida reverência à sua memória.

Adelmar foi também professor de direito e juiz, e conciliava as duas atividades do espírito, a do poeta lírico e a do jurista, por uma forma que o fazia exemplar em ambas.

Era severo nos julgamentos; rigoroso, sem deixar nunca de ser humano na aplicação da lei. Não deixou jamais que o sentimentalismo que se adivinhava num trovador de sua categoria perturbasse a serena consideração da justiça.

Apesar de ligeira dificuldade na palavra, era um orador que encantava os seus pares na Academia Brasileira de Letras, nas raras vezes em que intervinha em nossos trabalhos. Sobretudo quando recordava companheiros mais antigos, pois, tendo sido eleito em 1926, já era o segundo na imortalidade acadêmica, sendo o primeiro o embaixador Magalhães de Azeredo, que vive em Roma e vem do tempo da fundação.

Era assim Adelmar uma testemunha da vida da amável companhia, ainda na fase final da primeira geração de fundadores e da que se seguiu imediatamente.

Já agora se encontram no mausoléu da academia, no São João Batista, cinco companheiros dos que estiveram mais próximos do meu coração: Austregésilo, Luís Edmundo, João Neves da Fontoura, Adelmar Tavares e Rui Ribeiro Couto. Mais 13 passaram ao reino invisível, desde que, por tanta bondade, ingressei na casa de Machado de Assis.

Chegam, contemplam, demoram uns mais, outros menos; a glória toca-lhes de leve o espírito e partem em busca das misteriosas revelações.

Os que ficam guardam a tradição das augustas presenças, narram as suas virtudes e esperam docemente, por sua vez, que a lei inevitável se cumpra.

Enquanto isso, os verões e as primaveras se sucedem e a terra não pára de cobrir-se de flores e de frutos. A beleza não desaparece.

INICIAÇÃO À VIDA ACADÊMICA

16 de agosto de 1951 – Chego à academia, pela primeira vez depois de eleito e sinto-me intimidado. Na quinta-feira passada, por 22 votos, reunidos no primeiro escrutínio, conquistei a "imortalidade". Dezessete futuros companheiros haviam manifestado preferência pelos meus três competidores e grande era o meu temor de que alguns deles revelassem ressentimento pela derrota sofrida e não me recebessem cordialmente.

A campanha deixou alguma amargura no meu coração. Velhos amigos, carregados de compromissos através dos anos, tendo mesmo assumido a responsabilidade de estimular-me à apresentação da sonhada candidatura, com uma insistência que não podia deixar-me dúvidas sobre a sua fidelidade, chegada a hora, fingiram-se de mortos ou ficaram frios e enigmáticos.

Tive a recompensa da calorosa adesão de outros que jamais me haviam falado no assunto e desde a primeira chamada foram afirmativos e peremptórios.

Os cálculos seguros que é de uso fazer, contando com a palavra dada nas visitas de protocolo, garantiam-me 26 sufrágios na primeira votação. Quatro faltaram e atormentava-me a idéia de identificar os faltosos.

Ia encontrar a todos no famoso salão de chá e estava indeciso sobre a maneira de dirigir-me aos novos confrades de forma a não deixar perceber a qualquer deles outro sentimento que não fosse a satisfação e a honra de começar a pertencer à ilustre companhia.

Cesário cumprimentou-me à portaria, dando-me o tratamento de "excelência" e informando-me de que meu tio, professor Austregésilo, já havia subido.

Encaminho-me ao pequeno elevador, a cuja entrada Ataulfo de Paiva, que me avistara, levanta os braços para envolver-me, dizendo: "Que vitória, meu amigo, que vitória!". Fico um tanto confuso e digo-lhe que fora ele o comandante da peleja, embora a verdade fosse que até o derradeiro momento me pregou na indecisão da sua escolha.

Os seus conselhos eram sempre: "É preciso cautela. Não fale nada. Feche os olhos, os ouvidos e a boca e verá que no fim dará tudo certo". Agora exultava. O querido Ataulfo esperara que o presidente Getúlio Vargas liberasse o seu voto. Era de sua habitual prudência não se comprometer, enquanto houvesse possibilidade de um empenho capaz de levá-lo a mudar de opinião. Getúlio resolvera abster-se, para que não dissessem que, sendo eu adversário político, servira-se da causa, para hostilizar-me.

Em torno à mesa de chá assentavam-se muitos dos melhores amigos eleitores de certeza certa e festejaram o novo companheiro com muitas palavras de alegria. Mas o inesperado aconteceu: vieram de coração aberto e sorriso confiante, dobrados em ternura, três dos mais acirrados em fechar-me a porta da academia.

À frente, o saudoso Olegário Mariano, que foi logo me comunicando que comparecera apenas para abraçar-me e provar-me que a refrega acadêmica nada tem que ver com a boa amizade. "Meu nego", disse-me, "eu seria o campeão de tua candidatura noutra vaga. Nesta eu tinha meus compromissos."

Assim falaram os outros, deixando-me à vontade, na segurança de que nada ficara da pequena luta e todos estaríamos ali como se a minha entrada tivesse alcançado a unanimidade das opções. O consolo foi que todos os que recusaram sufragar-me fizeram-me saber que o teriam feito no escrutínio seguinte e dentre os que falharam à promessa, jamais identificados, recebi os mais quentes testemunhos de apreço e camaradagem.

A academia é uma família em que se entra, às vezes, por um casamento que não é do gosto, mas, celebrada a cerimônia, ninguém mais se lembra de fazer oposição, antes procura pelo carinho apagar a recordação desagradável. Unimo-nos para sempre e a idéia da indissolubilidade do laço contribui para que se busque, por todos os meios, amenizar o convívio.

Ao iniciar a sessão, Aloísio de Castro, que era o presidente e não se contara entre os meus eleitores, foi inigualável de sensibilidade e delicadeza, na ligeira saudação de estilo, contando como me conhecera logo no ano de minha chegada ao Rio, com apenas 18 de idade, e pressentira que eu haveria de fazer carreira nas letras.

A unanimidade das palmas revigorou-me na convicção de que o episódio eleitoral, com os seus minúsculos contratempos, decepções e infundadas suspeitas, fica realmente liquidado, quando na pira se queimam as cédulas depositadas na urna e surge o novo companheiro sagrado para a imortalidade.

Ao encerrar-se a sessão, em que me conservara silencioso, como manda o regimento, aumentara a minha amizade e o respeito pela gloriosa instituição tornara-se mais sólido. A iniciação acadêmica fizera-se sob o signo do esquecimento e da amabilidade.

HISTÓRIA DA LIBERDADE
NO BRASIL

Viriato Corrêa escreveu um livro para contar às crianças a longa história da liberdade no Brasil. Desde Amadeu Bueno da Ribeira, que recusou pôr na cabeça a coroa de rei, quando o povo sublevado o exigia em Piratininga, até a conquista das prerrogativas republicanas, lutamos bravamente, com muitos heróis e muitos mártires, pela independência espiritual e política deste santo país.

Viriato Corrêa é um mestre na arte da narrativa para pequenos e grandes. A sua linguagem e seu estilo são leitos por onde escorre a água muito clara de idéias colocadas ao alcance de todas as inteligências.

Não é dos que sabem escrever apenas para crianças; os seus livros agradam também aos adultos, mesmo quando se ocupam de histórias e fantasias propositadamente escritas para meninos.

Essa *História da liberdade no Brasil* deveria ser lida por todos: espécie de livro de cabeceira, particularmente para os políticos que, tantas vezes, esquecem a índole do povo e pensam em oprimi-lo.

É impressionante como despertou cedo, nesta terra, o sentido da nacionalidade, caracterizada pela união dos brasileiros, em todo o âmbito do território. Houve logo uma solidariedade nativa que teve nas guerras holandesas um momento histórico de grande importânca para o destino do Brasil.

Não sei a razão por que Viriato Corrêa não incluiu em sua *História* os duros anos de luta dos pernambucanos contra o domínio bátavo. Nunca a liberdade inspirou tanto os brasileiros de todas as raças e condições como na resistência tremenda que opuseram aos mercenários da Companhia das Índias que invadiram o Brasil e aqui pretenderam implantar uma fé religiosa diversa da nossa e outra gente que não era a das nossas origens.

Os heróis dos Guararapes figuram entre os mais ferozes batalhadores da nossa liberdade e com o seu sangue, o seu destemor, a varonil disposição para o sacrifício, deixaram-nos um legado de amor à liberdade que não foi excedido por nenhum outro.

Creio que as guerras holandesas, sozinhas, encheriam um volume em que se pesasse em consagrar a vocação de nossa pátria para a defesa da sua unidade, dentro de uma independência espiritual que não encontra similar nos fastos de outros povos.

Nos Guararapes, não guerreamos pelas cores portuguesas; a guerra contra o holandês não vinha de nenhum sentimento de lusitanidade, embora não nos tivesse faltado o apoio de Portugal para a reconquista de uma parte de sua colônia.

Há outros fatores, ligados exclusivamente ao Brasil, a levar pretos, brancos, índios, cafuzos, mulatos, mameluco e toda a amálgama da raça que começava a florescer a essa impetuosa reunião de valores que acabou impondo a sua vontade, na epopéia dos Guararapes.

Viriato acaba de prestar à juventude um grande e nobre serviço. Sabemos como os moços de agora andam esquecidos da significação da liberdade; como costumam colocar acima dos seus sentimentos de homens livres interesses materialistas, deprimentes para a própria condição humana, como se só contasse o lado do estômago e pelo estômago se devesse fazer o sacrifício das prerrogativas do espírito, dos direitos fundamentais que nos distinguem da pura animalidade.

Pondo diante dos olhos dos meninos das escolas os grandes exemplos dos heróis e dos mártires que batalharam e morreram para que os brasileiros do futuro pudessem glorificar-se com a independência e a soberania de sua pátria, Viriato ministra-lhes uma lição imperecível, que eles devem aprender com orgulho.

Entre todos aqueles mártires e aqueles heróis, quero salientar com ternura os da Inconfidência Mineira, feita de idealismo, de confiança e, por que não dizer, também de boa-fé e ingenuidade.

Tiradentes, com os seus excessos de entusiasmo, com o lirismo de suas atitudes quase infantis, é bem um símbolo que devemos trazer no coração. E os poetas e desembargadores que o acompanharam, ou que foram os teóricos a criar em seu espírito as ansiedades que o conduziram afinal ao cadafalso, merecem igualmente a reverência e a gratidão dos homens de hoje e dos de amanhã, pois que a flama que encheu de calor a sua alma faz parte da própria índole do povo brasileiro.

Viriato Corrêa soube falar tão bem da liberdade, porque ele próprio tem sido um lidador assíduo e intimorato dessa esplêndida seara de criação e beleza que é a literatura.

Só o homem livre é capaz de fecundar, produzindo com a semente do espírito alguma coisa que dure para sempre.

GUSTAVO BARROSO

*N*aquele cair da tarde, quando já acabava o crepúsculo e começavam a refrescar as brisas, ali na longa praia que leva à ponta do Mucuripe, apareceu de repente um cavaleiro. Ajustado em seu culote e no alazão, ia pirilipando e o casco do animal levantava a areia e fazia uma nuvem que o encobriu como se fosse uma aparição. "É João do Norte!", exclamou um dos companheiros e a voz correu como um frêmito em toda aquela pobre comunidade de adolescentes que se preparava para o sacerdócio.

Foi assim que vi Gustavo Barroso pela primeira vez. Ele havia publicado no ano anterior *Terra de sol* e, tendo apenas 25 anos, já ocupava um lugar de importância no governo. Jovem e belo, o triunfo rápido e fácil parecia ser a atmosfera da sua vida.

Creio que foi numa quarta-feira de junho de 1914, quando os seminaristas da Prainha iam tomar um pouco de ar fresco na beira do mar.

Aos nossos olhos quase infantis, João do Norte, de quem tanto se falava, era como uma divindade que nascia. Dormi, no leito de lona do seminário, pensando na visão daquela tarde e quem sabe se com inveja do garbo e da glória que tão cedo se encarnavam naquele esplêndido triunfador.

Mais tarde, *Praias e várzeas* foi uma confirmação do bom estilo e do gosto literário do cearense que iria continuar a tradição da sua terra nas letras do Brasil, e depois *Heróis e bandidos*, publicado quando eu estava ainda na província, mas já fora do seminário, deu-me a grande medida do escritor regionalista, do senso que possuía do gênio do seu povo, e da natureza agreste e semibárbara em que porfiava para sobreviver.

Fui-lhe apresentado aqui no Rio, em 1918, quando me iniciava na imprensa, ali naquela esquina de *O País*, onde, todas as tardes, Gustavo se postava para receber os olhares admirados das mulheres e a saudação dos seus confrades. A sua estatura e sua corpulência, o apuro no trajar, certa insolência que aparentava para os que não o conheciam marcavam a sua personalidade. Era o que havia de mais contrastante com o consagrado tipo nordestino.

Fizemos logo amizade que mais de quarenta anos consolidaram na estima que sempre lhe consagrei, apesar de, algumas vezes, estarmos em posições ideológicas muito diversas e da agressividade com que ele expunha e defendia as suas idéias políticas.

Salvava-se nele a sinceridade com que se batia e, sobretudo, a fidelidade com que jamais abandonou as suas convicções, apesar da evolução dos tempos e das derrotas sofridas. Nunca o ouvi desmentir-se e sempre que lhe parecia oportuno confessava que não mudara de posição e aguardava que, no fim, os tempos confirmassem a bondade de suas doutrinas.

Foi um grande amoroso do Ceará, do Nordeste, do Brasil. Ninguém estudou os nossos costumes e tradições folclóricas com tanta proficiência e ternura. Pode-se dizer que nesse terreno sabia tudo e bastava provocá-lo para desabrir-se numa torrente de informações e comentários que talvez nenhum outro brasileiro da atualidade pudesse dar a fazer, com tanta graça e abundância.

Conhecia como ninguém os segredos da história do Brasil, os fatos miúdos que explicam os grandes acontecimentos, as figuras secundárias que desempenharam, no entanto, o papel principal na sua marcha. Os leitores de *O Cruzeiro* acompanharam-no, anos a fio, na página com a qual nos punha em íntimo contato com homens e coisas que formam o lado curioso e desconhecido da vida brasileira. Era um apaixonado dos nossos heróis e em tudo quanto escrevia o lado patriótico e construtivo jamais era esquecido.

A justiça das guerras que fomos obrigados a travar, o quilate superior dos nossos chefes militares e dos grandes estadistas do Império, os segredos dos gabinetes e das alcovas com os quais buscava explicar fatos, atitudes e gestos foram suas grandes preocupações de escritor, assim como no Museu Histórico que criou e dirigiu, por tantos anos, procurava preservar tudo quanto falasse das grandezas do nosso passado.

Agora que o perdemos, estamos vendo quanto era grande o lugar que ocupava no seu tempo. O jovem cavaleiro que vi irromper na praia, faz quase meio século, cumpriu um destino memorável. Tem direito a que a posteridade guarde e venere o seu grande nome.

UM TRECHO DE TEMPESTADE

Graça Aranha convidou para um almoço na Brahma e os outros convivas eram Ronald de Carvalho e Villa-Lobos. Nesse tempo, começava a efervescência do modernismo e Graça estava à frente do movimento de renovação aqui no Rio. Causou-me estranheza a presença de Villa-Lobos, pois nada conhecia de suas composições e apenas vira-o, algumas vezes, como executante numa orquestra de teatro.

Foi, no entanto, quem mais falou e de uma forma que me pareceu extravagante, uma vez que lhe faltavam os meios de expressão das idéias literárias e estéticas que estávamos discutindo. Sentia-se, no entanto, em suas palavras e ideais uma vibração sedutora, algo de extraordinária energia que buscava os seus caminhos e que estava longe ainda de amadurecer para manifestar-se. Enquanto Graça e Ronald, homens de alta cultura, apoiavam-se em razões artísticas e sociais para defenderem a necessidade de uma mais profunda e mais viva identificação da arte brasileira com a alma nacional, Villa-Lobos usava raciocínios de certo cunho imediatista para explicar o que chamava "a minha música" e já dava notícias de um trabalho torrencial, inclusive no campo da valorização dos temas folclóricos, alguns dos quais expôs, com extrema espontaneidade e graça, assobiando, cantarolando e marcando o ritmo no palheta, como o fazem habitualmente os compositores de samba.

Em certo momento, disse que era necessário conhecer a música dos índios e estilizar os seus instrumentos bárbaros. Propunha-se a realizar longa e perigosa viagem por todo o Brasil, inclusive nas florestas de Mato Grosso e do Amazonas, e, com uma vastíssima colheita de material, fazer uma síntese que fosse como um retrato musical da terra.

Ronald falava de Debussy, de Stravinsky e Wagner e de como, na Europa e nos Estados Unidos, havia enormes assistências para concertos em grandes ambientes abertos e Villa-Lobos sonhava com formidáveis massas corais para comemorar o centenário da Independência.

Nenhum dos três deu muita atenção às minhas observações, que eram todas limitadas a uma reduzida experiência de organista, quase que exclusiva no campo da música religiosa. Villa-Lobos admitiu Bach, mas não se interessou por certas teorias que, então, eram do meu gosto e com as quais pretendia ligar as fugas aos métodos da dialética. Tudo, evidentemente, demasiado confuso, sobretudo para o maestro, que não estendera o seu interesse a nenhum problema específico de filosofia.

Findo o almoço, saí em companhia de Ronald e foi ele quem me explicou quem era Villa-Lobos, e pela primeira vez ouvi que estávamos, possivelmente, diante de um gênio. Mas foi muito mais tarde, com a divulgação dos discos, que comecei a sentir a presença das originalidades do Villa, e, embora jamais tivesse conseguido, como executante, colocar-me à altura de uma penetração adequada de qualquer de suas composições, confesso que me vi subjugado pelo poder de orquestração nele dominante e através do qual criava contatos diretos com forças desencadeadoras da natureza americana. Não havia propriamente transcrição em sua música, mas uma espécie de apresentação natural de uma vida primitiva que se vai polindo e ganhando dignidade e nobreza.

No dia de sua morte, quando já se movimentava o cortejo do Ministério da Educação, num tributo floral que jamais vira antes para um artista, estávamos Carlos Drummond de Andrade, Di Cavalcanti e eu, e os três vimos juntos passar inerte aquele trecho de tempestade que colheu, em admiração e espanto, um pouco de nossa vida. Reconhecemos então que, dos criadores de beleza, o músico é o que morre menos e o que atinge mais ampla e duradoura universalidade. É o que traduz melhor o senso divino do mundo.

TEMA À MARGEM DE MENOTTI

Agora com as comemorações da publicação de *Juca Mulato*, o grande poema de Menotti del Picchia, os cronistas relembraram que a publicação do livro foi feita à custa do poeta, numa pequena tipografia do interior. Nascimento humilde de uma obra destinada a ficar para sempre com a literatura brasileira.

Menotti cresceu tanto depois! Mas a verdade é que no *Juca Mulato* estava a semente de sua história e que por ele será celebrado e querido por todas as gerações que amarem as coisas do espírito e prezarem a beleza.

Terá havido outro pórtico mais largo para o modernismo? Menotti foi um dos líderes desse movimento de renovação e de profundo sentimento brasileiro. Ele, Cassiano e Mário de Andrade, cada qual à sua maneira e com o seu temperamento, abriram os roteiros. O combate pela sua vastidão admitiu muitos capitães e é quase impossível dizer qual tenha sido o maior, embora hoje já se percebam quais foram as influências pessoais mais duradouras. Menotti figura, com toda a certeza, entre elas.

Tem havido certa tendência entre os historiadores e críticos do modernismo para diminuir a ação e até a presença de Graça Aranha e de Ronald de Carvalho. Creio que é injusto. Acompanhei os dois na grande fase de preparação e adestramento para a luta. Ambos procuraram atrair-me para as suas fileiras. Sucedeu, porém, que me faltaram forças para desfazer-me da grande carga de estudos clássicos com que entrara na vida literária.

Estive entre os poucos que, na casa de Ronald, no largo dos Leões, ouviram a primeira leitura de *Paulicéia desvairada*. Manuel Bandeira estava no pequeno grupo. Terminada a reunião, o autor de *Luz gloriosa* confessou-me que achara extravagante o livro que seria o grande grito da revolta, insatisfação e insubmissa vontade.

Conversei com Graça Aranha a respeito e ele achou que era necessária essa espécie de escandaloso extremismo. Agiria como as catapultas para abalar os sólidos paredões da velha tradição. "Uns irão na cabeça da procissão, atacando as girândolas, outros no meio, a maioria na cauda. O essencial é que todos marchem para a frente." Foi o comentário do mestre.

Mas, como ia dizendo, Menotti del Picchia teve que pagar do seu bolso a pequena edição do *Juca Mulato* e naqueles tempos heróicos muitos escritores assim começavam a sua penosa carreira. Agora isso é quase impossível, por causa dos preços. Qualquer volumezinho, por mais magro, exige muito dinheiro e os principiantes não têm recursos. Não têm conta os livros de estréia que não saem a lume, porque as editoras não querem correr o risco financeiro da publicação e os rapazes não dispõem de meios para pagar.

Sempre pensei na organização de uma espécie de cooperativa para editar as obras dos que começam e tantas vezes desanimam, apenas porque não vêem como lançar os livros em letra de forma.

Quando levei os originais de *Histórias amargas* ao livreiro Jacinto, em 1919, ele me disse que publicaria o livro com o prefácio de Coelho Netto, apenas por ser eu sobrinho do professor Austregésilo e ainda porque João Ribeiro lhe dissera que valia a pena. No entanto, já eu havia posto de parte uns 500 mil-réis para pagar a edição, mas tudo deu em nada porque o Jacinto mandou, não sei por que cargas-d'água, o livro para ser impresso em Lisboa e lá tudo se perdeu e só me restou o prefácio do Neto, que é, aliás, muito lisonjeiro e fala em afinidades com Machado de Assis.

O prefácio nesses termos valeu-me uma descompostura verbal de Lima Barreto, que me declarou, no Café São Paulo, que só um cretino chapado poderia pedir uma apresentação de Coelho Neto e mais ainda ser discípulo de Machado. "De hoje em diante não fale mais comigo", ordenou. Mas como eu tinha de pagar as despesas, aí por uns três mil-réis, voltamos às boas e saímos juntos, rumo à Central do Brasil, passando pelo largo de São Francisco.

E naquele tempo a vida era boa, o amor estimulante e os ideais sorriam. Sobretudo ainda havia possibilidade de um jovem ter esperanças no triunfo literário, contando com o minguado dinheiro do seu trabalho e a proteção dos píncaros luminosos.

O MUNDO ALENCARIANO

A publicação pela Editora Aguilar da obra completa de José de Alencar contribuirá, acredito, para que os meios intelectuais do Brasil atentem na grande posição do romancista cearense, que é culminante na literatura nacional.

Não é que jamais o tenham negado. A crítica reconhece a sua importância; não obstante existiu, e creio que ainda existe, certa tendência a colocá-lo num plano que não corresponde ao exato valor de sua obra. E isso vem do fato de pretendermos estabelecer comparações de todos os romancistas das várias escolas no Brasil com o maior deles, que é Machado de Assis. Em lugar de aferir os merecimentos, tendo em vista o tempo e o meio, as idéias e correntes estéticas que neles predominavam, procura-se criar nexos comparativos, em virtude dos quais Machado fica sozinho, numa categoria ímpar, e todos os demais, antes e depois, são relacionados como simples ravinas a compor o estuário amazônico. No entanto, coube a José de Alencar o primeiro esforço considerável para a proclamação da independência literária, já conquistada na vida política. E não quero fixar, como testemunho dessa intenção revolucionária, apenas a natureza dos temas escolhidos, no quadro variado da formação étnica e social. Não consiste a revolução da independência empreendida por José de Alencar em ter tomado, aqui e ali, os motivos específicos das regiões brasileiras, ou em ter caracterizado fases históricas, ou criado tipos mais representativos das raças, da sociedade, do sentimento do povo. Nesse particular, pode dizer-se que a literatura brasileira apareceu sob o signo dessa independência que ouso chamar temática sem, contudo, ter tido forças para traduzi-la em termos de genuína expressão de linguagem e estética.

Nada mais natural, pois os escritores do tempo da colônia não dispunham dos elementos psicossociais nem das diferenciações de ordem lingüística que a evolução ofereceu a José de Alencar, na segunda metade do século passado.

Não sei se já se aprofundou o estudo crítico de Alencar, no sentido de estabelecer o vulto e a natureza de sua contribuição, como fonte de valorização das formas brasileiras da língua portuguesa, dos modismos e criações autênticas que marcam o processo que deveria conduzir à autonomia de hoje.

Sob esse aspecto, atrevo-me a dizer que Machado de Assis foi uma reação travadora. Fazendo prosa, tal frei Luís de Sousa, como observou Rui em seu elogio fúnebre, restaurou padrões antigos que começavam a ser afastados nas preocupações dos escritores brasileiros. Voltou a um purismo vocabular, sintático e semântico que, de certo modo, interrompeu a revolução libertária de que Alencar foi um precursor.

Mas o que me importa falar, a propósito dos três volumes dos romances alencarianos editados pela Aguilar e que acabo de reler, é na complexidade da obra, realizada em tão curto espaço de tempo, por um homem nervoso, de precária saúde e altamente sensível que sofreu, mais do que nenhum outro escritor do seu tempo, as duras contradições e dolorosas inferioridades da vida brasileira.

A sociedade em seus vários estágios, de índio aos habitantes das grandes cidades, revive em encantadores romances e novelas, alguns tão atuais que não parecem ter sido escritos há quase um século; outros esplendidamente situados em seu meio, pelo realismo psicológico das figuras; quase todos compostos com extraordinária lealdade de escritor para consigo mesmo, sem a mínima eiva de comercialismo, improvisação ou embuste.

As notas preliminares que acompanham os volumes, da pena dos mais reputados críticos e estudiosos de ontem e de agora, exaltam a glória de Alencar e atestam a solidez dos seus alicerces.

É preciso que as novas gerações o leiam e estimem, na justa medida de suas portentosas qualidades. Há um mundo alencariano, só em parte penetrado, à espera da crítica louvada nos novos métodos de investigação e pesquisa que apenas começam a ser aplicados aqui, especialmente em proveito de Machado de Assis.

JORGE, O FEITICEIRO

*P*ois fiquem sabendo que estive em pessoa no velório de Quincas Berro D'água. No primeiro e no segundo, depois de ocorrida a sua verdadeira morte. Talvez não esteja sendo exato, ao falar de uma verdadeira morte, dando com isso a idéia de que houve uma falsa. Por todas as investigações que fizemos, Jorge Amado, ao escrever a grande crônica, e eu, comparecendo aos atos fúnebres, pode-se atestar, na fé de grau de médico, o óbito de Quincas, com a singularidade de se ter verificado duas vezes.

Não pretendam que houve ação milagrosa, algo como um indivíduo ressurrecto, nem que o segundo grupo de amigos de Quincas tenha armado uma farsa, levando-o já morto ao saveiro, onde, a seu gosto, isto é, ao gosto do defunto, deu-se o segundo falecimento. Eu poderia citar não um nem dois, mas milhares de casos de mortes sucessivas do mesmo indivíduo. As histórias sertanejas estão cheias e também as religiosas.

Haverá espíritos incrédulos a comentar que eu não poderia ter presenciado o velório da primeira morte, na sórdida habitação de Quincas, uma vez que o próprio autor declara que existe em tudo, muito emaranhado, contradições e lacunas, inclusive porque os depoimentos não coincidem nem são todos dignos de fé. A isso respondo que aqui está o grande mérito do livro *Os velhos marinheiros*, em que Jorge se coloca acima e além de si mesmo em todas as virtudes de escritor, que já nos pareciam inexcedíveis. Levar o leitor absorto a confundir-se no meio dos acontecimentos, a ponto de integrar-se neles e acreditar que os presenciou, jurando pela sua veracidade, eis o portento que muito poucos realizam.

Aliás, todo esse problema psicológico é explicado na novela seguinte, à qual eu ia pespegando o velho e gasto adjetivo saborosa, se junto ao sabor não houvesse mais sumo e com o sumo não viessem também esplêndidas lições de psicologia individual e coletiva. O processo pelo qual o comandante Vasco Moscoso de Aragão investiu-se na personalidade de um velho lobo-do-mar, com todo o mundo de viagens, episódios, amores, aventuras mil que ocorrem na existência de um marujo de consagrada estirpe romanesca, foi o mesmo que me conduziu à convicção de haver assistido, em primeiro lugar, ao velório de Quincas, tendo até mesmo ajudado a metê-lo no caixão de qualidade acima das suas conhecidas condições de vagabundo e inveterado bebedor de cachaça.

Cada qual constrói lentamente a própria personalidade e interpreta à sua maneira os elementos que lhe dão impulso e estrutura. Saber se, afinal, o que pensamos de nós mesmos e o que contamos aos outros de nossa vida corresponde aos fatos parece-me algo ocioso, uma vez que, como ninguém ignora, a história maior, ou seja, a dos povos, na qual tanta fé depositamos, não é menos ilusória em suas causas profundas do que as invenções do artista, e aos santos e heróis costumamos atribuir uma parte não pequena da fertilidade de nossas próprias imaginações. E como sucedeu a Vasco Moscoso de Aragão, na bem conduzida viagem do seu ita, inclusive quando o amarrou a tantas amarras no porto, os acontecimentos encarregam-se de confirmar, com sua versatilidade e natureza inesperada, o que a princípio não passava de invencionice e auto-sugestão.

A mestria de Jorge está em que, em tudo e por tudo, nas duas maravilhosas histórias de *Os velhos marinheiros*, desvencilhou-se de quaisquer compromissos e revelou-se numa arte mais pura, se assim é possível dizer, no sentido de ser mais autenticamente expressiva do seu livre poder de criação. Tipos, coisas, estados de alma, verdadeiras pinturas a meter inveja aos homens do pincel, numa tonalidade de terna poesia onde tudo é complacência, maciez e compreensão, e a piedade perpassa como asas de colibri no azul do céu, eis o que é esse livro, no qual também a ironia, tão leve como o ar das tardes baianas, dá ao mundo irreal o seu toque de graça.

Dentro de *Os velhos marinheiros* dá-se o fenômeno da levitação na câmara dos astronautas, isto é, passamos da ausência de peso para a subordinação da força da gravidade, sem o sentir, como se isso fosse parte da natureza cotidiana do mundo. O que quer dizer sair da realidade e reentrar nela, tudo na atmosfera da beleza e do sonho. Ah, Jorge feiticeiro!

A ALMA DO TEMPO

No seu livro de memórias, especialmente referidas à formação e à mocidade, Afonso Arinos não seguiu o método clássico de cronologia da vida. Começa tudo em 1959, tendo as datas relativa importância, uma vez que apenas marcam as evocações que o escritor vai buscar o mais longe possível, com a idéia de mostrar como pessoas e fatos contribuíram para a sua mais larga e mais bela compreensão do mundo.

O memorialista tem diante de si alguns escolhos a que deve fugir, sob pena de se tornar tedioso e pouco atraente para o leitor que procura a sua obra com a intenção de penetrar melhor a psicologia do autor e do tempo que ele viveu.

O título do livro indica que Afonso Arinos quis, em primeiro lugar, definir a alma dos dias de sua juventude e procurou, nesse sentido, ser leal e autêntico. Evitou assim a primeira grande dificuldade do gênero: interpretar com os dados da experiência do adulto acontecimentos cujos contornos e significado foram bem diversos para o espírito do adolescente ou do jovem. Algo que Rousseau não conseguiu em muitas passagens de suas *Confissões*.

A todos nós sucede, ao rever os fatos de anos atrás, reconsiderá-los a uma luz que só apareceu muito posteriormente e é grande a nossa surpresa ao sentir que nos faltaram elementos para a avaliação justa e proporcional dos seus efeitos no curso de nossa existência. Vemos, então, como teria sido fácil ao adulto experimentado conduzir de maneira diferente e com muito maior êxito o que, na ocasião, se lhe afigurou sem outra saída ou interpretação. Daí saíram muitos memorialistas na tentação de substituir a criança ou o jovem pelo homem feito, emprestando àquele reflexões que não lhe poderiam ocorrer sem lhe tirar a genuidade e louçania do coração.

A arte de conservá-las em sua pureza, eis o que me parece a grande qualidade que distingue o livro de Afonso Arinos. Por mais de 400 páginas, assistimos a um desfile autêntico de coisas, pessoas e sucessos que nos foram ou são familiares, pois é pequena a nossa diferença de idade, em favor de Arinos, e tivemos muitos amigos comuns e, de modo geral, as suas lembranças do campo mais amplo da vida pública são também as minhas. Posso, pois, confirmá-las em sua veracidade.

Tendo convivido, desde muito pequeno, em rodas políticas e literárias do melhor quilate, Arinos pôde acompanhar de mais perto a evolução brasileira dos últimos cinqüenta anos e quando lhe faltassem observações pessoais poderia recolhê-las do pai, dos tios e dos irmãos mais velhos, o que concorre para que as suas memórias sejam também, de certo modo, as do clã a que pertence e é um dos mais famosos, ilustres e queridos do Brasil.

Além da fidelidade às condições psicológicas da criança ou do adolescente, no momento em que recebeu os influxos que mais tarde transmite, o memorialista freqüentemente sucumbe ao desejo de colocar-se no centro da vida, como fonte geradora de ações e procedimentos de que foi simples espectador. É natural e até inevitável que isso suceda, visto que o que verdadeiramente importa na formação do homem é o que fez e a repercussão do que fez no mundo circunjacente. Ligamos, desse modo, com facilidade à cadeia dos fatos de maior envergadura no âmbito social as nossas pequenas contribuições individuais e não raramente nos acreditamos ter sido o centro principal da irradiação de fenômenos políticos ou artísticos, nos quais tivemos ingerência apenas como parte, numa orquestração em que nos coube o papel de figurante secundário.

Afonso Arinos guarda a esse respeito o ceticismo daquela personagem de Stendhal que, tendo tomado parte na batalha de Waterloo, sem entender bem as manobras desenvolvidas e os seus resultados desastrosos para Napoleão, não cessava de perguntar a si próprio se verdadeiramente havia estado no campo de combate, quando o via descrito por outros generais e soldados.

A massa de informações e comentários de *A alma do tempo* é enorme e de suma importância, tudo no estilo fluente, agradável, da narrativa típica do grande escritor e artista que é Afonso Arinos. O livro completa, em muitos trechos, *Um estadista da República*, em certos aspectos mais íntimos e por algumas revelações e episódios que nele se enquadram com maior propriedade.

Está destinado a viver longamente na literatura brasileira, ao lado de obras do mesmo gênero, inclusive *Minha formação* de Nabuco, com quem Arinos deixa sempre transparecer não pequenas afinidades intelectuais.

CORAÇÃO

Quando o acadêmico Magalhães Júnior pediu ao plenário da academia um voto de reverência à memória de Eduardo de Amicis, na comemoração do cinqüentenário de sua morte, fechei os olhos e vi meu pai aproximar-se de mim para entregar-me o *Coração*, dizendo: "Leia este livro. É dos mais belos da literatura universal".

Eu andava pelos dez anos e revelara, desde cedo, gosto constante pelos livros.

Não quero fazer aqui o elogio de *Coração* seria fastidioso repetir o que todos já sabem. Contudo, para relembrar apenas aos que o esqueceram, devo dizer que nenhum outro livro exerceu maior influência no espírito da mocidade, no começo deste século.

Traduzido em todas as línguas, encheu de emoção crianças e adultos com as suas pequenas histórias escolares, as quais relidas, ainda agora, nos levam às doces expansões das lágrimas de saudade.

Naqueles tempos, a vida da escola era assim mesmo, pontilhada de episódios tão semelhantes aos que De Amicis narra com tanta singeleza e poder de penetração nas almas.

Enquanto Magalhães falava, na austera presença dos seus pares acadêmicos, a recordação do "Tamborzinho sardo" dominava o meu espírito. De lê-lo tantas vezes, quase que o sabia de cor: "No primeiro dia da batalha de Custeza, a 24 de julho de 1848, cerca de 60 soldados de um regimento de infantaria...". Era assim que começava e com que surpresa verifiquei que as próprias palavras estavam tão vivas e podia dizê-las ali, tantos anos depois!

"O capitão perguntou ao rapazinho: Tens coragem? Os olhos do rapaz lampejaram. 'Tenho, meu capitão', respondeu".

E depois a cena final, quando o velho soldado toma o tamborzinho nos braços e diz: – "Eu sou apenas um capitão e tu és um herói".

Tem faltado à juventude moderna, a essas pobres crianças que o desamparo dos pais e dos mestres transvia e que não têm culpa de nada, sendo antes vítimas da desgraça de não ter quem as conduza, o incentivo de leituras que lhes infundam no coração virgem o valor dos grandes exemplos.

As historietas em quadrinhos exaltam o destemor e a força física e descuram os estímulos duradouros que vêm da consciência do dever cumprido.

Compreendo que no mundo perigoso em que nos debatemos seja indispensável dar aos homens a couraça da valentia e do desassombro, desacompanhados de certas considerações que se relacionam com os ideais de justiça e bondade que eram imperativos na educação das gerações mais antigas.

É preciso arremeter com brutalidade, pensando encontrar no êxito a justificativa dos atos mais comprometedores, praticados para consegui-lo.

Sendo essas as bases da preparação para a vida, no tumulto das competições mais rudes, não surpreende que as boas inspirações do sentimento sejam paulatinamente suprimidas, na literatura destinada à formação espiritual da juventude.

Obras como as de Samuel Smiles carecem até de sentido e dificilmente poderiam suscitar interesse maior no espírito dos moços chamados a cumprir as missões que as lutas cantemporâneas impõem.

Perguntei, outro dia, a um livreiro se *Coração* era ainda procurado pelos pais. Afirmou que quase nunca.

Não há, em nossos dias, ambiente para a glorificação dos gestos desinteressados, da abnegação e do espírito de sacrifício. São outros os lemas dominantes.

Contudo, *Coração* resistirá como um monumento de bronze.

Fez muito bem Magalhães Júnior recordando na academia, entre homens que foram leitores comovidos de De Amicis, quanto lhe devem, pelo manancial de ternuras de seu grande livro.

O DISCO DOS MEUS SONHOS

*E*stou convencido de que Rachel de Queiroz viu mesmo claramente visto o lume vivo. Ela não o afirmaria, se ali naquela sua formosa fazenda das vizinhanças do Quixadá não tivesse passado, logo à boquinha da noite, quando cede o rápido crepúsculo das vizinhanças do equador, aquele objeto luminoso que, cautelosamente, se absteve de qualificar como disco voador, esputinique, satélite artificial, dizendo apenas que é algo que voa sem identificação nas distâncias do céu.

Agora não tenho mais nenhuma dúvida de que corpos estranhos invadiram mesmo as proximidades da Terra, lançados pelo homem, ou vindos Deus sabe de onde. Antes não acreditava em disco voador. Houve pessoas das minhas melhores relações que viram, inclusive minha cunhada, a poetisa Laura Margarida, que, certa tarde, contemplava o firmamento, em sua fazenda do Marzagão, quando correu no horizonte, quase tocando os pontos mais altos da serra, uma bola de fogo. Pensei comigo que se tratava de mera visão de poetisa, sabendo-se que as pessoas dotadas do misterioso poder da poesia são capazes de perceber coisas e fenômenos que, de ordinário, não estão ao alcance dos sentidos do povo comum.

As fotografias que apareceram, longe de dissipar as minhas descrenças, na transcendente matéria, eram tão bem arranjadinhas que produziam, no meu espírito, efeito contrário, isto é, quanto mais as contemplava, mais me convencia de que, de fato, os discos voadores não existiam.

Pode ser simples teimosia da minha parte, mas igualmente continuo pensando que saci e fantasmas, e em geral lobisomens e almas de outro mundo, não existem, apesar dos roncos noturnos de uma porca que, quando eu era menino, assustava as crianças da redondeza, e eu ouvi muitas vezes, na cidade de Granja. Quanto ao saci, as minhas dúvidas ficaram muito abaladas, quando o Eloi, meu antigo empregado na ilha, contou-me que um desses traquinas, que habitam as florestas, tinha entrado em sua casa e roubado todo o açúcar que ele guardava numa lata. Um filho tinha visto a única perna do capiroto, quando ele, apanhado quase em flagrante, se pôs às de vila-diogo, com toda a pressa, internando-se no mato próximo.

Outro caso ainda mais espantoso, em relação às atividades do saci que mora naquela região, foi o do Antônio Santos, cuja mulher, santa senhora de idade mais do que provecta e incapaz de dizer uma coisa por outra, contou que o pequeno endemoniado investiu bêbedo pela sua casa e, sem a mínima provocação de sua parte, aplicou-lhe uma surra de que guardava as marcas, em toda a zona posterior do corpo. São depoimentos que de boa-fé não podem ser recusados, tal a idoneidade das pessoas.

Não falarei da aparição da Dama da Noite, na ilha de Marabá, porque não vale a pena remexer mais nessa velha história. O certo é que, sendo noite de crescente, aí pelas sete horas, que hoje dizem 19, vi o vulto de uma mulher muito jovem e bonita, toda de branco vestida que até parecia uma santa, descer em passo lento, com grande susto para o meu pobre coração. Sumiu para os lados do mar, pois que sumir é próprio de semelhantes aparições. Depois nunca mais, embora em ocasiões solitárias bem desejasse que voltasse, ó sombra consoladora que entreténs tantos vôos da imaginação!

Poderia citar muitas outras notícias de assombrações, ruídos, vozes soturnas, se a minha intenção não fosse somente trazer aqui inteira solidariedade a Rachel de Queiroz, na visão que teve e de que nos deu abundante e irrecusável testemunho. Depois que, em 1910, vi uma parte oriental do céu tomada por uma luz intensa que os padres do seminário disseram ser o cometa Halley, fiquei certo de que por essa abóbada correm, além de planetas e estrelas, muitas outras coisas com as quais não sonha a nossa vã filosofia.

Olhe, meu amigo ou amiga, cada um de nós guarda na cabeça o seu fantasma particular, com o qual se entretém nas horas de ócio, ou no qual busca repouso e concentra as suas esperanças. Basta ter algum senso poético para materializar o invisível.

Agora sei que há discos voadores, incansavelmente andejos nas paragens do céu. Arrependo-me das minhas loucas atitudes de dúvida e espero que, um dia, chegue um deles e diga-me: "Aqui estou! Sou o disco dos teus sonhos!".

UMA BRAVATA DE MOSQUETEIRO

Lembro-me muito bem do dia em que chegou a São Paulo, pouco depois de iniciada a revolução constitucionalista, o tribuno João Neves da Fontoura, cuja palavra, em ardorosa pregação cívica, preparara o povo brasileiro para o movimento armado de 1930.

Foi um esplendor de entusiasmo da multidão diante do herói que, burlando a vigilância da ditadura, voara do Rio a São Paulo, num pequeno teco-teco, e o primeiro discurso de João Neves fez crescerem as esperanças de próxima vitória para as armas que pleiteavam a volta da lei ao Brasil.

Um dos dons da sua oratória era, precisamente, o de comunicar aos ouvintes a certeza de que a causa pela qual se empenhava era invencível. A sua voz poderosa possuía um ritmo longo; mesmo sem ajuda dos microfones, alcançava enormes distâncias nas praças públicas apinhadas de povo.

Não era balofo nas afirmativas, nem procurava as frases de efeito grandioso; antes servia-se do puro raciocínio para conduzir lentamente as multidões ao grau de intensidade emocional que desejava obter, para incutir nela as suas idéias políticas.

Durante os três meses da luta nas frentes paulistas, quando as defecções já deixavam entrever o resultado negativo daquele tremendo esforço de civismo, João Neves percorreu o Estado inteiro, cidade por cidade, falando por toda parte, até em ínfimos lugarejos, profundamente magoado com o procedimento do governo do Rio Grande do Sul, que, não tendo vindo para o nosso lado, como prometera, ainda enviara soldados gaúchos para combater-nos, completando pelo sul o cerco de São Paulo.

Tamanha era a fé de João Neves nos sentimentos constitucionalistas dos gaúchos, tal a convicção de que não podiam faltar jamais à sua vocação histórica de luta pela liberdade, que insistia sempre em prometer aos seus auditórios que, de um momento para outro, o Rio Grande estaria de pé e em armas, com a mesma unanimidade com que São Paulo se erguera, para cumprir, com o seu sangue, as grandes promessas da Revolução de 30.

Nesses instantes de exaltação da lealdade do Rio Grande, aquele homem pequenino, fisicamente tão frágil, crescia como um gigante e as vibrações da sua alma desferiam notas de estranho vigor, e os que o escutavam sofriam todos o magnetismo daquela esperança. Era como se estivéssemos ouvindo o tropel da cavalaria gaúcha, irrompendo pelas retaguardas dos exércitos ditatoriais que assediavam o grande Estado, para desbaratá-las, trazendo aos paulistas a solidariedade do povo rio-grandense, para restabelecermos fraternalmente o reino da Constituição.

Nas conversas privadas comigo, aquele fogo de convicção ia amainando com o passar do tempo. João Neves sentia que os elementos dispersos e inseguros que haviam tomado a causa constitucionalista em correrias pelos pampas, embora tivessem grande autoridade moral, como era o caso do velho Borges de Medeiros, careciam de elementos de força para exprimir uma ajuda ponderável para o êxito da guerra que estávamos sustentando.

Grande foi a sua amargura, quando afinal verificou que o Rio Grande, que pensava e queria como nós, fora reduzido à impotência e os gestos que praticava no sentido dos ideais constitucionalistas tinham apenas sentido simbólico. Nessa ocasião de desalento, pareceu-me que João Neves pensara num desenlace heróico para a sua comparticipação na luta.

Fomos fazer uma visita à famosa frente do Túnel, onde se defrontavam paulistas e forças federais acantonadas em Minas. Ao chegarmos à entrada da passagem subterrânea, obstruída por um comboio desmantelado, vimos que de um morro fronteiro, creio que se chamava dos Cristais, um grupo de metralhadoras pesadas fazia fogo incessante sobre o local onde nos achávamos. Um caminho à margem da montanha conduzia a uma plataforma donde seria possível descortinar do outro lado as posições inimigas.

De súbito, vejo João Neves tomar ousadamente pelo caminho, desafiando as balas, num gesto que pareceu de pura e necessária temeridade. Debaixo, amigos e companheiros gritavam-lhe que voltasse. João prosseguia com impavidez e logo vejo que se adianta Georgino Avelino, que estava conosco, exclamando: "Se esse gaúcho vai, eu também vou!".

Eu viera com os dois e senti-me obrigado a segui-los naquela bravata imprudente. Deus sabe quanto tive de reunir de coragem para não ficar mal com aqueles companheiros atrevidos. Foi como se tão poucos minutos houvessem durado um século.

Paramos no alto, alvejados, mas incólumes. João, vendo a beleza do panorama, na tarde de inverno, algumas névoas esgarçadas subindo os picos distantes, contemplou silencioso. E depois, sem dizer palavra, como se tudo aquilo não merecesse comentário, começou a descer, sem a mínima cautela de defesa. Georgino mantinha a mesma fibra desafiadora. Fiz o que pude para manter a hombridade, naquela arrancada sem propósito.

Já embaixo, fora de perigo, retomei o fôlego. Os meus dois companheiros ouviam as recriminações dos militares por aquela exibição de valentia inconseqüente. "Os senhores poderiam ter morrido!".

JORNALISMO DO IMPÉRIO

*U*m grande jornalista moderno vê outro do tempo do Segundo Reinado, num estudo biográfico em que se concentram, de maneira lapidar, não apenas os acontecimentos históricos daquela época como também muitos conceitos interpretativos de sumo valor para a compreensão do desenvolvimento político do Brasil e do papel que nele exerceu a imprensa.

O acadêmico Elmano Cardim faz parte de uma geração que deu ao jornalismo, depois da consolidação da República, na primeira metade deste século, o lustre e a importância que não lhe podem ser negados. Durante muitos anos, como diretor do *Jornal do Commercio,* acompanhou a vida nacional, imprimiu-lhe diretrizes, apontou caminhos, influiu nas decisões políticas e administrativas de maior relevo, no cumprimento de um pontificado que nós outros, um pouco mais jovens, aceitamos sempre, em sua legítima autenticidade.

As suas *Várias* tinham o peso da sensatez, da oportunidade, do patriotismo e do brilho, além de refletirem a experiência de uma longa vida profissional, invariavelmente devotada ao bem público e ao exame sério e desinteressado dos problemas brasileiros e dos homens de cuja competência e sabedoria dependiam as suas melhores soluções.

Como é também um escritor, de prosa fluida e cristalina, o seu imenso trabalho jornalístico faz parte considerável do nosso patrimônio literário. Não lhe faltam e antes sobram os títulos para escrever a biografia de outro jornalista de excepcionais virtudes que o Império nos legou.

Refiro-me a Justiniano José da Rocha, cuja vida nos é relatada por Elmano Cardim, em volume em boa hora editado na *Brasiliana*.

O Segundo Império decorreu, na sua primeira fase, com a relativa tranqüilidade imposta pela necessidade de reorganizar o país, consolidar as bases de sua unidade política dentro da monarquia constitucional.

As penas destruidoras, impetuosas e verrineiras do Primeiro Reinado não tinham mais objeto. Evaristo da Veiga dera ao jornalismo um novo estilo de sobriedade, consentâneo com a evolução política que começara a operar-se na Regência.

Passou a fazer-se em moldes britânicos, lavrando-se de preferência no campo dos debates impessoais, com uma elevação da linguagem que não encontrava modelos na geração anterior.

Justiniano, através das vicissitudes econômicas que nunca deixaram de afligir a imprensa e que até provam a rigidez da têmpera e o poder de resistência dos seus servidores, fundando novos jornais e vendo-os morrerem à míngua de recursos, desajudado daqueles mesmos a quem servia, com incrível fidelidade, manteve durante muitos anos o nível de uma categoria de jornalista que é capaz de sofrer cotejo com os melhores do fim do Império e do começo da República.

Há desde logo a fixar a sua extraordinária coerência, firme invariavelmente com o Partido Conservador, apesar das ingratidões de que foi vítima, deixando assim um nobre exemplo de constância dos ideais políticos, nem sempre entendido com justiça pelos contemporâneos.

Cardim reabilitou a valia moral de Justiniano, de quem Rio Branco disse ter sido o primeiro dos jornalistas brasileiros do seu tempo, e a quem os adversários malsinavam, apresentando dele uma imagem distorcida pela injustiça sugerida no ímpeto de suas paixões.

Com a mesma devoção de Justiniano ao conservadorismo do Império, posso relembrar aqui a figura de meu bisavô, Antônio Vicente do Nascimento Feitosa, tão talentoso e fiel ao Partido Liberal, nas lides jornalísticas em Pernambuco, quanto o foi o grande jornalista da corte. E de quem Nabuco deixou lisonjeiro elogio, assegurando que teria sido o maior jornalista do Império, se não tivesse preferido manter-se no âmbito da província de que era filho.

Justiniano possuía a cultura, a serenidade, o sentido da apreensão rápida do fenômeno social e político, a capacidade de sacrificar-se que distinguem o homem de imprensa, dotado do poder profético e suscitado como os juízes bíblicos para conduzir o seu povo.

Tudo isso ressalta, limpidamente, no livro de Elmano Cardim, no qual se encontram tantas sentenças decisivas a respeito da arte e ciência do jornalismo de que é mestre, assim como da política brasileira de que tem sido, durante mais de cinqüenta anos, um dos observadores mais argutos e verazes.

PAULO APÓSTOLO

O papa João XXIII, recebendo um grupo de jornalistas, fez o elogio da imprensa moderna, quando se mantém dentro de suas altas e dignificantes tarefas. Não houve em nenhum outro tempo e em nenhuma outra civilização, no curso da História, qualquer outra força que se possa comparar à do jornal, como argumento para persuadir e orientar as vontades. Como não houve nenhum veneno mais sutil, nem aqueles que saíam dos laboratórios de alquimistas e bruxos da Idade Média, com tanto poder de vida quanto o papel impresso que aos milhões as máquinas despejam, todas as horas do dia, sobre a humanidade.

O papa chegou a afirmar que Paulo Apóstolo, redivivo no nosso tempo, para cumprir a sua mesma missão de propagador do cristianismo, teria escolhido a profissão de jornalista.

Aqui ouso apresentar algumas dúvidas a Sua Santidade. Não creio que a palavra escrita seja superior à palavra falada e que o vulgarizador de uma nova religião possa prescindir do contato direto e pessoal com as massas, e do fascínio que exerce sobre os espíritos a presença física do pregador evangélico.

O que fez a força de Paulo foram as suas viagens e mais ainda a sua capacidade de proselitismo e organização. Ele era, segundo o descrevem, um pequeno judeu, sem qualquer dos dotes físicos que impõem uma personalidade. O que nele predominava, como força insuperável, era a eloqüência. Quando anunciava nas sinagogas que os tempos se haviam consumado, que o Messias viera e chegara a redenção, as almas rendiam-se ao espírito revolucionário de sua grande notícia.

As suas epístolas podiam muito, mas havia nelas as primeiras grandes complicações da teologia, ausentes na palavra de Cristo. Era a presença de Paulo que removia os corações. Por onde passava, abriam-se as igrejas nas quais discípulos fiéis recolhiam o ensinamento e por ele enfrentavam todas as cóleras da intolerância, inclusive o martírio.

A palavra escrita, na folha morta de um jornal, pode muito, é certo, mas fica na dependência do estado de espírito dos leitores. Poucas vezes consegue inspirar ações que levem até o sacrifício. O homem que ouve outro, que se impregna da doutrina falada, é que transmite com audácia e obstinação, e jamais o que apenas leu.

Poucas vezes as grandes conversões operam-se como resultado das leituras. É a palavra viva que tem a virtude de arrastar. Daí a superioridade do orador sobre o jornalista. Não imagino Paulo sentado numa redação, elocubrando os seus artigos. O fato mesmo de termos que passar a limpo do espírito para o papel já introduz na palavra certos elementos que a privam de todo o seu poder sensibilizante e daquela força de penetração que somente a espontaneidade comunica.

Vejam: os grandes apóstolos políticos do nosso tempo foram, antes de tudo, homens de ação. Grandes condutores de multidões nas praças públicas.

Perdoe-me Sua Santidade que eu lembre um heresiarca como Renan, neste comentário. Faço-o, no entanto, para recordar como o filósofo e histodador conclui a sua biografia de Paulo: precisamente no sentido em que aqui quero demonstrar que a palavra falada, como parte de ação, é infinitamente mais densa de conseqüências sobre os espíritos. Em Éfeso, em Corinto, em Atenas, onde falou perante o Areópago, o milagre vinha do calor do verbo, da novidade de suas expressões, daquela convicção fanática que nenhum outro teve, nem mesmo Jerônimo, nem mesmo Agostinho, nem mesmo Crisóstomo.

Como homem de ação, Paulo não tergiversava. Era sempre incisivo, claro, dogmático. Mas sabia também contornar, pôr de lado as minúcias, abandonar o secundário em favor do principal, quando isso era necessário para chegar aos seus fins.

Foi como procedeu, quando se discutiu em Jerusalém a questão dos circuncisos. O gentio não teria jamais aderido ao Cristo, se não tivesse visto Paulo, se não o houvesse escutado, em sua palavra arrastadora. Se não soubesse que ele era um gênio da ação, um condutor que conduzia ele próprio, através de mil perigos, nas terras e nos mares, e dos perigos maiores que vinham da incompreensão e da maldade dos outros homens. Paulo não poderia ser jamais um sedentário das bancas de jornal.

JOÃO RESSURGE NO PAPADO

É a marcha natural da vida: às tristezas do desaparecimento de Pio XII sucedem os júbilos da eleição do novo papa. Vieram, desta vez, mais numerosos, de todas as partes do mundo, os eleitores, dando à catolicidade o amplo sentido ecumênico que possui. Até da China, aparentemente tão remota do mundo cristão, veio um eleitor e também da África. Pio XII universalizou ainda mais a Igreja, distribuindo pelos continentes as eminências do Sacro Colégio, aqueles que, entre as suas atribuições, têm a de escolher o sumo pontífice e dentre os quais, segundo velha tradição, se procede a escolha.

É possível que se façam sentir influências profundas na eleição do pontífice, ainda hoje, a despeito de todos os resguardos para evitar intervenções indébitas e que foram normais em largo período da História. Não se pode separar inteiramente o aspecto humano de um ato praticado por homens, embora sob inspiração divina.

O certo, no entanto, é que, designado o papa pelo voto dos seus pares, logo recai sobre ele a unção transfiguradora e diante de sua pessoa as demais ajoelham-se para juramento de fidelidade e obediência. João XXIII é agora a autoridade suprema e infalível, a voz que faz cessar todas as outras e exprime o comando inelutável.

Angelo Giuseppe Roncalli era, como Giuseppe Sarto, patriarca de Veneza. Em cinqüenta anos, a cidade dos doges oferece à Igreja dois condutores. O primeiro já figura na lista dos santos e tem a veneração dos altares. Quem sabe que destino final estará reservado a João XXIII, que, pelo nome com que desejou ser chamado na sucessão de Pedro, indica um mundo de liames espirituais, em que a ternura, o espírito profético, o senso mais profundo das verdades cristãs como que se insinuam e fazem presentes?

Séculos passaram-se, desde que o último João se assentou, legitimamente, na cadeira do primeiro apóstolo, como bispo de Roma. Depois o mais jovem e mais amado dos companheiros do Cristo, o sonhador e visionário de Patmos, o poeta do Apocalipse teve que esperar seis centenas de anos, até que de novo um papa sentisse, através do mesmo nome, a estranha atração de sua personalidade.

Terá sido por humildade que Angelo Roncalli não quis cognominar-se Pio XIII, sabendo o peso da herança que seria, além do encargo, o nome de um dos maiores papas sagrados pela admiração de todas as gentes? João XXIII guardará no fundo do peito as razões que o moveram. Não tentaremos desvendá-las, embora seja lícito perceber que o caos da hora histórica e as terríveis advertências do apóstolo insular, entrevistas nas possibilidades das catástrofes que ameaçam o mundo, inclusive a de perecer no fogo das armas nucleares, tiveram a sua parte na preferência.

E por que não pensar também no outro João, o que veio para preparar os caminhos do Senhor, cuja severa palavra de condenação à vida impura do tetrarca lhe valeu a morte e ressoa como um testamento de destemor e desafio às forças dissolutas e corruptoras do mundo moderno?

Para muitos, o simples gesto dessa reabilitação do nome do mais amado dos apóstolos de Jesus, que o acompanhou na agonia e ajudou a desprendê-lo da cruz e o conduziu ao sepulcro, fiel entre todos na hora de maior perigo, é motivo de grande simpatia pelo novo papa, porque está carregado de sentido religioso e moral. Pode-se ver aí todo um programa de maior aproximação com o Cristo, nesta fase tormentosa em que as perseguições que nunca faltaram se intensificam e atingem as mais queridas ovelhas do rebanho. Um programa de extrema fidelidade e amor.

    Não devemos dar ouvidos às alegações que se esforçam por vincular a eleição de João XXIII a motivos secundários tirados de puras considerações humanas. Tais considerações vêm da fragilidade do raciocínio quando aplicado ao exame de fenômenos superiores ao entendimento comum. Não faltam em todas as eleições do vigário de Cristo. Mas o tempo confirma a sabedoria da eleição e mostra, na realidade, que os cardeais não votaram sem a assistência do Santo Espírito.

PONTES QUEBRADAS, CAMINHOS ABANDONADOS

*P*aulo VI viajou pelos ares; em horas apenas transpôs os largos espaços que São Paulo levou meses a percorrer, quando prisioneiro, por haver apelado para Roma e a essa cidade foi conduzido. Foi a primeira vez que um sucessor de Pedro refez o caminho de volta até Jerusalém.

Em quase dois mil anos, nenhum papa sentiu a necessidade de revigorar-se nos Santos Lugares, que tantos milhões de fiéis, no curso dos séculos, tudo fizeram, inclusive enfrentando riscos de viagens longas e cansativas, para devotamente contemplar.

Nem quero falar nas sangrentas Cruzadas empreendidas para reconquistá-los. As veementes orações de Pedro Eremita ainda ressoam em sua grandeza e possuíam tal eloqüência que levaram imperadores e reis a abandonar os seus negócios e comodidades para combater os infiéis e arrebatar-lhes a posse do Santo Sepulcro.

Mas os Santos Padres de Roma, e foram muitos, no tempo de duração das Cruzadas não tiveram inspiração para incorporar-se aos exércitos e em tempo nenhum soprou-lhes o divino Espírito Santo o pensamento piedoso de uma viagem para paragens tão distantes, mas que foram aquelas onde nasceu, pregou e morreu o Filho Unigênito.

Sucede que as dimensões do tempo, que tanto importam na exigüidade da vida particular de um homem, nada representam quando se trata de uma instituição cuja eternidade é assegurada na palavra do seu fundador. Entre Pedro, primeiro vigário, e Paulo, que hoje assenta na pedra não suscetível de perecer nas tempestades armadas pelas portas do inferno contra ela, pode-se dizer que os séculos foram como minutos e que o peregrino, que toma simbolicamente o bordão para visitar o berço e o túmulo de Jesus, não é outro senão o príncipe dos apóstolos, sempre redivivo na continuidade dos seus sucessores. E o estímulo que o conduz é o da unidade das Igrejas cristãs, ou seja, uma tentativa de realização da palavra profética, segundo a qual haverá um só rebanho e um só pastor.

Li as palavras do Metropolita Athenágoras, chefe da Igreja Oriental, comentando a presença do bispo de Roma, dizendo que ambos os líderes do cristianismo, impregnado agora do seu mais profundo sentido de fraternidade, foram chamados a escalar a mesma montanha, que é a montanha do Senhor. Subiram os dois por encostas diferentes, mas no cimo encontraram-se e aí se deram o abraço de irmãos, juntos procuraram reconstruir, "sob a cruz e a solidariedade cristã, as pontes quebradas e os caminhos abandonados...".

Ah, que terríveis foram aquelas horas em que a mesma família se desaveio, tanto que foram necessários quase mil anos para que de novo se buscassem, restaurando as pontes e refazendo os caminhos abandonados!

Já agora falam de um superconcílio ecumênico, em que estejam presentes não apenas os padres do catolicismo, mas todos os servidores do Cristo, sem que as diferenças que os separaram, e eram todas apenas de forma, possam jamais reproduzir o doloroso espetáculo de sua desunião.

Penso sempre naqueles discípulos da estrada de Emaús que, embora em presença de Jesus ressuscitado, não o reconheceram. Como poderia ter acontecido semelhante obnubilação, pois não haviam transcorido mais do que umas poucas horas, o bastante para que esquecessem os traços da fisionomia do Mestre?

As várias confissões cristãs, os cismas imensos, os divórcios artificialmente criados, tudo isso se processou pela mesma espécie de amnésia que apagou da mente dos discípulos de Emaús a verdadeira efígie de Jesus.

O que Paulo VI e o patriarca Athenágoras fizeram, quando se juntaram em algum canto das terras sagradas, foi reconhecer novamente que houve a ressurreição, sem a qual a divindade do Cristo não poderá ser comprovada.

A imagem dessa ascensão da montanha, cada qual pelo lado que a História lhe impôs, mas buscando o píncaro que foi como o Tabor da nova transfiguração, possui a beleza de um símbolo que somente a verdade contém e transluz.

Não é preciso ter fé para comover-se com o espetáculo desse reencontro dos dois mundos. O Ocidente e o Oriente recompõem a unidade, e o que a religião está fazendo não é um milagre que não esteja também ao alcance dos homens de boa vontade que dirigem a política do universo.

MORTE DO PRÉ-SANTIFICADO

Lembro-me muito bem da morte do papa Leão XIII, apesar de minha tenra idade. Os sinos da matriz de Granja dobraram de hora em hora e meu pai levou-me para assistir à missa de réquiem.

Ouvi dizer que o papa era sepultado num esquife de cristal e que a terra jamais tocaria em sua carne. Vi depois fotografias, em revistas ilustradas, mostrando o pontífice exposto em câmara ardente, cardeais em volta, a guarda suíça e toda a majestade da liturgia, na grande cerimônia fúnebre.

Meu pai aproveitava esses acontecimentos para instruir os filhos e eu crivava-o de perguntas, querendo saber os pormenores e razões de tudo.

Mais tarde, acompanhei as notícias do desaparecimeto de Pio X, no começo da primeira guerra, afetado, segundo afirmavam, pela catástrofe que desabou sobre o mundo.

Benedito XV finou-se quando se viu que a vitória alcançada pelas armas democráticas estava longe de aquietar a humanidade e que o conflito fora apenas o primeiro ato de um processo longo e penoso, cuja conclusão ainda não podemos perceber, tão densa é a bruma que envolve o futuro.

Veio o longo reinado de Pio XI, durante o qual foi resolvido o aborrecido problema das relações da Igreja com o Estado italiano, e terminou no limiar da Segunda Guerra, quando ascendeu ao comando da barca o inesquecível Pio XII.

Por este fui recebido em audiência particular, durante vinte minutos. Queria que lhe fizesse um relato de minhas impressões colhidas na III Assembléia Geral das Nações Unidas, na qual foi elaborada a Declaração Universal dos Direitos Humanos, com a minha participação como delegado do Brasil e ativo defensor dos ideais espiritualistas, denegados pelas forças do materialismo em ascensão.

O cardeal Giuseppe Roncalli encontrei em Paris, numa recepção de gala oferecida pelo presidente Auriol aos membros a ONU, no palácio do Quai d'Orsay. Era então núncio apostólico na França e impressionou-me pelo ar recatado e humilde, no meio daquela pompa em que luzia pelas suas vestimentas exóticas o rei Faiçal, num salão imenso onde se ouviam todas as línguas do mundo.

Quem poderia prever naquela figura de camponês metido na púrpura cardinalícia o grande papa da unidade cristã e, mais do que isso, o catalizador da aliança de todas as religiões, em torno da idéia mestra da crença em Deus e na sobrevivência da alma?

Enquanto escrevo estas linhas, João XXIII agoniza; a humanidade inteira pende do seu leito, na expectativa da notícia irremediável.

O estranho, quase que me atrevo a dizer o miraculoso, na irradiação dessa personalidade é a energia persuasiva da sua palavra, tão simples como a dos Evangelhos, tão profunda e vertical como a verdade.

Não foi um filósofo nem um teólogo de grande surto, sob nenhum aspecto foi representativo da tradição mais esplendorosa dos famosos padres que presidiram o destino da Igreja, em horas de tempestade. As suas encíclicas, no entanto, nasciam da fonte mais pura e límpida do cristianismo, inspiradas diretamente no ensino das montanhas, das planícies, da beira da lago e, por isso, tocavam o fundo dos corações, não apenas dos fiéis da sua Igreja, mas de todos os crentes, cristãos, judeus, budistas ou muçulmanos.

Os díscolos de sua autoridade, os cismáticos do dogma, os antagônicos de sua fé, os inimigos do espírito, os tíbios e os indiferentes escutaram e compreenderam a transcendência do seu apelo, dirigido à salvação universal e não apenas a um setor de privilegiados.

Reformar a Igreja pela unidade cristã, como é o principal objetivo colimado pelo Concílio Vaticano II, não significa nenhum abandono do que é específico e substancial, mas a reintegração das partes no todo indivisível e a busca daquele ápice comum para o qual se voltam os crentes de toda a Terra, unidos pela santificação da fé religiosa.

O ardor da caridade paulina aconchega e esquenta ainda os corações mais álgidos e os próprios materialistas, siderados pelo fanatismo de uma filosofia que fecha aos homens o consolo da eternidade, sentiram o influxo que se derrama daquela renovação espiritualista, que se limitou a repetir, em termos modernos, a imperturbada promessa do coro angélico, anunciando aos pastores das vizinhanças da cidade de Davi o nascimento do Salvador: "Paz na terra aos homens de boa vontade".

João XXIII, em sua simplicidade pastoril, retomou o cântico, num acento de tanta dignidade e beleza que se produziu, com ele, o portento de Pentecostes: todos os homens da Terra o ouviram e entenderam, na diversidade dos idiomas e das religiões. Com a sua vida termina uma missão de pré-santificado.

D. PIO, UM SANTO
DA IGREJA

Quando fui despedir-me, na manhã de 13 de abril de 1916, o padre Pio já estava esperando em seu humilde quarto. Tomou da estante um volume e entregou-me. Era *A democracia e o cristianismo*, de Fonsegrive, e na dedicatória escrevera que não poderia deixar-me partir sem uma lembrança e, na sua pobreza monástica, escolhera aquele livro, o que havia de melhor em sua exígua biblioteca pessoal.

Foram breves as palavras e muitas as minhas lágrimas de adolescente incerto do futuro, lançado para o mundo de que sabia tão pouco, depois de tantos anos de reclusão no seminário.

Na porta, voltei-me para ver ainda uma vez aquele que fora um esplêndido guia espiritual, um mestre de inavaliável ajuda em todos os problemas que acodem a um menino inseguro de si mesmo e voltado para as grandes responsabilidades da carreira eclesiástica. O padre Pio, de pé, lançava-me a sua bênção, enquanto, com a mão esquerda, parecia sustentar a fronte, sem dúvida pela angústia daquela irremediável separação.

Daqui do Rio, logo metido no jornalismo, escrevi-lhe contando a viagem, as perspectivas de trabalho, as surpresas da grande cidade e as novas aspirações que começavam a preponderar no meu espírito. Começou entre o antigo mestre e o discípulo e amigo longa correspondência, que durou mais de vinte anos.

Nesse tempo, o padre Pio de Freitas foi transferido para o Seminário de Diamantina, onde exerceu a função de reitor, e, um dia, senti o alvoroço das grandes notícias, quando ele me comunicou, cheio de apreensões, que a Santa Sé o escolhera para o bispado de Joinville, em Santa Catarina.

Como se sentia diminuto e incapaz para a grande investidura do episcopado, com que palavras de santa emoção e agrado temor deu-me conta dos seus primeiros contatos com a diocese e dos esforços que estava fazendo para aprender e falar o alemão, visto que a maioria dos fiéis era de origem germânica.

Venceu todas as dificuldades e, um dia, anunciou-me: "Fiz hoje o meu primeiro sermão em língua alemã e parece-me que consegui fazer-me entender bem, pois muitos ouvintes vieram saudar-me. Contudo todo o meu esforço é no sentido de que eles aprendam o português, pois acho indispensável que se integrem pelo idioma na pátria que escolheram".

Com as ocupações e a dispersão de atividades a que me entregava, fui deixando de responder-lhe às cartas, que, no entanto, chegavam pontualmente, pois aquele santo homem tinha por mais importante que continuassem a chegar-me os seus conselhos e não se perdesse jamais a amizade que nos ligava.

Algumas poucas vezes, d. Pio veio ao Rio de Janeiro, trazido pelos interesses da sua diocese. Tivemos então longos encontros na Casa dos Lazaristas, onde se hospedava, e conversávamos horas e horas, a respeito das muitas questões que começavam a angustiar o mundo, às vésperas da Segunda Guerra Mundial.

D. Pio visitara a Alemanha hitlerista, sentira de perto a atmosfera opressiva e, vendo o despreparo e displicência das nações democráticas, não escondia o medo de que viesse a catástrofe que, afinal, se produziu.

As suas cartas do tempo da guerra são memoráveis pela justeza das observações, aguda maneira de ver o destino da humanidade e piedosa esperança na graça de Deus para salvar a liberdade democrática. Foram ouvidos os seus votos.

A partir de 1945, a correspondência de d. Pio começa a escassear. Uma ou outra carta, em meses de intervalo. Inquieto-me, faço perguntas, as respostas são evasivas. Vim a saber depois, por uma informação de Nereu Ramos, que d. Pio estava atingido do mal que acaba de levá-lo, acima dos páramos onde existe o eterno repouso.

Impossibilitado de escrever, sem condições para o múnus, deixou a diocese e recolheu-se para sempre. O sofrimento incansável purificou a sua grande alma na fé ardente, fonte do consolo pela esperança que nele era a viva certeza da comunhão inseparável com o Salvador.

A inteligência, a cultura erudita nas ciências divinas e humanas, a retidão de julgamento, o espírito de justiça, suave e cristalino em tudo como a água dos regatos, toda a grandeza espiritual que o homem pode acumular no anseio de perfeição estavam presentes nesse santo padre que durante mais de meio século acompanhou a minha vida.

É impossível descrer de alguma destinação superior e da sobrevivência da alma, diante do exemplo de devoção, humildade e pureza que foi a existência de d. Pio de Freitas, hoje entre os santos, na glória que Deus reserva a seus eleitos.

ESPÍRITO DA PAZ

A confiança em que o Espírito Santo ilumina e dirige o concílio ecumênico, ora reunido no Vaticano, tranqüiliza os fiéis quanto ao acerto e conveniência para a Igreja das resoluções que ali vão ser adotadas.

Outras assembléias de igual magnitude já tomaram assento, através dos séculos, em vários lugares, desde a primeira que foi na própria Jerusalém, e os temores de que algo pudesse perturbar a marcha tranqüila e ascendente do ensinamento evangélico dissiparam-se, graças à força de coesão, nascida das próprias origens do cristianismo.

As correntes que se formam, na linha de certas tendências regionais, nunca foram suficientes para desviar o curso da Igreja, mesmo em épocas de profundas dissensões e cismas que atingiam a própria essência da doutrina e, se prevaleceram, logo se verificou que o tronco que hauria a seiva da verdade se mantinha firme e vertical, enquanto os galhos que se separavam, embora duradouros, não se destinavam a medrar.

O concílio ecumênico de hoje oferece aos olhos do mundo convulsionado um maravilhoso espetáculo de serenidade e bom senso. Que outra assembléia de representantes de povos poderia trabalhar, no ambiente de tranqüilo debate que se verifica no Vaticano, todos os seus membros inspirados no mesmo pensamento de construção e lealdade aos princípios da fé, sem que as discrepâncias sirvam a outro fim que não seja o da elucidação para o descobrimento do melhor caminho?

É certo que, como dentro do oceano, na aparência das suas águas paradas, se processam movimentos insuspeitados pelos observadores da superfície, também no concílio as vontades coordenam-se e dirigem-se a rumos diversos, mas nenhum deles visa a dividir ou a sobrepor-se e sim a buscar o vasto escoadouro da unidade pela compreensão, no todo, das divergências acidentais.

Neste concílio, a unidade está sendo procurada com empenho ainda maior, porque soou a grande voz da advertência de que sopra um tufão capaz de levar, não apenas as árvores separadas, mas a floresta inteira, não somente esta ou aquela Igreja, mas todas as Igrejas, e que, se não se derem as mãos para resistir, ninguém poderá assegurar que a Terra inteira não se transforme num deserto, onde seja impossível sobreviver a mínima crença na existência e no poder de Deus.

Está presente o exemplo de Paulo, quando, pela tolerância aliada à sabedoria política, salvou a solidariedade do cristianismo nascente e, apesar de todos os sofrimentos que lhe foram impostos, nem por um momento perdeu o sentido da missão que lhe fora confiada e de que se desincumbiu com uma energia que marcou o seu apostolado como o sinal de uma supremacia universalmente reconhecida.

Podemos comparar o concílio a uma procissão que marcha no tempo e no espaço. Os que vão mais adiante não deixam de pertencer ao corpo da comunidade, com o mesmo direito e o mesmo prestígio dos que se deixam ficar para trás, pois o que interessa é que todo o corpo viva e esteja em movimento, atravessando as vicissitudes do tempo com aquela segurança que lhe foi comunicada no último encontro, quando o Senhor, antes da ascensão, proferiu a palavra final e eterna.

Nada há que recear das decisões do concílio, por mais aparentemente ousadas que sejam algumas proposições que nele se formulam. O que é intangível continuará intangível; só o secundário, de natureza efêmera, poderá mudar.

O que quero, nesta breve nota, é chamar a atenção para a natureza dessa assembléia de povos, pois que os padres conciliares levam eminentemente a representação da síntese católica que inclui todas as nações do mundo.

Nada ali é pessoal, ou restrito à idéia de facção ou partido. Só uma idéia domina e arrasta: a do fortalecimento da Igreja pela união maior de todos os credos, sob o dominador da fé.

Em nenhuma das assembléias que se congregam, em nossos dias, reina aquele mesmo espírito de unidade que é também o único espírito da paz.

OSWALDO ARANHA, FEITICEIRO

Oswaldo Aranha costumava ler estas vãs palavras e, algumas vezes, em nossos encontros, mais raros do que eu desejava, embora fôssemos vizinhos no Cosme Velho, fazia comentários que me deixariam vaidoso, não fora a certeza de que aquilo tudo era parte da sua generosa maneira de tratar os amigos.

Esta manhã os jornais estão cheios da grande notícia de sua morte e da longa história de sua vida. Coisa curiosa, na mesma página em que a família de Oswaldo Aranha anuncia o seu desaparecimento, a de Flores da Cunha agradece as manifestações de pesar que recebeu pela recente perda do chefe. Não posso deixar de associar os dois nomes, o que significaram, o que fizeram na vida pública do Brasil, o que tinham em comum e o que os separava.

Desde 1918, quando ingressei no jornalismo, tive em Flores da Cunha um desses amigos que estimulam pelo elogio, que acompanham com acolhedora simpatia a nossa luta, que estão presentes nos momentos em que é grato receber uma palavra de aplauso e incentivo.

Conheci Oswaldo muito mais tarde, depois da Revolução de 30, quando o hostilizei na imprensa, em nome das minhas convicções liberais. Ligamo-nos mais intimamente no curso da guerra, quando então tínhamos ideais comuns.

E, daí para cá, pude sentir de perto tudo quanto havia nele de profundamente humano, de representativo de sua terra gaúcha, de genuíno como brasileiro.

Quem se aproximou de Oswaldo, uma vez que fosse, sabe que ele possuía em alto grau uma força de magnetismo a que ninguém conseguia resistir. Com ela desarmava os espíritos e conduzia mansamente as opiniões. Donde lhe vinha tão estranho poder? Da beleza física, da *prestance*, do sorriso, da palavra harmoniosa e persuasiva? Vinha de todo o seu ser. Da sua espontaneidade, da ausência de sofisticação e artificialismo, de uma natural capacidade de perturbar as outras almas. Vinha particularmente de uma irradiação espiritual, generosa e comunicativa.

Vi-o exercendo o seu misterioso feitiço em reuniões políticas, em discursos de improviso, em conversas de grupo e especialmente em ocasiões difíceis, em que lhe faltava a razão e tinha de suprir a fragilidade dos argumentos com os múltiplos acessórios de sua incomparável panóplia que poderia levá-lo até os mais brilhantes sofismas.

Como era um imaginativo, não raramente desgarrava e, então, segui-lo nas regiões criadas pelo seu espírito era algo de admirável. Era um prazer enorme conversar com Oswaldo, deixar-se ir com ele pelos rumos da fantasia, apreciá-lo nas explicações originais que dava para os fenômenos contemporâneos na política, na economia, na vida científica e social. Dava-me sempre notícia dos últimos livros publicados nos Estados Unidos e na Europa, sobretudo os de memórias de generais, estadistas e repórteres, para os quais tinha gosto particular e desusado entusiasmo.

Os seus relatos sobre os grandes homens que conheceu, os fatos internacionais a que esteve associado como nosso representante ou os episódios e homens da política interna encheriam livros do mais alto interesse humano e de esplêndida categoria literária. Era versátil, numeroso, enleante em tudo, sempre inspirado pela generosidade, sempre *grand seigneur*, invariavelmente bom e fraterno para todos os homens.

Certa ocasião, o ilustre e querido mestre Alceu Amoroso Lima fazia uma conferência realista, objetiva, oportuna sobre aspectos sociais, políticos e econômicos da vida brasileira. Sem otimismos exagerados, sem girândolas patrióticas. Finda a impressionante palestra, Oswaldo, que presidia o ato no Itamaraty, tomou a palavra e haja "por que me ufano do meu país", em tom inflamado e abertas censuras ao conferencista. Vendo o constrangimento geral pelo despropósito, caiu em si e ao retirar-se pediu-me que o acompanhasse até o seu gabinete. Aí explicou-me que estava arrependido, que fora excessivo, chegando até à descortesia, mas não se contivera.

Nessa oportunidade confessou que chegara ao poder muito jovem, ignorante da vida política brasileira, pelo que se penitenciava dos erros cometidos. Não tardou, porém, a realizar a evolução que o conduziu da violência típica do revolucionário jovem e inexperiente à altura do homem de Estado. Tal evolução, nos termos em que se processou, foi a marca do seu gênio político. O futuro terá muito que dizer de sua pessoa e de sua obra.

OBRA ARRISCADA E TEMERÁRIA

*F*ui sempre contra a mudança da capital, quando nem se pensava em Brasília e os dias de Juscelino Kubitschek estavam remotos no futuro. Fui contra, por um mundo de razões, sendo que a maior é um entranhado amor ao Rio de Janeiro. Também não acreditei jamais nos motivos que, aos olhos de homens ilustres e experimentados patriotas, eram geralmente invocados para justificar a mudança.

Contam-me que organizam agora um vasto livro contendo as opiniões contrárias a Brasília, assim como uma espécie de chamada de réus ao tribunal da posteridade. Para que amanhã se diga: "Vejam, esses indivíduos retrógrados e pessimistas foram inimigos de uma obra de que está resutando o engrandecimento do Brasil!". Tal como hoje se faz com os que combateram a abertura da avenida Central e as grandes realizações do governo Rodrigues Alves.

Que as gerações me julguem como quiserem, se é que haverá quem se preocupe com tal julgamento ou sequer valha a pena fazê-lo.

Reconheço que existe no país certo ressentimento contra o Rio de Janeiro, apresentada a Cidade Maravilhosa como um lugar de gozo e perdição. Algo que não estaria longe de admitir comparação com Sodoma e Gomorra. Acredita-se muito que os cariocas nascidos e de adoção passam a vida de regalo, facilidade e volúpia, às custas da economia do resto do Brasil. Eis o fundo do apoio que foi dado à idéia da mudança. Como não é possível pedir a Deus que faça baixar o fogo do céu para consumir a cidade pecaminosa, castigando assim a enormidade dos seus maus costumes, pedem que lhe arranquem a dignidade da primazia entre as demais, e assim foi feito.

A verdade é, no entanto, tão diversa do falso retrato! O Rio não responde em nada pelos maus governos, pelo descaso administrativo por outras regiões do país, pelos erros políticos e por tantas outras mazelas que os sociólogos apressados atribuem à presença do governo federal no Catete. Uma prova de que é possível governar o Brasil daqui mesmo deu-a o fundador de Brasília; ninguém mais, nem melhor, do que o presidente Juscelino Kubitschek atacou e resolveu os problemas ligados à economia do interior, do Sul, do centro e do Norte.

O argumento de que as influências da imprensa carioca são perniciosas e que é preciso e urgente libertar o governo da sua tirania é dos mais insensatos e perigosos. Onde estiver o governo e esse for democrático e livre, haverá também imprensa. Maiores males advirão para o Brasil se, insulado em Brasília, fora das pressões construtivas da opinião pública, o Congresso começar a legislar sob os impulsos dos interesses políticos e personalistas. Aí, sim, veremos quanto absurdo os jornais do Rio de Janeiro e do litoral evitaram com a sua crítica, muitas vezes injusta e veemente, mas, na apuração final das contas, útil e indispensável para a sobrevivência e realidade da democracia.

A imaturidade dos nossos políticos leva-os, freqüentemente, à fantasia de soluções rebarbativas e inconstitucionais, como mandato-tampão, prorrogação de mandatos, reeleição presidencial e outras iniciativas semelhantes que recebem compacto apoio nas Câmaras e, afinal, morrem, graças à ação indormida e enérgica dos jornais. Afirmou-se que, no Rio, o governo está de costas para o interior, esquecendo-se de que é mais grave estar-se no interior de costas para o litoral, onde se acham os grandes centros de cultura, de economia e de interesses profundos da vida brasileira.

Participo da ufania do gesto de coragem e dinamismo de que resultou a construção da nova capital. Um povo jovem pode, às vezes, permitir-se o luxo de cortar assim, num golpe, as suas vinculações com o passado. Mas não consigo desvencilhar-me de receios e temores que, fio nos céus, não venham jamais a confirmar-se.

O Rio de Janeiro ficará como cidade mui leal e bela, centro da graça da vida brasileira, terra por excelência dadivosa, onde todos viemos, de tantos e tão diferentes lugares, buscar o amparo, o incentivo e a glória de viver. Será a cabeça do Brasil, ponto de irradiação da sua inteligência, defensora perpétua das liberdades democráticas, sensível, sagaz e alerta, sem cuja consulta e assentimento governar seria obra de muito risco e extremamente temerária.

TÓIA

*T*rês fatores pessoais levaram o diplomata brasileiro Jorge Holanda, então encarregado de negócios no México, e depois embaixador, a apaixonar-se pela mestiça mexicana Marta Pérez Gimenez, apelidada Tóia, e a emprestar a essa mocinha de 20 anos todas as suas próprias complicações interiores.

Com 55 anos de idade, frustrado na aspiração de possuir descendência, é deixado sozinho num hotel da grande cidade, precisamente na hora perigosa do cio da criação intelectual.

Reuniram-se as condições ideais para uma grande aventura de despedida da juventude, quando aparece esse demônio que é muito pior ao entardecer do que ao meio-dia, para soprar no coração as tempestades dilaceradoras de que é capaz. É a hora em que todas as forças ainda estão presentes, aparentemente com o ímpeto dos verdes anos, mas na verdade dominadas pelo poder do raciocínio a lembrar, a cada lance, que aquilo é obra de Mefistófeles e que as disparidades que o tempo cria entre dois seres, mais cedo ou mais tarde, lançarão um contra o outro, de maneira irremediável.

E o mais espantoso é que nesse conflito sai sempre malferido e disperso aquele que, tendo a experiência da vida, deveria possuir igualmente maior soma de compreensão libertadora.

Holanda foi avassalado por duas forças fatídicas concomitantes: a gestação de uma obra que deveria culminar as suas aspirações de glória intelectual e artística, causando a embriaguez genésica que coloca o homem no seu momento de maior exposição e fragilidade diante do assalto de uma mulher sexualmente sumarenta, e aquele perigo da solidão já objeto de tantas advertências do Eclesiastes.

Pouco importa que Tóia fosse encontrada num bordel. Talvez tenha sido essa uma circunstância a mais para a captação da sensibilidade de Holanda, com a sensação paternal e mística da obra messiânica de salvar uma mulher do abismo.

O livro *O Oriente acaba no México* e a paixão de Tóia desenvolvem-se juntos; quando um terminasse, a outra deveria marchar para o ocaso fatal. Estavam intimamente ligados pela origem comum: fluxo de vitalidade criadora que sobrevém no primeiro tom do crepúsculo.

Tóia era uma pobre índia marcada por muitas intempéries, sem nenhuma outra profundidade ou mistério, além dos que ordinariamente formam a trama complexa da alma feminina, em todos os climas da Terra. Se buscava o amor, a sua maior ansiedade era pela própria segurança estável.

Afinal, Holanda era um diplomata, com prazo certo para retirar-se do México e suficientemente egoísta para não largar nenhuma das suas comodidades e privilégios masculinos, inclusive os da carreira, em favor da mulher que saciava o seu começo de ancianidade, exceto alguns dólares gastos e sempre relembrados no seu falso poder de compra.

Tóia é uma criatura rasa, de reações passivas, que realizou uma opção cruelmente normal: abandonar o amor por certas garantias domésticas. Não era nenhuma Hedda Gabler, querendo pesar sobre destinos humanos.

Exatamente por fazê-la assim nessa autenticidade é que Vianna Moog deu nova medida de seu talento de romancista. Holanda, sim, é uma grande figura, com muita riqueza e substância espiritual. Tais paixões arrasadoras não são cataclismos para o registro de almas medíocres.

Tóia é uma experiência nova do romance brasileiro, pelo que retrata da psicologia de um outro povo e por ser também um ensaio de sociologia.

Vianna Moog é mestre nos elementos constitutivos dessa obra de arte e acaba de oferecer à nossa literatura a amplitude de um assunto que transcende as preocupações nacionais dos nossos romancistas.

É um grande livro a integrar o patrimônio artístico do autor, já colocado entre os maiores do nosso tempo.

UM REPUBLICANO BRASILEIRO

Sílvio de Campos envia-me o livro de José Maria dos Santos sobre seu ilustre pai, Bernardino de Campos, publicado na Coleção Documentos Brasileiros, dirigida pelo saudoso e querido Octávio Tarquínio de Souza. A dedicatória surpreendeu-me. Nela Sílvio trata-me cerimoniosamente e admite que o considera já morto. Como se um amigo como ele pudesse ser esquecido pela longa separação e não nos ligassem sentimentos imperecíveis.

Fomos ambos exilados para Lisboa, em novembro de 1932, depois de vinte dias na Sala da Capela, de gloriosa memória pela categoria dos homens que ali estiveram presos, finda com a derrota a revolução de São Paulo. Foram dias realmente inesquecíveis, pois não acredito que em nenhuma outra ocasião tivesse havido encontro mais ilustre de personalidades vindas de todos os setores da inteligência, da cultura, das artes, da política e das Forças Armadas do Brasil. A bordo continuou esse convívio, durante toda a travessia do Rio a Pernambuco e do Recife a Lisboa.

Eu era dos mais jovens e, portanto, também dos mais animosos. Sílvio não ficava atrás, na coragem com que se dispunha a suportar o exílio, fosse onde fosse, na quase alegria desportiva com que fazíamos aquela viagem, sob céu constantemente azul e águas invariavelmente serenas. Homem do PRP, fiel aos seus ideais políticos, com grande responsabilidade na República que terminara em 1930, não cedia nos seus conceitos sobre os acontecimentos, os erros cometidos e os homens, civis e militares, que haviam tomado parte na guerra de que estávamos saindo, com grandes decepções e maiores incertezas.

Conversávamos muito, e eu, como jornalista sempre curioso de conhecer os pormenores e circunstâncias, procurava tirar da sua palavra fácil, simples, sempre informativa o máximo proveito para o meu julgamento pessoal do episódio político-militar que se encerrara.

Em Lisboa, prosseguimos nesses contatos, embora mais raros, e quando me fui despedir dele, anunciando-lhe que íamos para Buenos Aires, com a intenção de recomeçar ali a luta contra a ditadura, Sílvio pôs as duas mãos sobre os meus ombros, sacudiu-me com força e observou: "Com os seus 30 anos eu também não deixaria de correr essa aventura. Mas a ditadura no Brasil esta agora tão firme quanto o Pão de Açúcar. Uma coisa lhe digo: tenha cuidado com políticos e militares. Eles fazem sempre o seu próprio jogo".

Devo dizer que não tive nenhuma experiência desagradável nem com políticos nem com militares. Foram todos, sem exceção, no longo exílio da capital argentina, perfeitamente corretos, leais e generosos, e se nada fizemos, no sentido de realizar as nossas esperanças, foi porque a opinião brasileira se acomodara ao regime, em que deveria permanecer ainda por mais de treze anos.

O livro de José Maria dos Santos é um documentário histórico de valor, que se insere na obra desse jornalista como um painel à parte para completar os seus demais trabalhos sobre o advento da República e a sua primeira fase. Fixando-se especialmente nas relações entre Bernardino de Campos e o Partido Republicano Paulista, mostra como foi grande a influência desse grêmio na própria formação da mentalidade política oriunda das novas instituições republicanas. Mais tarde o PRP seria tomado como símbolo dos vícios que provocaram a Revolução de 30.

José Maria dos Santos viveu longamente em Paris e ali criou hábitos de civilização e refinamento que o singularizavam na vida de nossa imprensa. Contavam-se anedotas e faziam-se blagues a respeito do seu procedimento de homem de cor, cultivado e aprendido nos costumes franceses. Era um observador judicioso dos fatos políticos e escrevia com elegância e persuasão. Tais qualidades podem ser vistas nos seus livros, inclusive no que agora está sob os meus olhos e pode ser considerado um dos melhores.

A Sílvio de Campos agradeço a boa lembrança da oferta. Pude, durante algumas horas, acompanhar a vida de Bernardino de Campos, toda dedicada a serviço do Brasil e de São Paulo, na mais completa obediência aos princípios do republicanismo, de que foi um dos mestres no Brasil.

A TRAMA DOS DESTINOS

A publicação das memórias do presidente Café Filho, no *Diário da Noite*, tem provocado, como era de esperar, muitos comentários, inclusive o de que são inoportunas, porque os fatos estão ainda recentes e vivas as pessoas que neles se envolveram.

Seria melhor, dizem, esperar a decantação do tempo, a serenidade que ela traz aos espíritos, as famosas perspectivas que a distância permite, para esclarecer e firmar o julgamento dos homens.

Evitaríamos assim que as paixões toldassem a clarividência e juízos do escritor, com as repulsas e simpatias que nunca estão ausentes no complexo das relações humanas, sobretudo quando em jogo o amor ou o poder.

Raciocinando de maneira oposta, coloco-me ao lado dos que não deixam que as paixões esfriem e aproveitam o calor do seu estímulo para comunicar à posteridade o depoimento imediato dos fatos, suas causas e razões.

Sendo a memória a faculdade de esquecer, como foi dito, convém malhar no ferro em brasa, na convicção de que, quanto mais próximos os acontecimentos, mais certo registrá-los, no máximo de seus pormenores e intrínseca veracidade.

Quanto à publicação, é preciso que não demore. Só a retardam aqueles que receiam a repercussão do próprio testemunho e não se acham seguros de que a sua palavra resistirá ao confronto dos interessados. Confronto de alto mérito para o trabalho do historiador.

Deixando-se a edição para ser feita depois da morte do memorialista, perde-se o ensejo das contestações, através das quais virão esclarecimentos imprescindíveis, e permite-se que um só fale e deponha, em assunto em que tantos outros intervieram e se acham devidamente qualificados para configurar os fatos, em sua legítima interpretação.

A atualidade oferece-nos exemplos capitais, sendo o mais importante de todos as memórias de Winston Churchill, vindas a lume logo após a derrota que as urnas lhe impuseram, depois da Segunda Grande Guerra.

Ao fogo das informações e sentenças de suas memórias, saíram a campo militares e estadistas, no intuito de rebatê-las ou ampliá-las, tudo com evidente proveito para aquele que tiver de assumir a responsabilidade de eliminar, imparcialmente, da História, tudo quanto as paixões tentaram introduzir em seus caminhos, no intuito de conformá-la a interesses alheios ao sentido da justiça e da verdade, que devem ser os seus únicos apanágios.

É preciso estabelecer a necessária distinção entre o memorialista e o historiador. Este, sim, deve aguardar que o tempo realize a sua tarefa sedativa e abra as distâncias que asseguram no horizonte a visão de conjunto e as perspectivas iluminadas.

Os diários e memórias são como as correntes que alimentam os grandes rios. As águas turvas depositam no *thalweg* as impurezas carreadas no ímpeto apaixonado que as fez surdir e a serenidade do leito profundo restitui a limpidez e a transparência perturbadas pela ganga espessa.

Para que se dê a lavragem, urge que transcorram não apenas anos, mas até séculos, e ainda que sobre os fatos almas pacientes se debrucem para recolher, entre ilusões, equívocos e armadilhas, essas propositadamente urdidas pelos interessados em emprestar aos acontecimentos fisionomias contrafeitas, a imagem pura e o retrato inconfundível.

Venham, pois, os memorialistas, desde que não lhes falte autoridade fidedigna e assim leguem ao historiador o material em que mergulhará seus olhos penetrantes e donde retirará o fio tênue mas vigoroso que revelará, em suas tramas sutis, o incerto destino dos homens.

AS *MEMÓRIAS* DE LUÍS EDMUNDO

O número de livros de memórias aparecidos, ultimamente, parece preocupar os críticos literários. Alarmam-se com o que se lhes afigura falta de imaginação e espírito criador dos escritores, como se se estivesse esgotando a seiva dos poetas e dos romancistas.

Não é isso que está acontecendo. Os livros de memórias quase sempre são, em grande parte, obras de ficção. O autor, se não imagina os fatos, à margem deles desenvolve considerações que lhes tiram o verdadeiro caráter e lhes emprestam uma transcendência que não tiveram na época e agora lhes foi acrescentada pelo protagonista ou testemunha.

Há, em nós todos, a tendência de julgar os acontecimentos, em função do papel que neles tivemos de atribuir, naturalmente, a esse papel o relevo de nossas emoções e sentimentos. Compreende-se, assim, que, chegando à idade em que se começa a viver das lembranças da vida, muito mais do que da própria vida, o escritor pense em fundir no papel a sua efígie heróica. Os exageros não são propositados. Resultam de que aplicamos às pequeninas circunstâncias da meninice ou da adolescência a lente magnificadora do raciocínio do homem experimentado. É um trabalho de interpretação pessoal, em que o dia de hoje entra muito mais do que o de ontem.

Rousseau cometeu esse pecadilho mais do que ninguém. Fez de suas recordações uma espécie de auto-acusação. Apresenta-se com uma perversidade que está bem longe de corresponder à natureza de atos corriqueiros na existência da maioria das crianças. Foi um menino comum que o adulto, impregnado de certos conceitos filosóficos, quis oferecer à posteridade como exemplo e justificativa de suas teorias.

Vêm estas reflexões com a leitura que acabo de fazer dos cinco primeiros volumes das *Memórias* do acadêmico Luís Edmundo. A obra completa será em dez, sendo assim, creio, a mais vasta do gênero, na literatura brasileira. A intenção que a inspira é a mesma que dá ao autor um lugar próprio em nossas letras: o de historiador da cidade antiga, em seus aspectos físicos, costumes sociais e hábitos dos indivíduos.

O Rio de Janeiro, no tempo dos vice-reis, ou o Rio de Janeiro do seu tempo já ressurgiram em trabalhos memoráveis que se reputam, com justiça, dos melhores que se realizaram como documentação de dias que já se tornam longínquos e vão sendo rapidamente esquecidos.

Esses dez volumes de *Memórias* têm o aspecto particular de que o ponto de origem da narrativa é a vida de Luís Edmundo. É homem dotado de espantosa retentiva, pois que nos repete, da altura dos seus magníficos 80 anos, com extrema e perturbadora fidelidade, os episódios mais distantes da sua infância, as pessoas da família e outras que a eles estão associadas.

Que esplêndidos retratos físicos e morais dos seus avós, do velho professor a quem deve a existência, do barão de Macaúba, cujo famoso colégio freqüentou, e de uma centena de seres humanos ou de simples fantoches que caíram, algum dia, sob a mira de sua implacável observação!

Luís Edmundo nada esconde nem disfarça ou oblitera. Diz as coisas, com certa rudeza graciosa e complacente, com o vivo pitoresco de sua prosa, distribuindo láureas e estigmas, com inteira imparcialidade, desde que caibam e sirvam ao seu objetivo de mostrar como foram, tipicamente, os nossos avós e a cidade semicolonial em que viveram. Desse modo, as suas *Memórias* tornam-se preciosas para um futuro estudo de sociologia, podendo-se dizer mesmo que esse estudo foi, em parte, feito nos cinco primeiros volumes publicados e será mais denso daqui por diante, em virtude da complexidade maior da vida carioca e do Brasil, e da espécie dos acontecimentos vinculados à história pessoal do autor.

O jornalismo e a vida literária, de que Luís Edmundo tem sido participante ativo, nos últimos sessenta anos, oferecerão nos temas vindouros material que, desde já, desperta grande curiosidade, sobretudo o que nos promete com revelações da vida íntima da Academia Brasileira.

Que não demore, pois essa primeira prova criou expectativas ansiosas. A unidade e harmonia da obra literária de Luís Edmundo ganharam, em suas *Memórias*, novos contornos, completando-se em importantes depoimentos que reúnem à veracidade do historiador o encanto de um estilista de alta qualidade.

RUBÉN DARÍO

*F*eliz é a Nicarágua, pela glória de possuir permanentemente junto a todos os povos da Terra um representante da alta categoria de Rubén Darío. Tem sido ele o emissário perpétuo daquele país encantador e ninguém jamais o excedeu na eficiência com que se desempenha do encargo dessa representação.

Comemorou-se agora o quadragésimo quinto aniversário de sua morte e os seus poemas continuam sendo a mais pura e nobre mensagem do povo nicaragüense, não apenas às nações desta nossa América, mas a todas as nações que prezam a beleza e amam a poesia.

Os seus últimos versos celebravam a paz, a universal conciliação dos homens, a fraternidade criada pela justiça e pela liberdade, e será sempre em nome da cultura, dos ideais superiores de entendimnto e boa vontade, pregados na linguagem da poesia, que basta ter alma e coração para entender, que se fará sentir a eterna presença do poeta, com o seu transcendente apostolado de entusiasmo e de fé nos destinos da humanidade.

Foi o poeta das Américas, por haver interpretado em ritmos e metros até então desconhecidos em língua castelhana as inspirações deste nosso continente livre, ao mesmo tempo que integrava o gênio fecundo do idioma nas formas originárias do Novo Mundo. Nunca se apresentou, porém, em atitude de rebeldia e negação, destruindo os valores do passado. A sua missão era natural e autêntica; não vinha de nenhum propósito deliberado, sendo o seu cântico como o dos pássaros nativos das florestas americanas, apanhado na legitimidade da sua espécie e do seu nascimento.

Rubén sabia tudo dos grandes poetas europeus, e particularmente da Espanha; admirava-os, mas não nascera para imitar ou seguir, e sim para dar à beleza novas e arrojadas expressões. O assombro com que foi recebido, amado ou detestado nos 15 poemas de *Azul* e, mais tarde, nas sinfonias de *Prosas profanas*, não procedia de nenhum artificialismo ou contrafação, mas das amáveis originalidades em que se manifestava a contribuição da América hispânica para o renovamento e completação do poder criador da língua.

Tão profundas eram as suas afinidades com a América, não apenas aquela que surgiu da ação de "Los Conquistadores", mas das duas outras que receberam o influxo desenvolto de outras fontes culturais, que se pode dizer sem equívoco que há nele um tanto de Walt Whitman, ou de Gonçalves Dias e Castro Alves, e que a sua interpretação possui tão vasta amplitude de matizes, ritmos e sons que é assim como uma grande voz, pela qual se anunciam as ansiedades do norte, do centro e do sul deste hemisfério, onde se concentram a luz e a esperança.

Nenhum outro artista de genialidade foi mais misterioso e mais claro na pureza e genuinidade de suas intenções. O sincero, o consciente e o apaixonado eram os termos límpidos de sua natureza poética, e onde não houvesse sinceridade e paixão nenhum traço se poderia encontrar da obra criadora de Rubén Darío. Assim não lhe importavam as escolas literárias nem as regras estabelecidas. O que lhe importava era a essência do sentimento e a maneira agradável e duradoura de exprimi-lo. Em suas *Dilucidaciones* espécie de mensagem aos novos poetas das Espanhas, escrita na amadurecida experiência, quando já se avizinhavam os *Poemas do outono*, fala com a mansuetude e bonomia do filósofo, sem nenhum ar de apóstolo, professor ou polemista, para dizer singelamente que tudo nele se resumia de um dom poético cujas medidas, como sucede às cordilheiras, às florestas, aos rios e às quedas-d'água, na sua harmonia, nas suas formas inalteráveis ou evanescentes, foi a boa e pródiga natureza quem estabeleceu.

Jamais se ouviu dele uma palavra de antagonismo, maledicência ou simples crítica aos que por incompreensão não o amaram e assim não puderam viver em uníssono com essa força desencadeada dos píncaros americanos e que ainda hoje ressoa e espanta como se a estivéssemos ouvindo pela primeira vez.

Sobre a obra de Darío, em meio século, passaram guerras que abismaram impérios, revoluções sociais que transformaram os horizontes do mundo, mas a sua poesia, como o azul do céu ou o cristal das águas, permanece em sua intangibilidade divina.

D. GABRIEL LANDA

Não é verdade que os mortos desapareçam assim tão depressa de nossa memória; alguns ficam para sempre. Com as festas de Natal recordei-me, longamente, de Gabriel Landa, que por muitos anos foi embaixador de Cuba em nosso país. É que, com extrema generosidade e a emocionante ternura de um avô, d. Gabriel, todos os anos, vinha a nossa casa, carregado de brinquedos para oferecer a meus dois filhos pequenos. Não eram dois nem três, mas embrulhos e mais embrulhos com toda a enorme complicação dos brinquedos modernos mandados vir de Nova York: aviões que voavam, trens elétricos, automóveis, miniaturas dos primeiros foguetes, toda espécie de bonecos e animais. Só não trazia armas, pois a essas odiava e não se cansava de repetir que era preciso tirá-las das vistas das crianças.

Chegava d. Gabriel, à entrada da noite, na véspera do Natal e já os meninos o estavam esperando com ansiedade. Ele próprio sentava-se na varanda e começava a desembrulhar o monte enorme de brinquedos; acionava as pequenas máquinas; falava como os bonecos de engonço; dava partida aos pequenos automóveis; jogava bolas, petecas, setas, dizendo "Chico" a um e outro e, afinal, já cansados, despedia-se, dando desculpas por serem poucos os presentes e prometendo que, no ano seguinte, traria em maior número e melhores.

Os meninos, sem a mínima idéia de quem fosse aquela personalidade, lhe chamavam simplesmente "o Landa" e quando eu regressava para o jantar contavam todas as peripécias da vinda daquele Papai Noel de incomparável prodigalidade. Não admitia o embaixador que eu lhe apresentasse o menor agradecimento, repetindo que cabia a ele, sim, agradecer-me pela hora de alegria que o convívio dos meus filhos lhe proporcionava.

No ano de sua morte, o Natal correu triste para os meninos, que não compreendiam que na hora exata não estivesse entrando em casa o magnífico distribuidor dos presentes e jamais o esqueceram, e já agora sabem que Landa era um dos homens mais ilustres, cultos e perspicazes que já estiveram no corpo diplomático estrangeiro, no Brasil.

Era incrível a versatilidade dos seus conhecimentos, inclusive no campo da literatura e das artes, e sem a mínima afetação, como a coisa mais natural do mundo, falava de assuntos transcendentes, sobretudo no campo da interpretação da história e da sociologia da América Latina. E dessas conversas passava a um largo anedotário das suas lutas políticas em Cuba, das revoluções e motins em que se envolveu, da facilidade com que em seu país se decidiam as questões pessoais, a bala.

E contava os casos de homicídios cometidos em rixas partidárias, das tocaias em que pereceram muitos dos seus amigos, e dos golpes de mão, no tempo da ditadura de Gerardo Machado. Para Gabriel Landa, a violência do sangue espanhol ganhara nova força no trópico e seriam necessárias muitas gerações para acalmar o fogo do temperamento dos nossos povos, que, a seu ver, se achavam ainda muito primitivos para assimilar as boas regras da democracia.

Durante catorze anos, a nossa vida política não teve melhor observador nem mais agudo intérprete. Conhecia os homens, os grupos, os partidos, as querelas pessoais, os interesses particulares. Era íntimo de Getúlio e de muitos dos figurões do Estado Novo, e, no próprio dia da queda da nossa ditadura, almoçávamos em sua embaixada, quando já os acontecimentos estavam em marcha e a sorte do regime, decidida. Lembro-me de que entre os convivas se encontrava o embaixador americano, Adolf Berle, que, à saída, já pelas três da tarde, tomando-me pelo braço, declarava que tudo estava bem e em perfeita calma. E eu lhe disse: "O senhor nos tranqüiliza, porque, sem dúvida, deve ter um bom *intelligence service*.

Mal chegávamos à cidade, verificamos que os tanques estavam na rua, Getúlio cercado no Palácio Guanabara e a ditadura era finda.

Gabriel Landa educara-se numa universidade norte-americana e admirava profundamente a capacidade de ação criadora dos Estados Unidos, embora observasse sempre a completa falta de malícia dos seus homens de Estado, sobretudo em política externa e no trato com os vizinhos da América.

Era do seu gosto especial debater problemas de nossa situação, o que fazia com inteira liberdade e confiança, como se fosse um dos nossos, sempre cheio de espanto vendo a lhaneza do temperamento do povo brasileiro, o nosso horror a qualquer forma de intolerância e a ausência de ódio com que realizamos a evolução histórica e social deste país.

Nesta véspera do Natal, lembrei-me longamente de Landa e Consuelo e de certo modo achei que o destino lhe poupara o espetáculo atual de Cuba, que ele tanto amava.

Não podia viver *sin libertad*, que considerava o bem supremo. Era um dionisíaco; caiu, de repente, em plena beleza.

O FIM DE D. RAFAEL

Cheguei a Santo Domingo ao entardecer, depois de uma viagem bastante acidentada, inclusive por um tufão desses que assolam os céus e o mar do Caribe. O velho *Comodoro* tremera de alto a baixo, rodopiara, dera saltos e mergulhos, dentro das nuvens caliginosas. Muitas vezes naquelas horas espantosas, pensei que chegara para mim o termo das aventuras do mundo. O piloto, jungido à sua máquina, parecia um centauro louro e era da sua tranqüilidade sobre-humana que nos vinha, aos três que viajávamos com ele, naqueles pródromos da aviação, a confiança de que, afinal, desceríamos vivos em alguma parte.

Descemos em Santo Domingo, faz dentro em pouco trinta anos. E Santo Domingo era precisamente a escala prevista para aquela noite, em nosso retorno ao Brasil. Qual não foi a minha surpresa, quando encostava o avião na ponte de desembarque, ao ouvir que um jovem gritava o meu nome; e com grandes gestos, quando para ele me voltei, convidava-me a acompanhá-lo. "Sou o chefe de gabinete do sr. ministro das Relações Exteriores. Sua Excelência o espera no Ministério." E fomos, tristes, rua afora, no meio de um casario pobre, naquela dura tarde de verão.

O licenciado que exercia o Ministério do Exterior era um homem bastante moço, muito cerimonioso, e, acolhendo-me, foi logo dando a notícia de que dali deveríamos seguir ao palácio presidencial onde me aguardava Sua Excelência d. Rafael Leonidas Trujillo y Molina, presidente da República.

Foi curto o itinerário e dentro apenas de alguns minutos já me encontrava defronte de um dos homens mais simpáticos, amáveis e simples com quem já tive ocasião de tratar em minha tão longa carreira de repórter. D. Rafael estava no fim da década dos 30; era um moreno garboso, de olhar firme, palavra mansa e sorriso fácil. Ao estender-me a mão, foi dizendo: "Sem dúvida, *usted* deve estar se surpreendendo com a importância com que é recebido nesta nossa ilha. A verdade é que *usted* chegou-nos por milagre, numa hora decisiva para a República de Santo Domingo. *Venga!*". E conduziu-me a uma varanda muito aprazível onde começaram a servir bebidas e refrescos.

Reparei que o presidente vestia culote, botas de cano longo e um dólmã cáqui. Sem outros preâmbulos deu início ao que convinha. "*Usted* sabe que deverá reunir-se, dentro de alguns dias, no Rio de Janeiro, a comissão incumbida de escolher o local em que se vai erguer o farol comemorativo do descobrimento da América. Por todos os motivos históricos queremos que a nossa ilha seja escolhida para essa homenagem, pois foi a primeira terra avistada pelo Grande Almirante, cujos ossos repousam na catedral. Sei que *usted* dirige uma cadeia de jornais no Brasil e queria dar-lhe uma entrevista, apresentando as razões de Santo Domingo para reclamar a preferência."

A entrevista já estava escrita e era longa. Disse-lhe que estava encantado em fazer a inesperada reportagem e pus todos os meus préstimos a serviço do encantador presidente. D. Rafael pediu-me desculpas. Era seu desejo oferecer-me um jantar em palácio. Mas, como eu via, estava ainda em traje de viagem, pois acabava de chegar do interior da ilha. Houve o jantar presidido pelo licenciado ministro do Exterior e mais três ou quatro pessoas.

D. Rafael fora magnífico de delicadeza e suavidade. Perguntara-me que desejava dele. Respondi que apenas servir a Santo Domingo e se possível que abrissem àquela hora a catedral a fim de que eu pudesse ver o túmulo de Colombo e uma Virgem de Murilo que lhe fora oferecida pelos reis católicos.

Durante trinta anos, aquele amável presidente, tão manso de palavra e tão educado de maneiras, foi o mais terrível e cruel tirano da história tormentosa do Caribe. Vi tudo, cheio de admiração. Pela madrugada, na hora da partida, o mesmo secretário do licenciado estava na ponte de embarque e entregou-me um vasto embrulho de livros, nos quais se demonstrava que os ossos de Colombo se acham mesmo na catedral que eu visitara e não em Sevilha. D. Rafael assinava um dos livros, com uma palavra amável.

D. Rafael, como ordena a justiça bíblica, tombou sob as balas dos seus inimigos. Ficara trinta anos no exercício do poder absoluto.

O TEMPO PROVARÁ

Não ficaria bem com a minha consciência de jornalista, com a missão de exprimir o sentimento público a respeito dos acontecimentos do tempo, se não dissesse daqui uma palavra para condenar os fuzilamentos ocorridos em Cuba, depois da revolução. Nada os justifica. Cerca de 600 pessoas já foram executadas e, no momento em que inicio este comentário, estou sob a indignada impressão que me causou a notícia de que uma mulher acaba de ser julgada e condenada à morte. Antes, anunciara-se que uma criança de 17 anos caíra igualmente sob a inclemência dos juízes.

Nenhuma das razões invocadas pelos revolucionários cubanos para essa interminável onda de sangue é válida diante dos princípios da democracia.

Dizem que as pessoas entregues aos pelotões por essa justiça insaciável são autores de crimes comuns, que mataram ou levaram à morte, pela denúncia, membros das forças de Fidel Castro. Mas, em Cuba, não existia a pena de morte para semelhantes delitos. Os revolucionários é que, inspirados no ódio e na vingança, criaram o código que lhes permite eliminar os seus inimigos políticos e tal consideração basta para mostrar a extensão de sua responsabilidade moral.

Outra alegação absurda é a de que o povo cubano aprova esses homicídios. Deve ser uma dessas afirmações mentirosas com que os governos, colocados acima da lei, buscam nas massas a homologação dos seus desatinos. O povo de Cuba não pode ser confundido com as multidões vociferantes, que, nas praças de esporte, reclamam o sangue dos adversários políticos. Por maiores que sejam os seus ressentimentos contra os crimes do despotismo derribado pelas armas, não acredito que uma nação civilizada e cristã admita que a malta de desocupados que comparece a semelhantes espetáculos e exulta com eles seja uma legítima representação de sua cultura política.

Deve haver nisso um terrível equívoco. Prefiro crer que o povo cubano, nos seus valores efetivos e admirados, nada tem com a causa revolucionária, quando se avilta e historicamente se compromete, nessa vergonhosa mortandade. Estará deplorando, como tem feito a América inteira, que seja possível montar o drama de tão penosa carnificina, em terras livres deste continente.

O argumento de que os que hoje protestam contra as execuções não o fizeram contra os delitos da ditadura de Batista é de suma hipocrisia. Em primeiro lugar, não é verdade que não tenha havido os protestos que não faltam para estigmatizar o procedimento dos governos que se colocam fora da lei. Depois, ainda que não tivesse havido nenhum protesto e os crimes se tornariam justificáveis. A revolução não veio para realizar uma vindita corsa. O seu propósito era, como supúnhamos, mais alto e mais nobre do que isso.

Ninguém contesta o direito dos revolucionários de julgar e punir os delitos praticados. Mas a pena não podia ser capital, pois não estava anteriormente estabelecida na lei. Os grandes responsáveis pelos desmandos da ditadura de Batista puseram-se a salvo; não os pequenos, pessoas de nenhuma importância política, que estão sendo sacrificadas para satisfazer as desabridas paixões dessa falsa revolução.

Fidel Castro tem falado muito de democracia; no entanto, jamais poderá restaurá-la em sua autenticidade. Está condenado à ditadura. Já os seus amigos e correligionários anunciam que, em menos de quatro anos, não será possível fazer eleições e consultar livremente o povo. Usam da mesma fomentada argumentação dos correligionários amigos de Machado e de Batista, pois esses ditadores receberam um dia, também, as aclamações e triunfos que hoje cercam a popularidade do herói de Sierra Maestra. E note-se que nenhum dos dois ascendera ao poder com as mãos manchadas de tanto sangue.

Sou contra a pena de morte. Lutei para eliminá-la na Declaração Universal dos Direitos do Homem. Traduzo aqui o horror da consciência brasileira diante das execuções de Fidel Castro, em quem vejo a substância de um tirano que deixará apagada e distante a figura dos seus predecessores, na amarga história de Cuba. O tempo provará.

SÃO FRANCISCO, DESAFIO E PROMESSA

*E*ntre as singularidades paradoxais do desenvolvimento brasileiro e da conquista da terra, quando comparados aos de outros povos da América, ressalta, a meu ver, o relativo abandono em que tem vivido o vale do São Francisco.

Nada aconteceu aqui de parecido com o que fizeram os americanos à margem dos seus grandes rios, para devassar e desbravar o interior e distribuir progressivamente os benefícios da civilização, dentro de uma economia sólida.

A história do Mississípi contém lições que nunca foram praticadas no Brasil, onde a colonização insistiu em agarrar-se às regiões litorâneas, como tantas vezes tem sido observado.

O bandeirantismo foi episódico e relativamente curto, se se consideram as imensas regiões do Oeste e do Norte, ainda praticamente desconhecidas, a desafiar o gênio dos novos conquistadores.

Explica-se, por essa espécie de displicência nacional em relação ao formidável patrimônio de terra que por aí se estende, que trabalhos como o do jornalista Carlos Lacerda, escrito há cerca de trinta anos, dando conta de suas viagens pelo chamado "rio da integração nacional", tenham-se confinado a páginas de publicações de circulação restrita, quando deveriam, pelo interesse dos estudos que contém, aparecer em livro e constituir assim elemento de conhecimento e estímulo para a obra dos governos.

Aqui é que se encontra propriamente o desafio e a promessa. Não há dúvida de que, nos últimos decênios, muita coisa melhorou e o próprio autor do livro o reconhece, quando faz a comparação das duas viagens empreendidas em circunstâncias bem diversas, mas igualmente frutíferas para um espírito marcado pela paixão da coisa pública e pela objetividade que distingue a vocação do administrador.

Não faltaram viajantes do São Francisco, sociólogos e economistas que levantassem o véu das possibilidades e o mundo misterioso dos problemas naturais e humanos.

O que tem faltado é aquilo que o visconde de Keyserling cognominava a "gana", ou seja, a disposição do indivíduo ou da sociedade para tomar a peito uma empresa difícil e custosa e levá-la avante, por uma força interior histórica como foi a dos lusitanos furando os mares e dos próprios bandeirantes embrenhando-se nas selvas.

Esses possuíam "gana", é certo. Mas, a partir do século XVIII, as forças foram escasseando e, afora a investida cearense na Amazônia, para a qual ainda não apareceu um cantor ou cronista de verdadeiro pulso, tudo entrou em recesso, de que a fundação de Brasília e a construção da estrada Belém-Brasília parecem uma sortida espécie de reverdecimento de um tronco que parecia seco.

O importante do livro de Carlos Lacerda, deixando entrever em suas páginas, como nas dos seus contos ou nas de teatro, o magnífico escritor que teima em viver numa alma atribulada pelos pendores políticos e que tem o gosto poético da ação construtiva, juntando assim duas categorias que não costumam reunir-se na mesma personalidade, é que os problemas apresentados, há quase três decênios, persistem em sua essência. É preciso reapresentá-los, embora se tenha registrado modificação sensível, sem que, no entanto, o que havia de básico no clamor do jornalista haja perdido a sua completa atualidade.

A minha geração foi demasiado verbalista e contemplativa, assim como se a magnitude do escopo a realizar lhe cortasse previamente todo o impulso para um esforço continuado.

Afora um ou outro exemplo que costumávamos atribuir mais à loucura individual, como no caso de Delmiro, do que a uma revelação constante do gênio do povo, o que se fez é mínimo, em cotejo com o aproveitamento de condições semelhantes nos Estados Unidos ou no Canadá.

O livro de Carlos Lacerda não chega tarde, embora não seja mais, também, uma voz clamando no deserto. Algo está em marcha, nesta aurora brasileira. Reconhecendo que existem o desafio e a promessa, um homem de suas responsabilidades, lançado em perspectivas que a sua juventude e poder de ação justificam como sólidas esperanças, tem naquelas páginas ampla matéria de um programa de excepcional transcendência.

Talvez esteja aproximando-se a grande hora do São Francisco.

DE OUTROS TEMPOS

Gosto de fazer andanças pelo passado, lendo livros de memórias, e quanto mais simples e objetivos, sem comentários ou pretensiosas interpretações da vida e do mundo, mais os aprecio. Os fatos puros e escorreitos, passando aos olhos da gente numa prosa limpa, dão a esses livros o encanto de vivermos também, por algumas páginas, a vida dos outros. E, quando sucede que os acontecimentos relembrados e as pessoas que figuram neles foram do nosso tempo e as conhecemos, é como se estivéssemos nós mesmos presentes, em carne e osso, na trama das recordações.

Daniel de Carvalho é desses memorialistas singelos que se contentam com a narrativa corrida das coisas aparentemente sem transcendência. Nelas, no entanto, escorre o romance cotidiano das peripécias do homem do meu tempo: o rapaz que luta com dificuldades para estudar, que forma a roda de amigos de sua geração, que alcança os primeiros cargos públicos ainda modestos e pela correção do procedimento, inteligência, amor à cultura e lealdade partidária ingressa na política, faz carreira, segue os seus contratempos e, nos meandros do serviço público, das câmaras legislativas, da imprensa e da vida social, acaba construindo uma existência, digna afinal de aparecer, em letra de forma, num livro de memórias.

Daniel de Carvalho logo se impõe pela extrema probidade intelectual. Não é dos que se aproveitam dos sucessos em que se envolveram para colocar-se invariavelmente na crista, deixando entender que tudo se teria passado de maneira bem diversa, não fora a sua ação, o seu conselho ou a sua ordem. Prefere a posição de testemunha. É um observador realista, inclinado à tolerância, à compreensão e à boa vontade, que dá sempre preferência aos outros e nessa preferência deixa que as personalidades e os caracteres se desenhem com as suas tonalidades próprias. Quase nunca permite que a malícia ou a ironia se intrometam, de modo a lançar sobre as pessoas com quem conviveu, a maioria delas já do outro lado insondável, a mínima sombra ou suspeita.

Nesse volume *De outros tempos* é particularmente comovedora a carinhosa presença de Alice Daniel de Carvalho, sua esposa, e que foi, verdadeiramente, uma mulher privilegiada pelos dotes que tornam inesquecível uma grande companheira. Todos quantos a conhecemos guardamos a viva lembrança de sua inteligência, de sua graça, da alegria que repontava incessantemente de sua fisionomia luminosa.

As reminiscências do colégio em Barbacena, dos professores, dos camaradas de aulas são especialmente agradáveis e alguns retratos saem das páginas do livro, traçado com mestria, com a minúcia e a cores de um destro pintor.

Daniel sabe transmitir as suas próprias saudades ao coração dos seus leitores. A viagem que fez ao Norte, a bordo do vapor *Pará*, foi para mim muito curiosa, pois nesse mesmo navio, cinco anos mais tarde, vim de Fortaleza para o Rio de Janeiro. E, se os nomes dos viajantes eram outros, os tipos quase se identificavam. Eram os fregueses habituais dessas navegações; deputados, senadores, altos funcionários da Fazenda ou dos Telégrafos, militares transferidos, caixeiros e algum coronel rico indo com a família conhecer a capital.

As chegadas aos portos com as manifestações a políticos em voga, o comandante cheio de importância, o comissário namorador e outros oficiais de bordo que adquiriam aos olhos dos passageiros a condição insuperável de informantes dos pequenos acidentes da vida do navio, do mar, das chuvas e dos ventos. Nem faltaram as baleias, que também vi "esguichando para o ar um jato de água branco e vaporoso".

Daniel de Carvalho esteve na Europa, pouco antes da Segunda Guerra, e viu a Alemanha de Hitler, visitou a Inglaterra e a França e conta-nos no livro, sempre com a sua preocupação de economista, estado psicológico de povos e governos, nas vésperas da grande catástrofe, ainda em preparo, mas já visível para os observadores mais atentos.

À margem *De outros tempos*, suscitam-se tantas lembranças e comentários que seria possível escrever um livro paralelo às sugestões que Daniel apresenta, no quadro de suas reminiscências. Estou certo de que o manancial de suas memórias oferecerá ainda muito material para registros capazes de elucidar o futuro historiador da nossa época, na procura de uma mais acertada compreensão de que foram estes anos prévios à imensa transformação que se está operando no mundo.

Sai-se do seu livro reconciliado com a vida em suas ternuras e mesmo quando amarga, muito melhor do que o aniquilamento.

ENCANTAÇÃO DO FOGO

Outro dia, Brito Broca, que lê velhos jornais e velhas revistas, descobriu num deles, muito maior de trinta anos, uma nota sobre o romance *Quando as hortênsias florescem*, que escrevi, em 1919 e, felizmente, não foi publicado. Os originais existem, mas vou destruí-los no fogo, um destes dias. Deixou de aparecer na época, porque eu o escrevera tão ao vivo nas personagens e nos fatos que o meu querido e saudoso tio professor Austregésilo, para quem eu lera alguns capítulos, me aconselhou a deixá-lo dormir na gaveta, ou, o que lhe parecia mais acertado, substituir as pessoas e os episódios, mas isso, no meu ponto de vista, importaria em mutilar a obra de arte.

Passagens do *Quando as hortênsias florescem* viram a escassa luz da publicidade em jornais sem muitos leitores. Logo descobriram que um dos tipos retratados era o polemista Antônio Tôrres, com quem eu andara às turras na imprensa e que teve a imprudência de desafiar-me para um duelo. Tôrres era gordo e pesadão, jamais se dera a exercícios físicos e nada entendia de como se bater a espada ou florete. No tempo, eu tinha músculos de aço, o boxe era um dos meus esportes e o mestre Zé Ferreira adestrara-me na esgrima para *toucher à la fin de l'envoi* qualquer espadachim famanaz. Duma intervenção oportuna de Gilberto Amado, que advertiu Tôrres dos riscos que ia correr, resultou uma convenção de cavalheiros, segundo a qual não deveríamos mais nos engalfinhar em letras de forma.

Outra figura, traçada a tinta vermelha no romance, era um político da época que se metera em certa aventura amorosa e que eu, na minha inocência de escrita quase infantil, decidira relatar, com grande escândalo de meu tio, que era amigo do homem.

Tantas razões contrárias pareceram-me boas para deixar a peça literária adormecer no bosque. Nenhum príncipe encantado surgiu para despertá-la e, somente agora, Brito Broca foi encontrar suas reminiscências nas páginas desbotadas da *A Folha*, de Medeiros e Albuquerque, e pediu-me que dissesse onde andava o livro, que sorte teve e por que o autor não o deixava correr a grande aventura literária.

Por isso, meu caro amigo, porque nada de bom havia nele e quando o releio, um tanto encabulado comigo mesmo, não me canso de agradecer os conselhos que me foram generosamente dados para enviá-lo ao limbo donde não sairá jamais.

Não é que desgoste da tentativa malograda de inserir-me entre os romancistas do tempo. Antes fizera um outro livro denominado *Marion*, novela de beira de praia, elocubrada e escrita no Seminário da Prainha, vendo ao longe as areias do Mucuripe, os coqueirais e as jangadas de vela, retornando do mar, no cair das tardes. Mas, levado pelas circunstâncias à crítica literária em que me dei logo ares de rigoroso, não quis expor o flanco aos adversários, publicando a minha própria literatura.

Naquelas eras, eu, como os de minha geração, vivia impregnado de Anatole France. Foi sob a influência direta e implacável do *Le lys rouge* e do velho *Monsieur de Bergeret* que me descartei da angústia que se apossa do escritor e não o larga enquanto não lavra o papel. Sabem lá o que é a gente andar de conversas diárias com o Abbé Coignard, freqüentando *La rôtisserie de la reine Pédauque*, ou perder-se em intimidades com o mundo de cínicos *raisonneurs* criados pelo demônio risonho que espalhou em tantos livros a mais impiedosa ironia que já escorreu do coração humano! E andar nessas companhias, quando se tem apenas duas décadas de existência, e nada é certo ou apenas seguro, e já se perdeu o norte antigo sem que outro reconduza a alma e lhe dê novas e melhores inspirações!

Somente depois do encontro com Carlyle e Emerson, e, principalmente, quando me afundei na literatura de William James, é que as grandes sombras do ceticismo foram-se dissipando.

Nada resta quase daquele jardim antigo cujos perfumes entorpeciam. Foi debaixo de suas árvores que as hortênsias floresceram, um dia, na imaginação de um adolescente que viera de distantes paragens para tentar a temerária escalada. O caminho da ascensão povoa-se de túmulos onde jazem tantas coisas mortas. Num deles está encerrado o romance *Quando as hortênsias florescem*, à espera da encantação do fogo...

LEOTA DOS *CANTADORES*

Leonardo Mota telefonou-me, dizendo que tinha chegado do Ceará e queria uma conversa. Perguntei-lhe se lhe conviria visitar-me na redação. Preferiu que nos encontrássemos, no fim da tarde, na Brahma. E foi aí mesmo a nossa primeira palestra aqui no Rio pois que outras tínhamos tido em Fortaleza, muitos anos antes. Já estava sentado à mesa com dois companheiros e foi logo perguntando o que eu queria tomar. Pedi leite, para grande escândalo de todos, que consideraram, de certo modo, uma traição às melhores regras do jornalismo do tempo essa minha prova de desamor ao chope e à cerveja. Uma moderada boêmia deveria andar necessariamente junta com a profissão da imprensa.

Quem jamais conversou com o Leota não sabe o quanto podem a graça, a espontaneidade, a inspiração repentina do sertanejo, quando polidas pela cultura da inteligência. Porque ele não era um mero repetidor de cantigas e anedotas, apanhadas em suas inúmeras viagens pelo interior do Ceará, ouvindo os mais destros cantadores e recolhendo as histórias autênticas da boca dos narradores do sertão.

Ele mesmo, em sua conversa variada e pitoresca, com os recursos de prodigiosa retentiva, ia improvisando, ao tecer comentários sobre homens e coisas, com uma versatilidade de assuntos e observações que faziam do Leota o mais completo repositório de casos e fatos da sua gloriosa província.

Lembrei-me também de algumas figuras, inclusive de um cego que tocava num chapéu de couro e, segundo diziam, se tinha salvo, agarrado numa tábua, no naufrágio famoso do vapor *Bahia*. Desastre celebrado pelo poeta Segundo Vanderlei, num poema que começava assim: "Corria a noite em meio..." e que eu soube inteirinho de cor, quando menino.

Ao darmos por nós, já eram mais de sete e meia da noite, e eu tive que sair correndo para o batente da máquina, no escritório da United Press, onde traduzia aborrecidos telegramas até pela voz da madrugada.

Nessa noite, o meu espírito esteve povoado de sonhos, evocações e imagens da terra longínqua e dos tempos da infância, tudo despertado pela magia da prosa de Leonardo Mota.

Algumas semanas, vimo-nos em rápidos encontros, sempre entre devaneios, anedotas, cantigas e reminiscências de Quintino Cunha, do padre Feitosa e do Manezinho do Bispo. Não faltavam também estrepolias do padre Verdeixa e tiradas do velho João Brígido, agredindo com a costumeira contundência e mordacidade os seus infelizes inimigos.

Desapareceu sem despedir-se e alguns meses depois mandou-me o volume dos *Cantadores*. Foi como se de súbito o sertão viesse ter comigo no asfalto.

Uma vez, na casa de Luís Carlos, o querido e saudoso poeta, passamos uma noite ouvindo Catulo da Paixão Cearense. Os presentes pareciam comovidos e eu nem como coisa, como se diz no Ceará. Catulo observava a fisionomia dos circunstantes, reparava se batiam palmas e se davam mostra de entusiasmo. Notou certo retraimento de minha parte e, findo o recitativo, veio tomar-me satisfações pelo que lhe pareceu indiferença ou falta de simpatia pelos seus versos. Não era nada disso, afirmei-lhe, e sim que eu ouvira muitos glosões sertanejos pegando desafio e o gênero não me oferecia nenhuma novidade. Catulo nunca me perdoou a ousadia que foi coisa de menino petulante, do que me arrependi e vim depois a louvar muito os seus poemas.

Agora, o meu confrade e companheiro Orlando Mota manda-me a terceira edição dos *Cantadores*, por sinal que muito boa, feita na Imprensa Universitária do Ceará. Reli tudo com bastante gulodice, pois foi um reencontro não apenas com os violeiros e trovadores, com os matutos perspicazes contadores de "causos", como sobretudo com o próprio Leota, já há onze anos repousando naquele velho cemitério de Fortaleza, de que só me recordo por um carrapichal enorme e ainda por uma moita de pega-pinto que ficava assim para um canto.

Não houve inteligência maior do que a sua, gasta assim em conversas intermináveis nas mesas de café. Ficaram-lhe, no entanto, cinco livros, fundas pesquisas trabalho de interpretação, obra não apenas de apanha do folclore como de sociologia e história popular.

Morreu cedo, quando começava a produzir de maneira amadurecida, enveredando num trabalho que, com o tempo, poderia ser altamente precioso para a literatura do Brasil. Assim mesmo o que deixou é do melhor quilate e falará para sempre do seu nome.

LIN YUTANG

O famoso escritor chinês Lin Yutang esteve alguns dias entre nós e foi um encanto, para todos quantos conviveram com ele, verificar a espontaneidade de sua palavra, a graça de suas observações, como é de fato um filósofo pela tolerância e compreensão, e como apreende, fácil e rapidamente, a natureza e psicologia dos seus interlocutores. Acumulou-se nele toda a sabedoria que os milênios ensinaram à China, junta a um maior poder de expressão que deve ter aprendido no Ocidente.

Já nos havíamos encontrado em Paris, há dez anos, num almoço, durante o qual entretivemos longa conversação sobre a vida no Brasil e as nossas atividades literárias. Com toda a simplicidade, Lin Yutang disse-me que não se lembrava de nada, o que é natural, tantas são as pessoas que encontra, em suas andanças pelo mundo. De que não se lembrava mesmo, deu prova cabal quando disse aos jornalistas que jamais ouvira falar de algum escritor brasileiro e que aqui chegava *in albis*, a respeito de tudo que se relaciona com a nossa literatura.

Podia ter escondido essa falha que foi tomada como descortês, sobretudo quando se pensa que veio como nosso hóspede e nada lhe teria custado decorar dois ou três nomes, precisamente para responder quando lhe fosse feita a esperada pergunta. Mas Lin Yutang é muito sincero para usar desses subterfúgios, mesmo com a idéia muito chinesa de ser sempre polido. Não sabia nada, e, com toda a bonomia, disse aos rapazes da imprensa.

Também nós conhecemos pouquíssimo da vasta literatura do grande pais asiático onde as letras florescem, faz tantos séculos.

Certa vez, num encontro com o escritor François Mauriac, ouvi a mesma declaração desapontadora para o orgulho brasileiro. Também ele jamais tivera contato com um livro de escritor da nossa terra e sem cerimônia afirmou-me. Respondi, meio estomagado, que também nós, aqui no Brasil, estávamos deixando de lado a literatura francesa, em parte porque outras literaturas, e em parte porque a França andava escassa e um tanto inferior, em produção literária. Assim ficamos em condição de igualdade, na troca de declarações pouco amáveis.

De outra feita, em Washington, numa recepção na casa de um senador prestigioso, falávamos de grandes personalidades da América e nenhum dos presentes foi capaz de citar uma só do Brasil. Eu acreditava que Rui Barbosa havia sido o assombro do mundo e falei longamente de sua ação em Haia, mas também a totalidade do auditório nada sabia a respeito dessa conferência. Um dos presentes perguntou-me pelo sr. Silva e eu tive a ingenuidade de pensar que o rapaz conhecia José Bonifácio, o Patriarca. Mas não era, e sim um atleta, de nome Ademar Silva, que havia saltado mais longe do que os concorrentes nas últimas Olimpíadas.

É comum os jornais aqui publicarem que esse ou aquele brasileiro está espantando os povos, mas, se assim é, são casos excepcionais e de extrema fugacidade. Logo os povos, de memória fraca, esquecem os nossos patrícios ou os confundem com pessoas de outras nacionalidades.

O melhor é não dar grande importância ao fato de nos conhecerem ou nos ignorarem, levando em conta que nós também ignoramos infinitas coisas na existência das outras nações. Um inquérito bem feito haveria de demonstrar, com escândalo para os devotos de Machado de Assis, como é diminuto o número de brasileiros que já o leram. Serão apenas alguns milhares entre os milhões que desconhecem a sua existência.

Grande foi o meu espanto, verificando, numa roda de jornalistas, que nenhum deles sabia quem foi Eduardo Prado. E, diante de minha insistência para que fizessem um esforço de memória, ouvi um dos rapazes dizer vitorioso que havia sido um prefeito do Rio de Janeiro, no tempo do governo Rodrigues Alves. Aqui cessei as minhas perguntas e considerei inútil desfazer as confusões.

BORGES DE MEDEIROS E SEU TEMPO

*H*á festa nos arraiais da literatura e da História, com o aparecimento do livro de memórias de João Neves da Fontoura. Vai de sua infância em Cachoeira, passa pelos dias de colégio, pelos estudos superiores na Faculdade de Direito, as primeiras lutas cívicas, ainda na época de aluno, o jornalismo a que ninguém de merecimento intetectual se forra na província, as primeiras atividades políticas, as revoluções dos nossos dias até a vinda para o Rio de Janeiro, onde se abriu o ciclo de 1930.

Esse primeiro volume denomina-se *Borges de Medeiros e seu tempo*, porque o grande patriarca domina tudo com a sua personalidade e é justo identificá-la com a República, não apenas no Rio Grande do Sul, onde a evolução política assumiu aspectos bastante peculiares, mas em todo o Brasil, onde durante trinta anos esteve presente o influxo desse homem inconsútil, encarnação da honra, da veracidade e da justiça, para relembrar aqui o retrato que Rui fez de seu pai.

João Neves possui a técnica e o estilo do memorialista de escol, aquele que as mais das vezes se retrai e esconde, para que os fatos e os homens que passaram em sua vida ganhem relevo próprio e por si mesmos deponham sobre a realidade e marquem o sentido mais profundo e mais amplo da narrativa. Aqui e ali repontam figuras admiráveis, retratos traçados com firmeza e mestria, sentenças dignas da perpetuidade do bronze. O que impressiona, sobretudo é a isenção, a altitude com que o autor tantas vezes parte nos acontecimentos, julga as ações dos homens, sejam amigos ou adversários, e procura interpretá-las, não para justificar a sua parcialidade ou obter para ela a aprovação histórica, mas inspirado no dever de prestar às gerações o testemunho verídico e o julgamento equânime.

O método adotado de não se ater aos rigores da cronologia e antecipar-se na conclusão dos fatos ajuda a se descobrir na leitura a linha conseqüente da estrutura dessas memórias que são fruto de puro diletantismo literário, mas contêm a substância dos ensinamentos que a experiência política proporciona ao Brasil, na história mais recente do Rio Grande do Sul.

Aliás, evidentemente foi o propósito que levou João Neves a realizar essa grande construção que está destinada a ser um dos marcos orientadores daqueles que quiserem pesquisar, com acertos, os sucessos políticos contemporâneos, na autorizada palavra de um dos seus agentes.

Tenho lido que as memórias, até há pouco bem raras na literatura brasileira, começam agora a enriquecer esse gênero. Sou dos que o estimam e encontram nele uma fonte de verdade e conhecimento do passado, superior mesmo à dos livros convencionais de História. Se é certo que o memorialista tem natural tendência a colocar-se no centro da narrativa e atribuir-se um papel, às vezes exagerado, na marcha dos acontecimentos, não é também menos exato que oferece à consideração do historiador minúcias e enredos que constituem a parte secreta na evolução e determinação do procedimento social e político dos indivíduos e das nações.

Sob esse aspecto *Borges de Medeiros e seu tempo* pode ser apontado como um exemplo de critério, bom senso e discrição. É claro o esforço do escritor em omitir-se, quanto possível, no curso de episódios em que, pelo consenso geral, teve participação eminente e decisiva, para que sobressaiam fatores e pessoas que contam apenas o mérito de reduzida coadjuvação. A amenidade e a graça do estilo, em que o tribuno político não deixa nunca transparecer a força de sua eloqüência, eis outro motivo de atração de *Borges de Medeiros e seu tempo*.

Quando comecei a carreira de jornalista, o extremo liberalismo do espírito levou-me a apreciar malevolamente a personalidade de Borges de Medeiros. Cedo percebi o engano e penitenciei-me do erro cometido. João Neves desfez as últimas restrições que ainda fazia ao nobre e grande varão, a quem o destino reservou, entre glórias e decepções, o privilégio de ver, na grandeza do Rio Grande do Sul e do Brasil, dentro das instituições republicanas, o triunfo de suas idéias de juventude e o fruto de sua ação política como chefe de governo.

BRASIL SEM LIVROS

Os dirigentes do Brasil, responsáveis pelo futuro do país, não têm prestado atenção ao cruciante problema do livro estrangeiro, cujos preços tornam inacessível e quase utópica a idéia de formar uma pequena biblioteca aos moços que ainda se interessam pela literatura.

Não digam que as bibliotecas públicas ou de instituições particulares podem suprir essa falta. Primeiro é preciso saber que o número de bibliotecas é bastante reduzido e que a maioria delas, senão a totalidade, se acha desatualizada, porque as verbas destinadas a novas aquisições são muito parcas e estão longe de acompanhar a rápida ascensão dos preços.

Antigamente, os estudantes, no começo dos estudos, principiavam também a organizar uma biblioteca com os livros e os autores de sua preferência. Podiam tirar dos minguados vencimentos dos empreguinhos que exerciam e até das mesadas que recebiam de casa uns poucos mil-réis para comprar livros. Coleções francesas que são hoje preciosas eram oferecidas nas livrarias a dois e três mil-réis o volume e os livros brasileiros e portugueses raramente iam além da casa dos cinco.

Havia, além disso, a estimável instituição dos sebos, dos quais o exemplo mais glorioso é o saudoso Quaresma, onde o livreiro Carlos Ribeiro formou a sua vasta cultura de mercador de papel impresso.

Livros de segunda e de terceira mão que a gente mandava encadernar ou reencadernar e hoje figuram em lugar de honra, como coisa muito valiosa, nas bibliotecas dos que nos iniciávamos nos mistérios e seduções da literatura.

Tais facilidades morreram, talvez para sempre. Agora, só tomamos conhecimento do que se publica na França, na Inglaterra ou nos Estados Unidos, para falar apenas dos países onde pessoalmente me supria de novidades literárias, através de umas poucas revistas especializadas.

Um mundo de beleza e vertiginosa criação pára à margem das nossas possibilidades, ou nos chega filtrado pela crítica sumária da imprensa estrangeira nos seus suplementos dominicais.

Para nós, que estávamos acostumados a acompanhar de perto e com assiduidade o movimento do *vient de paraître*, é como se estivéssemos habitando outro planeta e até achamos que foram os franceses, britânicos e americanos que cessaram de escrever e que o mercado universal de livros entrou em definitivo colapso. É uma espécie de consolo.

Deixei de responder às cartas dos correspondentes em Paris, dando o catálogo doslivros novos, e suspendi a assinatura de algumas revistas que tanto ajudavam a manter a cultura em dia.

Quanto aos estudantes mais jovens, nem sequer ouvem falar dessas coisas e, recentemente, um deles me perguntava para que eu queria tanto livro em casa, se nem ao menos havia tempo para lê-los... Pois não é que estava fazendo uma observação judiciosa!

Além disso não há mais paredes para estantes. Os apartamentos foram feitos para evitar esses desperdícios de espaço. A menos que se faça como Anatole France, que jogava no fundo da banheira os livros que ia recebendo, o que deixava a impressão do pouco uso que fazia desse local de ablações mais prolongadas.

Não tardará muito que o hábito da leitura se perca, ou que resuma a alguns poucos jornais, e mesmo esses se acham correndo sério perigo com a competição de rádios e televisões que nos contam tudo rapidamente e de graça.

Iniciei este comentário acusando os governantes do país pela sua indiferença diante do problema do livro. Creio que fui injusto. Poucos dentre eles voltaram a abrir um volume qualquer, desde que deixaram os compêndios do ginásio. Tendo realizado brilhante carreira política sem a ajuda dos livros, passaram a considerá-los coisa supérflua e até, sob certos aspectos, prejudicial ao espírito do homem moderno.

Os nacionalistas vêem na importação de livros uma forma de influência perniciosa do imperialismo e uma causa injustificável de evasão das nossas divisas.

Já está sendo devidamente cogitada a criação da Livrobrás, que colocará o Brasil na classe dos países autárquicos, em matéria intelectual, juntamente com a maioria das novas repúblicas africanas...

ASCENSÃO E QUEDA DO TERCEIRO REICH

Acabo de ler o livro de William Shirer, denominado *Ascensão e queda do Terceiro Reich*, minucioso relato do mais trágico acontecimento do nosso tempo, qual foi a doutrina política do nazismo com a sua potente organização civil e militar, apoiada num país de tão grande cultura científica e poder bélico como a Alemanha. Jamais na história do mundo, os ressentimentos causados pela humilhação de uma derrota como a de 1918 cristalizaram-se de maneira menos racional e, ao mesmo passo, com tamanha concentração de energia combativa.

William Shirer foi, durante muitos anos, correspondente da imprensa americana em Berlim, tendo sido dos últimos cidadãos de seu país a abandonar a Alemanha, depois de Pearl Harbor. Ninguém mais apto do que um correspondente de jornal para observar e transmitir os fatos, em seu imediato realismo, fixando-se em minúcias que, sem a curiosidade do pormenor, própria da reportagem, passariam despercebidas ao historiador, sempre mais atento às grandes linhas em que se produz o desenvolvimento histórico. No entanto, não raramente o pormenor circunstancial é que possui o conteúdo mais rico em significado e oferece a genuína explicação do procedimento individual e da conduta social dos povos.

De 1930 a 1945 houve na Alemanha uma terrível conjunção de pessoas e coisas, ordenadas pela fatalidade para a realização assombrosa da crise política e moral que ameaçou submergir, pelos séculos, as conquistas da civilização. Houve, sobretudo, o fenômeno Hitler, a indicar como, ao contrário do que tantos acreditam, a personalidade com os seus misteriosos magnetismos pode ser a chave do destino das nações e pesar sobre elas, longa e penosamente.

Recontados os fatos, em sua frieza e veracidade, nas páginas desapaixonadas de um livro, o que nos assalta é uma vaga de incredulidade. Como pôde um histrião tocado de audácia e charlatanismo, possuído ao mesmo tempo de ódio e de gênio como condutor de massas, estabelecer seu domínio pessoal sobre um dos povos mais cultos da Europa, ao ponto de ensandecê-lo, conduzindo-o à ruína? Como pôde esse povo aceitar, não apenas passivamente, mas cheio de entusiasmo cego, a responsabilidade dos crimes mais repugnantes que se registram nos fatos contemporâneos?

A leitura do livro de Shirer, no entanto, mostra como o processo teve a sua lógica implacável.

Lembro-me que, antes da tomada do poder pelos nazistas, conversei com um alemão de inteligência e clareza de raciocínio, exprimindo-lhe o meu temor de que o grande país se deixasse, afinal, empolgar pela paixão da vingança, curtida na derrota do Kaiser Guilherme, embarcando, outra vez, numa rubra aventura de guerra. Riu-se o meu interlocutor como se eu estivesse dizendo alguma coisa bárbara e completamente fora de possibilidade. "Hitler e seus camisas-pardas são risíveis. Não há na Alemanha, fora do pequeno grupo de seus fanáticos, quem os leve a sério." Essa conversa antecedeu apenas de dois anos o advento do Terceiro Reich, com a destruição da liberal-democracia e o oceano de sangue com que, mais uma vez, a tirania inundou a triste história da humanidade.

Em relação a Hitler, o mundo inteiro procedeu sem a mínima clarividência a respeito das causas aparentemente mínimas e destituídas de importância que se ajuntam para determinar as grandes revoluções.

Não cabe aqui, em tão curto espaço, examinar mais de um milhar de páginas, em que Shirer, pacientemente, amontoou os fatos fornecendo, desse modo, ao filósofo elementos para condensar e fazer a síntese que, na perspectiva do tempo, representará o julgamento histórico da posteridade, inspirada somente em encontrar o verdadeiro sentido dos acontecimentos, sem nenhum rancor ou moléstia, como hoje narramos e comentamos, por exemplo, as perseguições de Nero.

De tudo deve ficar, porém, como escarmento, a grande advertência de que é preciso descobrir cedo o perigo, enfrentá-lo enquanto diminuto, pois na vida das nações não há sintomas desprezíveis, nem fatos indignos de considerar, nem homens ou idéias que, eventualmente, no fio da evolução, não possam tornar-se perigosos. Profetas, charlatães, embusteiros, palhaços autênticos ou simples imitadores são como os vírus que, se encontram terreno propício, produzem a doença e a morte. Urge vigiá-los, sem fiar-se em que morrerão pelo ridículo.

O testemunho das épocas comprova que o ridículo, a falsa originalidade, os tiques que aproximam da insensatez e da loucura, geram os fanatismos e os monstros que acabam, devorando as nacionalidades imprudentes.

MUNDO SEM PROVIDÊNCIA

No pórtico do livro encontrei a advertência de George Santayana: "Aqueles que não se lembram do passado estão condenados a revivê-lo". Falo do volume *Ascensão e queda do Terceiro Reich,* ampla coletânea de fatos, feita pelo grande repórter americano William Shirer, que os presenciou e foi o último jornalista a deixar a Alemanha, depois de haver Adolf Hitler declarado guerra aos Estados Unidos.

Fizeram-se já traduções do livro em quase todas as línguas cultas e é enorme o interesse despertado sobretudo entre as novas gerações, entre os jovens que não tinham nascido ainda, ou apenas começavam a vida, quando teve início a grande catástrofe.

Conversando com um deles, pude notar a radical diferença de atitude com que ambos apreciávamos a figura sinistra dos homens do Terceiro Reich, o papel que representaram na História contemporânea e os aspectos trágicos do reaparecimento de uma personalidade monstruosa como a de Hitler, já indo pela metade o século XX.

Muito diversas eram as nossas reações: o moço tomava conhecimento de acontecimentos e homens, ainda os mais repugnantes e tortuosos, como se fossem duendes ressuscitados pela História, sem quase nenhuma realidade palpável, algo assim como puras criações novelísticas que só superficialmente atingiam a sua sensibilidade.

A proximidade do tempo conta pouco. O passado absorve todas as coisas no seu mistério, não valendo muito que seja de ontem, ou se haja enterrado nos milênios.

Para o rapaz, Hitler, Goebbels, o terrível Himmler, o jocoso Goering e todo o rol de fanáticos tarados, infames assassinos das organizações nazistas, com os fornos crematórios e os homicídios em massa de judeus e adversários políticos, todo o requinte de crueldade e desprezo pelos mais rudimentares sentimentos humanos não passavam de reminiscências que, em seu espírito, não se distinguiam de outras do mesmo gênero, referindo-se a Gengis Khan, Ivan, o Terrível, Catarina da Rússia e, mais longe ainda, os cruéis imperadores romanos que respondem pelas perseguições ao cristianismo.

O panorama não lhe oferecia, em seus contornos, acidentes especiais, capazes de inflamá-lo contra Hitler com uma cólera superior à que poderia reservar para os tiranos guardados na memória dos séculos.

Pelo contrário, verifiquei com assombro que a curiosidade por determinados traços psicológicos do mundo infame do nazismo e certos aspectos da filosofia da doutrina política encontravam compreensão e até mesmo alguns laivos de simpatia na alma do adolescente.

Uma coisa é ter sido testemunha, empenhado na luta, sofrendo os golpes da violência e da injustiça, na expectativa do triunfo da opressão sanguinária, e outra bem diversa assistir a desenrolar-se o drama com os artistas mortos, numa época calejada pelas injúrias do materialismo, quando a liberdade do espírito deixou de ser o apelo principal e mais instante da juventude, e outros valores, embora mesquinhos e falsos, colocam-se, em primeiro lugar, em suas preocupações.

Debalde tentei insuflar no meu jovem interlocutor, saído das páginas tão vivas das narrações de William Shirer, ódio à insensatez dos morticínios praticados, em escala nunca vista, nos tempos modernos, pelo hitlerismo. Não obtinha que assumisse em face de Hitler uma posição de combate, ou sequer repulsa mais candente.

Voltava o rapaz a argumentar comigo com outras encarnações da teratologia política, inclusive as hecatombes bíblicas ou as grandes mortandades cometidas por povos ilustres, quando era de uso o vencedor exterminar a nação vencida, não deixando pedra sobre pedra em suas cidades e levando em cativeiro toda a população válida e aproveitável.

Vi a relutância da mocidade em considerar a História como uma lição, em eximir-se de qualquer co-responsabilidade com o passado, em solidarizar-se com o patrimônio moral da humanidade, na condenação ao crime e no propósito de impedir que se repita.

Ocorreu-me que possam, um dia, Hitler e seus ferozes comparsas tomar roupagens novas na hermenêutica de algum historiador rigorosamente maquiavélico. Como há quem justifique e exalte Júlio César, quem explique Pedro, o Grande, quem veja em Stalin, com os milhões que foram mortos por sua ordem iníqua, somente uma força da História, movendo-se nas suas imposições inelutáveis.

Apenas uma fatalidade da natureza humana, em sua evolução constante, mas insegura, em que avanços e retornos se inserem iterativamente, como se não houvesse jamais uma Providência regendo os destinos.

ABELARDO E HELOÍSA

Ora, sucedeu que, num jantar na embaixada inglesa, tive a sorte de estar sentado junto a uma senhora americana, a qual me surpreendeu com uma erudita conversa a respeito da correspondência de Abelardo e Heloísa, e mais ainda, dizendo-me que os lera em língua latina, no próprio original, tendo posteriormente repetido a leitura em inglês. E, quando mal me repunha do espanto de ver uma conversa de mesa, geralmente frívola, passar a tal assunto, a dama que estudara para ser a mestra de latim, na Universidade de Vanderbilt, começou a fazer um paralelo entre as cartas dos dois fervorosos amantes e as de sóror Mariana do Alcoforado.

Amplo estudo de literatura comparada e, mais que isso, um exame dos motivos psicológicos que inspiravam Abelardo e Heloísa, em contraste com as tênues e fantasiosas lucubrações da freira lusitana.

Tive, então, que recorrer ao fundo da memória para não ficar atrás, naquela singular conversa, uma vez que a tanto obrigavam as minhas antigas armas de filósofo e teólogo e o título mais recente de membro de uma academia de letras.

Aceitei o desafio e saí a campo, em defesa do valor das famosas cartas de sóror Mariana. Não que pretendesse colocar no mesmo nível o denso sentido espiritual da dialética de Abelardo, a mais reputada e ilustre do seu século, ou a sutil sensibilidade da argumentação ascética de Heloísa e as meditações de sóror Mariana, nas quais é o coração que fala sempre e muito raramente o pensamento se alteia aos páramos em que se comprazia com freqüência a sobrinha de Fulbert.

Não se trata de medir valores que têm transcendência e categoria próprias, e sim de atingir, em cada qual, a elevada marca de espiritualidade e delicadeza que possui.

Pouco importa que se negue a autoria das cartas de sóror Mariana. Quem quer que as tenha escrito, mulher ou homem, vincou a história literária do mundo, de maneira inesquecível. Reconheço, com a minha interlocutora, que faltou a sóror Mariana o fogo de uma paixão vivida terrivelmente e sufocada, afinal, na solidão e no sacrifício do claustro. Pode-se dizer que Heloísa foi de fato uma mulher e sóror Mariana apenas um anjo. Heloísa era uma criança e Abelardo, homem maduro, com a fama de ser o maior filósofo do seu tempo, adversário vitorioso de Guillaume de Champeaux, respeitado e temido em todas as universidades da Europa.

Colocados um diante do outro, como mestre e discípula, foram apanhados pela tempestade do céu. De seu amor nasceu um filho e o remédio moral do casamento secreto não aplacou as cóleras que a paixão suscitara entre os inimigos de Abelardo. Separados e recolhidos a monastérios distantes, passaram a viver das inquietações da saudade e da penitência feita na busca do perdão e da paz.

Essa chegou a Heloísa, mas o seu amante deveria enfrentar a tormenta até o derradeiro dia, e muito depois da morte de ambos jamais repousaram, tantas vezes foram as suas cinzas transferidas de túmulo, ao sabor da incompreensão e dos interesses dos vivos.

"Como é doce receber uma carta de um amigo ausente!", exclama Heloísa exorando ao esposo que não cessasse de escrever-lhe.

As cartas de Abelardo são, não raro, temerárias, vendo-se nelas a intenção de recordar a Heloísa as horas de triunfo de seu amor. Mas a abadessa de Paracleto jamais deixa escapar uma palavra duvidosa, que possa despertar no amante um pensamento menos puro.

O amor de Abelardo e Heloísa perdura como um símbolo. As gerações não esquecerão nunca as plenitudes de sua grandeza. Mas a sua força de vida não vem das peripécias de sua aventura e de seu doloroso desenlace, e sim do poder de expressão do que há de mais íntimo na ternura e na sensibilidade do amor, nas cartas que legaram em testemunho. A Abelardo, Heloísa dirigia-se nestes termos: "A seu mestre e antes seu pai; a seu esposo e antes seu irmão; sua serva e antes sua filha; sua esposa e antes sua irmã". Abelardo é mais sóbrio e severo: "À esposa de Cristo, o servidor do mesmo Cristo". Que mundo de observações poderíamos ainda fazer, a sra. Lamb e eu, naquela hora fugaz de um banquete de cerimônia, se a graciosa embaixatriz Wallinger, autora de prestígio e renome, não tivesse dado o sinal de levantar!

SÓ O JUÍZO FINAL

*F*alta uma semana para o dia 11 de julho. Será um sábado, segundo estou vendo aqui na folhinha. Um sábado na Califórnia, no verão, é como um dia de festa: o céu azul, igual àquele dia no qual não queria Olavo Bilac que ninguém morresse. "Um dia assim, de um sol assim..."
Todos aqueles que podem procuram as praias ou vão despojar-se dos seus complexos às margens dos lagos artificiais, tão abundantes no país. Desde a manhãzinha, quando mal desponta o sol, as multidões desocupadas saem a espairecer em algum lugar pitoresco. É a delícia da vida.
Mas, nesta manhã, um homem terá encaminhado os seus passos, que suponho hajam sido lentos com a lentidão de quem marcha pela última vez, rumo a uma câmara de gás. Anos e anos lutou pela vida. De triste criminoso, transformou-se, nesse tempo, num escritor de fama universal. Escreveu para explicar, para defender-se, para fazer sentir aos outros homens, seus semelhantes, que a prisão basta para corrigir e que a morte irremediável é um castigo sem finalidade.
Caryl Chessman terá sido derrotado, em sua batalha contra a dureza e inflexibilidade da lei? Nada posso dizer, a uma semana do desenlace. O certo é que a consciência da maioria dos homens livres está com ele, pensando em que a supressão da vida infeliz nada acrescentará ao pres-

tígio da Justiça e em que, mais uma vez, a enormidade da pena de morte estampa-se como um terrível libelo, à face do mundo.

O júri que condenou Caryl Chessman viu nele apenas um delinqüente, o homem que matou, numa explosão brutal do instinto, e, sem outra consideração, friamente, declarou-o culpado. O juiz interpretou o veredicto, mandando o réu à câmara de gás; tudo tão simples e rigorosamente adstrito às formalidades legais. Mas havia em Cary Chessman algo diferente. A prisão descobriu nele uma sensibilidade adormecida, um artista irrevelado, um poder de reflexão que jamais se poderia surpreender no autor daquele monstruoso delito.

Surgiu em Caryl Chessman o homem novo. O homem novo que recebeu o Espírito Criador. *Emitte spiritum tuum et creabuntur*. E as coisas criadas por Caryl Chessman feriram em cheio o senso mais amplo da Justiça, aquele que não insula o criminoso do seu meio nem elide a cumplicidade coletiva na ação individual e antes procura pô-la a nu, aos olhos de todos, para que cada qual meça a extensão de sua própria responsabilidade.

Não quero tratar o assunto Chessman no espírito poético da famosa balada wildeana. É melhor vê-lo à luz da própria filosofia penal, em sua concepção mais moderna e que mesmo alguns dos povos mais adiantados insistem em desconhecer. O que está em causa é o próprio castigo da morte, inútil nos seus efeitos repressivos e sem oferecer aos criminosos a mínima perspectiva de correção. Nenhum homem ou comunidade de homens tem direito de arrancar a vida, de julgar de maneira irreversível, de assumir a posição que só se compreende partindo dos altos e insondáveis desígnios da divindade.

Não sei se, a estas horas, o corpo do escritor Caryl Chessman, ou apenas as suas cinzas, jazerá num daqueles risonhos cemitérios da Califórnia, em humilde sepultura sem cruz nem inscrição, mortalmente queimado pelos gases. É impossível prever. Algo, porém, ouso afirmar: o castigo não deterá a mão de nenhuma outra vítima, como ele mesmo foi, dos erros da organização social.

Outro dia, um escritor inglês, discutindo o velho tema da pena de morte, lembrava que, apesar da forca, incessantemente armada nas prisões da Inglaterra, é ainda ali que se verificam os crimes de sangue mais hediondos. Ninguém ganhará nada com a morte de Caryl Chessman, e toda a humanidade perderá o tesouro de sensibilidade e beleza que foi encontrado nele, depois que as sombras da prisão desceram sobre a sua vida desventurosa. A prisão perpétua teria bastado, não apenas como vingança, mas sobretudo como ensejo para a remissão do seu grande pecado.

Estou certo de que, se Caryl Chessman estiver morto, a sua alma, purificada pelo sofrimento e pela penitência, não estará entre os condenados eternos. Deus o terá chamado à Sua presença para dizer-lhe: "Ao conferir-te o dom da contrição e do poder de transmiti-la a outrem com a palavra escrita, indiquei que estavas absolvido, e os homens não o compreenderam. Assenta-te à minha direita e espera o Juízo Final, o único em que a justiça é verdadeiramente infalível".

BIOBIBLIOGRAFIA

Austregésilo de Athayde (Belarmino Maria A. Augusto de A.), professor, jornalista, cronista, ensaísta e orador, nasceu em Caruaru (PE) em 25 de setembro de 1898, e faleceu no Rio de Janeiro (RJ), em 13 de setembro de 1993.

Era filho do desembargador José Feliciano Augusto de Athayde e de Constância Adelaide Austregésilo de Athaydet e bisneto do tribuno e jornalista Antônio Vicente do Nascimento Feitosa. Cedo foi viver no Ceará, onde morou em várias cidades, acompanhando as constantes mudanças decorrentes da atividade profissional de seu pai na magistratura. Ingressou no Seminário da Prainha aos 12 anos de idade e lá estudou para o sacerdócio até o terceiro ano de Teologia. Deixando o seminário, revalidou os preparatórios no Liceu do Ceará. Foi professor do Colégio Cearense e do Colégio São Luís, dedicou-se ao ensino particular e começou a colaborar na imprensa, até 1918, quando se transferiu para o Rio de Janeiro.

No Rio de Janeiro, prosseguiu no magistério particular no Curso Normal de Preparatórios e no Curso Maurell da Silva. Iniciou a carreira jornalística no jornal *A Tribuna*. Em 1921, passou a colaborar no *Correio da Manhã*, dedicando-se à crítica literária, e mais tarde em *A Folha*, de Medeiros e Albuquerque. Foi tradutor e redator das agências Associated Press e United Press. Escreveu o livro de contos *Histórias amargas*, publicado em 1921.

Em 1922, colou grau em Ciências Jurídicas e Sociais na Faculdade de Direito do antigo Distrito Federal. Manteve-se sempre ligado profissionalmente à imprensa. Em 1924, convidado por Assis Chateaubriand, assumiu a direção de *O Jornal*, ponto de partida para a organização dos Diários Associados, em que exerceu intensa atividade.

Adversário da Revolução de 1930, participou, ao lado de Assis Chateaubriand, do Movimento Constitucionalista irrompido em 9 de julho de 1932, em São Paulo, tendo sido preso e exilado para a Europa em novembro desse ano. Permaneceu muitos meses em Portugal, Espanha, França e Inglaterra e de lá se dirigiu a Buenos Aires, onde residiu nos anos de 1933 a 1934.

De volta ao Brasil reiniciou suas atividades nos Diários Associados como articulista e diretor do *Diário da Noite* redator-chefe de *O Jornal*, do qual foi o principal editorialista, além de manter a coluna diária Boletim Internacional. Também escreveu semanalmente na revista e, por sua destacada atividade jornalística, recebeu, em 1952, na Universidade Columbia EUA o Prêmio Maria Moors Cabot.

Em 1948, tomou parte como delegado do Brasil na III Assembléia da ONU, em Paris, tendo sido membro da comissão que redigiu a Declaração Universal dos Direitos do Homem, em cujos debates desempenhou papel decisivo. Dos redatores dessa histórica declaração, além da presença de Athayde, cumpre lembrar os nomes da jornalista norte-americana Eleanor Roosevelt, do professor libanês Charles Malek e do soviético professor Pavlov, com assistência do jurista francês René Cassino. Austregésilo de Athayde foi reconhecido pelos próprios companheiros da comissão como o mais ativo colaborador na redação do histórico documento, em cuja elaboração muitas vezes ocorreram divergências entre os redatores, mas que, afinal, tiveram sentido construtivo.

Em 1968, por ocasião do 20º aniversário da Declaração Universal dos Direitos do Homem, a Academia Sueca conferiu o Prêmio Nobel da Paz ao jurista e filósofo René Cassin, que, ao ter conhecimento da homenagem que lhe fora prestada, exatamente pelo papel que desempenhou na elaboração da declaração, chamou os jornalistas e declarou-lhes: "Quero dividir a honra desse prêmio com o grande pensador brasileiro Austregésilo de Athayde, que ao meu lado, durante três meses, contribuiu para o êxito da obra que estávamos realizando por incumbência da Organização das Nações Unidas".

Em 1978, no 30º aniversário desse documento, o Presidente Jimmy Carter, dos Estados Unidos, reconheceu universalmente, por meio de carta enviada a Austregésilo de Athayde, a vital liderança por ele exercida na elaboração da Declaração Universal dos Direitos do Homem.

Diplomado na Escola Superior de Guerra, em 1953, passou a ser conferencista daquele centro de estudos superiores. Além das suas atividades na imprensa, ao longo de muitos anos, pronunciou centenas de conferências, sobre a defesa dos direitos humanos e outros temas da atualidade, a convite de entidades culturais do país.

Dedicou-se à vida acadêmica desde agosto de 1951, quando foi eleito para ocupar a Cadeira nº 8, e o fez durante mais de quatro décadas. Desde os tempos de colaborador do jornal *A Tribuna* e de tradutor na agência de notícias Associated Press, em 1918, até poucas semanas antes de sua morte, Mestre Athayde colocou seus pensamentos e suas idéias no papel e poucas vezes deixou de publicar alguma matéria nos jornais e revistas de nosso País.

Orgulhava-se de afirmar:

"Jamais escrevi um artigo que não expressasse a linha de minhas convicções democráticas. Nunca elogiei partidos, homens ou grupos." "Sou incapaz de ser a favor de homens. Sou a favor de idéias, de pontos de vista. O que almejo mesmo é o pensamento democrático, a preservação de nossa unidade nacional e o bem do povo brasileiro."

Obras:

Histórias amargas, contos (1921);
A influência espiritual americana, conferência (1938);
Fora da imprensa, ensaio (1948);
Mestres do liberalismo, ensaio (1951);
D. Pedro II e a cultura do Brasil, ensaio (1966);
Vana verba, crônicas (1966);
Epístola aos contemporâneos, ensaio (1967);
Vana verba. Conversas na Barbearia Sol, crônicas (1971);
Filosofia básica dos direitos humanos, ensaio (1976);
Vana verba. Alfa do Centauro, crônicas (1979).

Murilo Melo Filho nasceu em Natal. É o mais velho de uma irmandade de sete. Aos 18 anos, veio para o Rio, onde foi datilógrafo do IBGE e do Ministério da Marinha. Ingressou a seguir na *Tribuna da Imprensa*, com Carlos Lacerda; no *Jornal do Commercio*, com Assis Chateaubriand e San Thiago Dantas; em *O Estado de S.Paulo*, com Júlio de Mesquita Filho e Prudente de Moraes Neto; e na *Manchete*, com Adolpho Bloch e Otto Lara Resende. Viveu em Brasília o atribulado qüinqüênio de 1960 a 1965, ocupando, como convidado de Darcy Ribeiro, a cadeira de Técnica de Jornalismo na Universidade de Brasília. Entrevistou na Casa Branca os presidentes John Kennedy, Richard Nixon e Ronald Reagan; nos Champs-Elysées, os presidentes De Gaulle e Giscard d'Estaign; e, como correspondente, nas guerras do Vietnã, em 1967, com o fotógrafo Gervásio Baptista, e do Camboja e do Laos, em 1973, com o fotógrafo Antônio Rudge. É sócio da ABI (Associação Brasileira de Imprensa) e da UBE (União Brasileira de Escritores), além de membro do Pen Clube, da Academia Norte-Riograndense de Letras, onde, sucedendo a Nilo Pereira, ocupa a Cadeira 19, e da Academia Brasileira de Letras, ocupando a Cadeira 20, cujo patrono é Joaquim Manuel de Macedo.

ÍNDICE

Prefácio 7

Terra de Caruaru 19
O velho seminário 22
Santificação do tempo 25
Sermão da montanha 28
Violência e irresponsabilidade 31
Intoxicados do exílio 34
Taumaturgo incompreendido 37
A musa extinta 40
Tempo antigo 43
Divagações sobre o campeonato 46
Trecho do exílio 49
Milésima segunda noite 52
Pranto pelo menino abandonado 55
Reminiscências do Padre Quinderé 58
Maomé no dorso de Elborak 61
Harmonia e continuidade da criação 64

Norminha e outros fantasmas 67
Triunfo pela morte 70
Simplicidade democrática 73
A velha *Tribuna* 76
Eis o Brasil que eu vejo 79
Harlem, viagem noturna 82
O terrível transviamento da juventude 85
Meu amigo García Lorca 88
Churchill deixa a primeira legião 91
Três sombras augustas 94
O caso da vara na excelsa Grã-Bretanha 97
Amores alheios 100
Margaret e Tony 103
O mito divino de Shakespeare 106
Shakespeare no Brasil 109
Tolstoi contra Shakespeare 112
Contra os heróis 115
Aqui foi o Brasil 118
Opinião dos netos 121
Voz em testemunho 124
Thompson e Juda 127
Franceses e ingleses 130
Durar para sempre 133
Eterno duelo 136
Quem defenderá Cuba 139
Aliada do tempo 142
A força dos grandes mistérios 145

A degradação de Stalin 148
O dia da liberdade e da paz 151
Pasternak e a liberdade do espírito 154
Milagre da flor e do fruto 157
Sobrevivência da liberdade 160
Jefferson, Mississípi 163
Abraham Lincoln 166
O fenômeno Goldwater 169
O monumento americano 172
Meditações à margem do banquete 175
Do tempo sutil e efêmero 178
John Foster Dulles 181
Três meses com madame Roosevelt 184
Como vi Herbert Hoover 187
O presidente Machado de Assis 190
Mestre João Ribeiro (I) 193
Mestre João Ribeiro (II) 196
Ruptura e tradição 199
Cartas de Mário a Manu 202
Homens notáveis 205
Ivan Lins e o positivismo 208
Religião: prós e contras 211
Coelho Neto 214
Magalhães de Azeredo 217
A décima noite 220
Essa espécie de felicidade... 223
Pequeno anedotário da academia brasileira 226

A beleza não cessa 229
Iniciação à vida acadêmica 232
História da liberdade no Brasil 235
Gustavo Barroso 238
Um trecho de tempestade 241
Tema à margem de Menotti 244
O mundo alencariano 247
Jorge, o feiticeiro 250
A alma do tempo 253
Coração 256
O disco dos meus sonhos 259
Uma bravata de mosqueteiro 262
Jornalismo do império 265
Paulo apóstolo 268
João ressurge no papado 271
Pontes quebradas, caminhos abandonados 274
Morte do pré-santificado 277
D. Pio, um santo da igreja 280
Espírito da paz 283
Oswaldo Aranha, feiticeiro 286
Obra arriscada e temerária 289
Tóia 292
Um republicano brasileiro 295
A trama dos destinos 298
As *Memórias* de Luís Edmundo 301
Rubén Darío 304
D. Gabriel Landa 307

O fim de D. Rafael 310
O tempo provará 313
São Francisco, desafio e promessa 316
De outros tempos 319
Encantação do fogo 322
Leota dos *Cantadores* 325
Lin Yutang 328
Borges de Medeiros e seu tempo 331
Brasil sem livros 334
Ascensão e queda do Terceiro Reich 337
Mundo sem providência 340
Abelardo e Heloísa 343
Só o juízo final 346

Biobibliografia 349

COLEÇÃO MELHORES POEMAS

CASTRO ALVES
Seleção e prefácio de Lêdo Ivo

LÊDO IVO
Seleção e prefácio de Sergio Alves Peixoto

FERREIRA GULLAR
Seleção e prefácio de Alfredo Bosi

MARIO QUINTANA
Seleção e prefácio de Fausto Cunha

CARLOS PENA FILHO
Seleção e prefácio de Edilberto Coutinho

TOMÁS ANTÔNIO GONZAGA
Seleção e prefácio de Alexandre Eulalio

MANUEL BANDEIRA
Seleção e prefácio de Francisco de Assis Barbosa

CECÍLIA MEIRELES
Seleção e prefácio de Maria Fernanda

CARLOS NEJAR
Seleção e prefácio de Léo Gilson Ribeiro

LUÍS DE CAMÕES
Seleção e prefácio de Leodegário A. de Azevedo Filho

GREGÓRIO DE MATOS
Seleção e prefácio de Darcy Damasceno

ÁLVARES DE AZEVEDO
Seleção e prefácio de Antonio Candido

MÁRIO FAUSTINO
Seleção e prefácio de Benedito Nunes

ALPHONSUS DE GUIMARAENS
Seleção e prefácio de Alphonsus de Guimaraens Filho

OLAVO BILAC
Seleção e prefácio de Marisa Lajolo

JOÃO CABRAL DE MELO NETO
Seleção e prefácio de Antonio Carlos Secchin

FERNANDO PESSOA
Seleção e prefácio de Teresa Rita Lopes

AUGUSTO DOS ANJOS
Seleção e prefácio de José Paulo Paes

BOCAGE
Seleção e prefácio de Cleonice Berardinelli

MÁRIO DE ANDRADE
Seleção e prefácio de Gilda de Mello e Souza

PAULO MENDES CAMPOS
Seleção e prefácio de Guilhermino César

LUÍS DELFINO
Seleção e prefácio de Lauro Junkes

GONÇALVES DIAS
Seleção e prefácio de José Carlos Garbuglio

AFFONSO ROMANO DE SANT'ANNA
Seleção e prefácio de Donaldo Schüler

HAROLDO DE CAMPOS
Seleção e prefácio de Inês Oseki-Dépré

GILBERTO MENDONÇA TELES
Seleção e prefácio de Luiz Busatto

GUILHERME DE ALMEIDA
Seleção e prefácio de Carlos Vogt

JORGE DE LIMA
Seleção e prefácio de Gilberto Mendonça Teles

CASIMIRO DE ABREU
Seleção e prefácio de Rubem Braga

MURILO MENDES
Seleção e prefácio de Luciana Stegagno Picchio

PAULO LEMINSKI
Seleção e prefácio de Fred Góes e Álvaro Marins

RAIMUNDO CORREIA
Seleção e prefácio de Telenia Hill

CRUZ E SOUSA
Seleção e prefácio de Flávio Aguiar

DANTE MILANO
Seleção e prefácio de Ivan Junqueira

JOSÉ PAULO PAES
Seleção e prefácio de Davi Arrigucci Jr.

CLÁUDIO MANUEL DA COSTA
Seleção e prefácio de Francisco Iglésias

MACHADO DE ASSIS
Seleção e prefácio de Alexei Bueno

HENRIQUETA LISBOA
Seleção e prefácio de Fábio Lucas

Augusto Meyer
Seleção e prefácio de Tania Franco Carvalhal

Ribeiro Couto
Seleção e prefácio de José Almino

Raul de Leoni
Seleção e prefácio de Pedro Lyra

Alvarenga Peixoto
Seleção e prefácio de Antonio Arnoni Prado

Cassiano Ricardo
Seleção e prefácio de Luiza Franco Moreira

Bueno de Rivera
Seleção e prefácio de Affonso Romano de Sant'Anna

Ivan Junqueira
Seleção e prefácio de Ricardo Thomé

Cora Coralina
Seleção e prefácio de Darcy França Denófrio

Antero de Quental
Seleção e prefácio de Benjamin Abdalla Junior

Nauro Machado
Seleção e prefácio de Hildeberto Barbosa Filho

Fagundes Varela
Seleção e prefácio de Antonio Carlos Secchin

Cesário Verde
Seleção e prefácio de Leyla Perrone-Moisés

Florbela Espanca
Seleção e prefácio de Zina Bellodi

Vicente de Carvalho
Seleção e prefácio de Cláudio Murilo Leal

Patativa do Assaré
Seleção e prefácio de Cláudio Portella

Alberto da Costa e Silva
Seleção e prefácio de André Seffrin

Alberto de Oliveira
Seleção e prefácio de Sânzio de Azevedo

*Alphonsus de Guimaraens Filho**
Seleção e prefácio de Afonso Henriques Neto

*Armando Freitas Filho**
Seleção e prefácio de Heloísa Buarque de Hollanda

*Álvaro Alves de Faria**
Seleção e prefácio de Carlos Felipe Moisés

*MÁRIO DE SÁ-CARNEIRO**
Seleção e prefácio de Lucila Nogueira

*SOUSÂNDRADE**
Seleção e prefácio de Adriano Espínola

*LUIZ DE MIRANDA**
Seleção e prefácio de Regina Zilbermann

*WALMYR AYALA**
Seleção e prefácio de Marco Lucchesi

*PRELO**

COLEÇÃO MELHORES CRÔNICAS

Machado de Assis
Seleção e prefácio de Salete de Almeida Cara

José de Alencar
Seleção e prefácio de João Roberto Faria

Manuel Bandeira
Seleção e prefácio de Eduardo Coelho

Affonso Romano de Sant'Anna
Seleção e prefácio de Letícia Malard

José Castello
Seleção e prefácio de Leyla Perrone-Moisés

Marques Rebelo
Seleção e prefácio de Renato Cordeiro Gomes

Cecília Meireles
Seleção e prefácio de Leodegário Azevedo Filho

Lêdo Ivo
Seleção e prefácio de Gilberto Mendonça Teles

Ignácio de Loyola Brandão
Seleção e prefácio de Cecilia Almeida Salles

Moacyr Scliar
Seleção e prefácio de Luís Augusto Fischer

Zuenir Ventura
Seleção e prefácio de José Carlos de Azeredo

Rachel de Queiroz
Seleção e prefácio de Heloisa Buarque de Hollanda

Ferreira Gullar
Seleção e prefácio de Augusto Sérgio Bastos

Lima Barreto
Seleção e prefácio de Beatriz Resende

Olavo Bilac
Seleção e prefácio de Ubiratan Machado

Roberto Drummond
Seleção e prefácio de Carlos Herculano Lopes

Sérgio Milliet
Seleção e prefácio de Regina Campos

Ivan Angelo
Seleção e prefácio de Humberto Werneck

Austregésilo de Athayde
Seleção e prefácio de Murilo Melo Filho

*Odylo Costa Filho**
Seleção e prefácio de Cecília Costa

*João do Rio**
Seleção e prefácio de Fred Góes e Luís Edmundo Bouças Coutinho

*França Júnior**
Seleção e prefácio de Fernando Resende

*Marcos Rey**
Seleção e prefácio de Sílvia Borelli

*Artur Azevedo**
Seleção e prefácio de Antonio Martins Araújo

*Coelho Neto**
Seleção e prefácio de Ubiratan Machado

*Gustavo Corção**
Seleção e prefácio de Luiz Paulo Horta

*Rodoldo Konder**

*PRELO**

GRÁFICA PAYM
Tel. (011) 4392-3344
paym@terra.com.br